좋아해 감사해 행복해

내일 맑음

김민홍 지음

누구나 일독해야 할 책

추천사를 부탁받고 원고를 몇 편 읽으며 글 속에 빠져들어 갔습니다. 저자는 신장병으로 10년 간 투석을 하고 결국 신장이식 수술을 받아 살아가고 있습니다. 그 과정 속에서 겪은 고통과 괴로움 속에서 길어 올린 주옥같은 깨달음의 글들입니다.

저자는 자신의 체험을 치료와 치유라는 단어를 설명하면서 잘 정리해 주고 있습니다. '치료란 증상을 완화시키는 행위를 말한다. 반면에 치유는 병의 원인을 밝혀내서 그 원인을 제거함으로 깨끗이 완치시키는 것을 말한다.' 누구나 환자는 치유되기를 원합니다. 하지만 현대의료는 치유에 목적을 두고 있지 않습니다.

또한 저자도 책에서 고백했듯이 목사님으로 일생을 살아오며 체험한 하나님에 대한 신앙고백입니다. 그래서 글을 읽으면 가슴 뭉클한 감동을 줍니다. 저자는 '상처가 사명이다'라는 말로 끝을 맺고 있습니다. 사명은 저절로 깨달아지는 것이 아니라 고난 속에서 깨닫는다는 말이겠지요. 사명적 존재란 내가 누구인가, 그리고 내게 사명을 부여한 분은 누구인가를 묻는 질문입니다. 이 문제가 해결되지 않는 한 인생을 바르게 산다고는 할 수 없을 것입니다.

이 책은 누구나 꼭 일독해야 할 책입니다. 건강한 분들에게는 건강을 위하여, 환우들에게는 실제적인 도움을 위하여, 그리고 의학적인 지식도 쉽게 전해 주고 있기 때문에 추천을 드립니다. 끝으로 목사님의 소중한 글의 출판을 축하드리며 독자들이 이 책을 읽을 때 성령께서 함께 하시어 귀한 깨달음과 실제적인 도움을 얻을 수 있기를 기원합니다.

김찬기 교수(건양대학원 치유선교학과 학과장)

다큐멘터리이자 육필원고

이 책은 '치유일지'입니다. 의사가 자신이 치유한 환자들에 대한 기록이 아니라, 환자 자신이 자신의 질병을 어떻게 치유 받아 왔는가를 기록한, '병상일지' 같은 기록입니다. 그러나 우리들은 이 글을 대할 때, '어, 뭐지? 드라마 아닌가?'라는 생각을 가지게 됩니다. 그러나 이 글은 다큐멘터리이며, 온몸으로 쓴 '육필원고'입니다. 저자의 글을 한 편씩 읽어 갈 때면 '어떻게 이런 상황에서도 견디고 살아남을 수가 있었을까?' 또 다른 한 권의 '욥기'를 보는 것 같아 독자로 하여금 가슴이 먹먹해 짐을 느낍니다. 따라서 이런 상황에 있는 이 글의 주인공은 '지금은 어떻게 하고 있을까?'라는 물음을 던지게도 합니다.

이 글은 의학적 관점에서 본다면 너무나도 특이한 내용입니다만, 신앙의 눈으로 볼 때 비로소 이해하고 납득 할 수 있을 내용입니다. 그래서 이 '치유일지'를 읽어 나갈 때면 지금도 살아 역사하시는 하나님의 치유의 손길을 느끼게 되며, 나도 이런 하나님을 만나고 싶고 또 이런 사랑을 받고 싶다는 생각을 하게 됩니다.

이 글들이 정말 귀하면서도 감사한 것은 저자 자신이 온갖 고난과 질병 가운데서도 용기를 잃지 않고 도리어 어렵고 힘든 역경과 질병 가운데 있는 다른 이들을 가슴에 품고, 위로하며, 격려하고 있기 때문입니다. 그리고 이 글을 읽는 사람들에게 큰 감동을 주며 어떤 절망의 상황 가운데서도 소망이 있음을 깨닫게 합니다. 예수 그리스도 안에서 우리들의 병들고 상처받은 몸과 영·혼이 온전히 치유 받을 수 있음을 고백하게 합니다.

우리를 사랑하시되 끝까지 사랑하시는 주님을 찬양하며, 이 귀한 책을 온 정성을 다해 발간하게 되신 김민홍 목사님께 큰 박수를 보내며, 온 마음으로 추천합니다.

손영규 원장(소망 이비인후과 원장)

환우들에 대한 깊은 공감과 사랑

질병으로 김민홍 목사님만큼 오랫동안 극단적인 고생의 체험을 한 사람도 흔치 않을 것이다. 그 과정들을 자세히 관찰해 두었다가 정확히 기억해서 기록한 용기와 냉철함에 감탄을 금할 수 없다. 다양한 병증과 치료 이력에 대한 이야기를 읽을 때 동료 인간으로서 연민의 정을 느끼지 않을 사람은 거의 없을 것이다.

이 책은 간결하고 읽기 쉬운 문체로 재미있게 쓰여 있다. 장황하거나 지루하지 않다. 잘 읽힌다. 한번 손에 잡으면 놓기가 싫을 정도이다. 솔직담백한 글이다. 자신의 체험과 상태를 보통 사람들은 부끄럽게 여길 수 있는 것까지 환우들을 위해 진솔하게 기록했기에 생생하고 실감이 난다. 그 체험들이 예사롭지 않고, 놀랍고, 충격적이기도 하다. 단순히 이론적인 이야기가 아니라 자신의 체험을 바탕으로 한 것이기 때문에 마음에 와 닿는다. 내가 최근에 읽은 것들 중 가장 흥미진진하고 감동적인 책이다.

목사님 자신이 30여 년이라는 오랜 세월 동안 병으로 고생한 경험이 있기 때문이겠지만 환우들에 대한 깊은 공감과 사랑이 진하게 느껴진다. 질병, 특히 암에 대한 깊은 이해와 정확한 지식을 가지고 있다는 인상이다. 암의 경험이 없는 사람이 어떻게 이처럼 해박한 정보를 가지고 있는지 놀랍다. 단지 풍부할 뿐만 아니라 그 통찰들이 건전하고 우리의 이성과 상식, 그리고 신앙적 원리에 부합되는 것들이라 느껴진다. 그러므로 만성병을 가진 사람들에게 커다란 도움이 될 것 이라 확신한다.

양낙흥 교수(고려신학대학원)

민홍이의 감사의 노래

김민홍 목사님은 지난 2년간 함께 공부했던 우리 학회 지도사 과정생들에게 치유일지라는 제목으로 글을 공유하여 충격과 감동을 안겨주었다. 그 후 학회밴드에서 파장이 휘몰아치더니 이어 <re>라는 작은 잡지에 몇 편의 글이 실렸다는 소식을 전해 주었다.

반가운 마음으로 구입하여 텃밭에서 여름내 땀흘려 수확한 것들과 함께 과정생들에게 선물로 주었다. 들깨의 기름을 기쁨의 눈물로, 볶은 참깨는 행복의 미소로 칭하며 잡지에 실린 목사님의 글을 <민홍이의 감사의 노래>라는 이름으로 표현했다. 목사님의 어린 시절부터 오늘에 이르기까지 고비마다 숱한 역경과 말로 다 할 수 없는 고난은 우리가 감히 상상하기조차 어려운 그 이상의 것이었다.

이 글은 애간장이 끊어지듯 땅을 치고 몸부림치며 통곡하는 지난 삶을 표현한 것이었지만 목사님에게 그 삶은 역경과 고난이라는 이름으로 상처를 낸 삶이 아니라 먼저는 자신의 아픔을 이겨내고, 세상의 모든 아픈 이들의 위로와 회복과 치유를 위한 감사의 노래인 것이다. 이제 그 노래를 아픈 이들과 함께 부르고 얼싸안고 보듬어 춤을 추며 노래하고 싶은 그 간절한 마음이 책이 되어 우리에게 다가왔음을 진심으로 환영하고 기뻐한다.

김민홍 목사님은 죽는 그 순간까지, 아니 죽음 이후에도 이 노래를 멈추지 않을 것이다. 이는 그에게 주어진 거룩하고 아름다운 사명이기 때문이다.

이현중 학회장님(한중 이혈 건강 요법 학회)

Where are you?

영혼육의 상처와 아픔을 지닌 이 땅 순례자들의 고백과 회복의 대언, 가족들과 걸어온 인생의 숲길에서 정직한 참회의 소리만큼 우리를 울리는 파동이 있을까? 김민홍 목사님을 통해 전달되는 삶의 시간과 여정을 묻는 절대자의 물음에 숲속 그루터기에서 상처 입은 발을 감싸는 우리의 정직한 고백이 쏟아지고 회복의 길로 인도함을 받는 축복과 은혜가 가득하시길. Where are you?

임부돌 원장(경주 숲속휴양의원)

상대방을 위한 배려나 이해, 사랑으로 느낀다는 것

치유는 우리 자신의 존재를 전체로 들어가도록 인도한다. 그것은 잃어버렸던 자신의 목소리. 거부하고 감추어 두었던 것들을 다시 발견하고 포용하며 초대한다. 치유는 자신의 내면의 견고함을 발견하게 하는 신뢰의 여정이다. 자신의 삶이 부분이 아닌 전체적 삶으로 초대될 때 잃어버렸던 우리의 목소리는 비로소 즐거운 노래로 발견되고, 잊어버렸던 자신의 존재는 춤과 웃음으로 변하게 된다. 자신의 어두운 부분을 껴안고 상처받은 마음을 부드럽게 감쌀 때 우리는 또 다른 내 자신의 모습을 발견한다. 그것은 내 자신의 정직한 본성의 발견이며 만남이고 구원이며 자유이다.

치유를 뜻하는 영어 단어인 'healing'은 그리스어 홀론

(holon)에서 나왔는데 이는 healing, health, wholeness, holiness, holy 등으로 파생되었다. 따라서 치유는 건강과 전체, 신성, 그리고 구원이라는 의미가 내포되어 있다. 질병은 부분으로 나누어지고 분리된 것을 의미한다. 질병을 뜻하는 영어 단어인 'disease'에서 'dis-'의 의미는 '떨어져 나감', '분리 됨'을 말한다. 그리고 'ease'는 '편하다', '쉽다', '일상적 삶'을 말한다. 따라서 질병은 삶에서 분리되고 파괴된 것에서 기인한 것임을 알 수 있다. 반면 구속을 뜻하는 'salvation'은 '완전함'과 '전체'를 말하는데 이는 신과 떨어져 있다가 다시 결합된 것을 의미한다. 이는 치유와 밀접한 관계가 있다.

지금까지 의학은 질병 치료에 중점을 둔 나머지 환자의 남아 있는 생명과 삶의 문제와 인간관계 회복의 문제, 감정 치유의 문제 등에 대해서는 상대적으로 등한시한 경향이 있었다. 이제 현대의학이 이런 요소까지 의료범주에 넣어 치료를 고려한다면 우리 사회는 한 걸음 더 성숙한 '인간다움'으로 진화할 것이다.

고통과 상실을 통해서 인간은 자신의 진실한 모습을 회복할 기회를 얻는다. 고통과 상실은 우리가 인간임을, 그리고 우리의 존재가 진정 무엇인지 깨닫게 해 주는 계기가 된다. 이러한 의미에서 고통과 상실은 치유와 깊은 관련이 있다. 치유는 질병에 초점을 두는 것이 아니라 환자의 삶의 질과 생활의 기술, 삶의 존재방식의 문제에 더 초점을 두기 때문이다. 고통과 상실의 순간에 그동안 밀봉되었던 마음의 본성을 드러나기 시작한다. 모든 것이 무너지고 신마저 소외될 때 자신의 실존만이 깃발처럼 바람에 펄럭인다. 습관화되고 마음이 만들어 낸 거짓된 자아와 집착이 고통과 상실의 바람에 산산이 흩어지는 순간, 자신의 정직한 본성과 만나게 된다. 이제 고통과 상실은 영적 성장의 기회가 된다.

슬픔은 슬픔으로, 아픔은 아픔으로, 눈물은 눈물로 해결할 때 비로소 치유가 안착된다. 슬픔과 아픔, 눈물과 온전히 대면하지 않고 다른 것으로 대체하거나 회피한다면 증환은 다시 왜곡되고 인간의 실존마저 박탈된다.

치유는 공감과 밀접한 관계가 있다. 그리고 공감은 타자에 대한 이해로부터 출발한다. 타자의 이해는 자신에 대한 반성으로부터 시작한다. 자신의 반성으로부터 여과되지 않은 것은 공감이 아니다. 공감의 보편성과 실천적 태도는 자신의 주체적 반성을 거쳐 시작한다. 반성은 타자에 대한 이해와 자신의 자율적 제한의 절제로 이루어진다. 따라서 공감의 출발은 객관적인 대상이나 사건이 아니라 바로 주체의 반성에 의한 것이다. 이런 자기점검의 성찰은 공감의 기초가 되고 사적 감정이 비로소 보편적 감정으로 전환하는 계기가 된다.

사랑의 감정은 사적 감정에 머물러 있지 않는다. 우리가 어떤 사람을 사랑한다고 할 때 자기 자신만을 내세우고 상대방을 인정하지 않는다면, 상대방을 사랑한다고 할 수 없다. 상대방을 사랑한다면 우리는 자신을 상대방의 관계 속에서 제한해야 한다. 무제한적 사랑은 결코 사랑이 될 수 없다. 그런데 중요한 사실은 이러한 '자기제한'을 부자유나 제한, 억압으로 느끼는 것이 아니라 상대방을 위한 배려나 이해, 사랑으로 느낀다는 것이다.

이렇게 상대방을 배려와 이해, 사랑의 대상인 타자로 인정할 때 공감이 일어난다. 이 때 상대방은 나의 중심적 계교에 포섭되거나 수단화되는 것이 아니라 독립된 하나의 인격체인 타자로 존재한다. 이제 타자는 '존재 그 자체로' 인정받을 때 쌍방 간의 관계가 치유 회복되기 시작한다.

김민홍 목사님이 쓴 이 책은 한계 상황 속에서 겪은 환자의 고통을 치유자와 함께 일구어 낸 우리들 삶의 진솔한 내러티브이다. 그래서 울림이 크다. 이 이야기는 환자와 치유사 간에 이루어지는 증환의 이야기이지만, 오늘 이 순간 우리가 맞이하게 될 우리 자신의 이야기이기도 하다. 책에 등장한 분들이 앞서 행한 일과 이야기는 앞으로 우리가 겪게 될 경험에 어떻게 대면하고 대처해야 하는지를 알려주는 나침반과 따뜻한 위로가 된다.

임병식 교수(고려대학교)

필자와 나는 2017년 한 전인치유 센터에서 환우로 인연을 맺었으며 이후 필자의 100명 애인 만들기 프로젝트에 한 명의 애인으로 간택되는 총우를 입어 지금까지 직간접 모임과 네트워크를 통해 친형제 자매 같은 교제를 이어오고 있다.

'병은 자랑하라'라고 했다지만 필자 앞에서 병자랑은 재벌 앞에서 돈 자랑, BTS 앞에서 인기자랑 하는 격! 이제 필자의 기나긴 질고의 삶을 글을 통해 접하게 되었다. 글을 읽으면 내 몸이 단계별 반응을 보인다. 아픔, 고통, 절망, 기도, 눈물, 감동, 그리고 감사! 필자의 글을 통해 내가 치유되는 순간들을 체험하게 된다. 필자의 투병생활은 오늘도 내일도 계속 될지라도 감내할 수 있는 것은 주께서 함께 하심이라. 그저 감사할 따름이다. 이 책을 통해 상처 입은 치유자를 만나보고 되어보는 특별한 체험을 하게 될 것이다.

고성필(비인두암)

친구의 작은 날갯짓이 이렇게 좋은 열매를 맺게 되다니 너무나도 고맙고 감사한 일이다. 38년 전 총신대학교 교정에서 처음 만났을 때 친구는 정말 부잣집 맏아들이었다. 미남에 하얀 피부, 그리고 굵고 힘 있는 목소리와 탁월한 지적 능력과 강한 자신감. 어느 것 하나 빼놓을 것이 없이 완벽한 친구였다.

그러나 세월이 지나면서 알게 된 친구의 삶은 책의 내용대로 인간 승리요, 삶의 체험 현장이었다. 그 모진 역경 속에서 친구는 꿋꿋하게 버터내고 끝까지 살아남아 오늘에 이르렀다. 참 고맙고 존경스럽다. 친구의 앞날에 더 밝고 영롱한 햇살과 무한 건강을 기대한다. 이 책은 모든 이들에게 큰 감동과 기쁨을 선사하기에 충분하다. 그래서 강력히 추천한다.

고주석(방광암)

갖가지 고난의 인생 여정에서 우러나오는 맛깔 나는 진솔한 이야기. 웃기지만 차마 웃을 수 없는 이야기. 인간의 실존적 한계를 넘나 들면서도 유머와 위트를 잃지 않는 인격이 돋보이는 이야기. 넉넉한 인품이 드러나는 고백과 강력한 메시지의 힘 앞에 고개가 저절로 숙여집니다.

김귀한(유방암)

김민홍 목사님의 글은 과거의 불행했던 기억으로 묵혀둘 법한 경험들을 원료로 삼아 진솔한 언어와 따뜻한 마음으로 우려낸 한 잔의 차와 같습니다. 이 차는 감동과 유머의 맛, 공감과 깨달음이란 효능이 있습니다. 이 책에는 수십 년을 질병과 함께 살아 온 저자가 몸과 마음이 아픈 이웃을 섬기게 된 이야기가 담겨 있습니다. 회복이 필요한 환우 분들께 전인적인 치유 안내서가 됨은 물론, 일반 독자에게도 큰 울림과 건강 상식을 선사해 줄 것입니다.

김민석(뇌종양)

성장과정에서 가족을 잃는 슬픔과 당신의 질병으로 고통을 받는 와중에 고등학생인 어린 아들의 출산까지…….
'이것이 인생이다'라는 드라마 몇 편을 찍을 것 같은 파란만장한 일을 겪으면서도 현재까지 몸과 마음을 잘 지키며 많은 분에게 선한 영향을 끼치시는 목사님을 뵐 때 대단하다는 생각밖엔 들지 않았다. 목사님께서 독한 시련을 극복하고 삶의 진리를 터득할 수 있게 된 데에는 하나님과 동행하는 삶을 사셨기에 가능하지 않았나 생각된다.

나는 30대 중반부터 20여 년간 앓아온 당뇨와 갑작스레 발견된 폐암으로 질병의 고통과 냉담한 인간관계의 상실감, 경제사정의 어려움으로 어두움 속에서 혼자 눈물을 흘렸을 때가 있었다. 그때 목사님의 글은 인생을 다르게 보는 방법을 알려주었다. 인생에 고난이 닥쳤을 때 그것에 매몰되거나 인간적으로 대처하지 않고 유머와 한 발짝 떨어져서 보는 여유를 가지고 하나님의 뜻이 무엇인지를 찾는 방법을 알게 된 것이다. 일어난 일을 부정하거나 화내지 않고 수용하며 그 안에서 내가 할 수 있는 일이 무엇인지 찾아보리라. 목사님 출간을 축하드리며, 많은 분들에게 희망과 건강 회복의 길을 전달해 주시길 바란다.

- 김병준(폐암)

가랑비에 옷이 젖는 것처럼 우리의 삶도 젖는다. 하지만 목사님은 여러 번의 소낙비와 천둥번개를 맞았음에도 불구하고 마른 옷을 입고서 환우들을 위로하시고 안아주신다. 여전히 젖은 옷을 입고 있는 나에게까지 옷을 말려 주신다. 복내 전인치유 센터에서의 첫 만남부터 지금까지 이 책을 통하여 많은 분들에게 더 많은 치유의 에너지를 주시는 목사님! 감사드립니다.

김인숙(유방암)

'암은 감기와 같다'라는 말이 있습니다. 저는 5년 전 자궁 육종암 이라는 진단을 받았습니다. 치료하면서 알게 된 것은 '암은 결코 감기와 같지 않다'라는 것입니다. 암을 치료하는 과정에서 놀랍고 아름다운 새 친구들을 만나게 되었습니다. 암과 싸우는 새 친구들은 현재의 환경과 상황에 직면하는 시간이 필요했습니다.

질병 앞에서 직면, 치유, 회복하는 삶의 여정을 함께 나눌 수 있는 좋은 친구가 있다면 얼마나 좋을까요? 김민홍 목사님은 그런 좋은 친구가 되어 주시는 분입니다. 김민홍 목사님이 쓰신 이 책은 직면하고 치유해가며 회복되는 삶의 여정에 좋은 친구요 이정표가 될 것입니다.

박미애(자궁 육종암)

34살 첫 유방암 2기 진단, 45살에 갑상선암, 46살에 유방암 4기 투병 중. 파란만장한 내 삶에 좌절과 원망만 남아 있을 때쯤 목사님의 글을 접했습니다. 그 긴 시간동안 힘든 투병생활을 어찌 감당하셨을까? 살아 계신 것만으로도 존경스럽고 희망을 주셨으며 다시 시작된 막막하기만 한 나의 투병생활의 길잡이가 되어 주셨습니다. '이왕 투병생활을 할거면 즐겁게 하자'라는 목사님의 말씀을 저는 지금도 실천중입니다. 특별하지 않은 평범한 일상이 얼마나 소중하고 행복한 건지 이제 알기에 감사하며 하루하루 살고 있습니다.

박미영(유방암)

한 사람이 이렇게 많은 고통과 절망을 가지고 살아갈 수가 있을까? 당뇨 35년, 시력장애 2년, 10년 혈액 투석, 신장 이식수술, 경제적·정신적 고통들. 이 모든 것을 통과하시고 현재에 이른 것은 내 생각과 계획을 포기하고, 하나님의 절대적인 주권을 의지 했을 때, 하나님께서 일하셨던 것이다. '내가 얼마나 하나님이 주신 사명대로 살았느냐?'를 깨닫고 '지금 순종하고 있느냐?'를 생각해 볼 때, 나는 조용히 고개가 숙여진다.

박복선(난소암)

목사님의 글을 읽으면서 정말 순간순간 숨이 멈추는 것 같았다. 하나님께서 그 어려운 순간들 속에서 섭리 가운데 목사님을 붙들어 이끌고 여기까지 인도하심을 보면서 눈물의 감사를 드린다. '사명자는 그 사명을 다하기까지는 결코 죽지 않는다.'라는 목사님의 글을 읽으면서 나의 사명을 생각해 보았다.

내 인생의 사명이 목사님 인생의 사명처럼 살아왔다면 나는 벌써 하나님 품에 안겨 있지 않았을까 생각해 본다. 온갖 어려움 속에서도 질병을 이겨 내시고, 가난을 이겨 내셨다. 이 모든 환경을 이겨 내시면서도 원망 아닌 원망을 조금 섞어 가시면서 결국은 하나님께서 하셨다고 신앙고백으로 하나님께 영광 돌리시는 목사님을 나는 존경한다.

나는 김민홍 목사님이 좋다. 인동초처럼 모진 세월의 고난을 이겨내셔서 그런지 몸은 약해 보이셔도 내면에서 풍겨져 나오는 강인함, 그러면서도 부드럽게 사람의 심령을 감동시키시고 위로와 긍정의 말씀을 주시는 것을 보면 나의 마음은 힘이 솟고 큰 소리로 웃으며 용기를 얻는다. 그래서 감사하고 고맙다.

목사님의 지나온 삶을 책으로 내신다고 해서 감사했다. 이 책을 많은 사람, 즉 마음이 아픈 자, 몸이 아픈 자, 환경이 힘든 자들이 많이 읽었으면 좋겠다. 그래서 다시 한 번 살아갈 힘과 용기를 얻었으면 좋겠다. 사람을 살리고 고치는 책이 되었으면 정말 좋겠다. 감사합니다. 목사님 사랑합니다.

박수영(유방암)

이 책의 글들은 마치 한편의 영화나 소설 같다고 느끼겠지만 조금의 과장도 없는 진실한 이야기입니다. 때론 독자를 울리기도 하고 웃음을 주기도 하는 이 이야기의 주인공은 지금 우리 곁에 아직도 건강하게 계시다는 건 기적이지만, 그 이야기 속에는 가슴 아픈 눈물과 피나는 노력과 절대자를 향한 믿음과 긍정의 에너지가 녹아있음을 이해하게 될 것입니다. 수많은 암 환우 분들에게 최악의 경우에도 절대 포기하지 않을 희망과 감동의 메시지가 될 것이라 확신합니다.

백수현(피부암)

살아가는 삶이 사역이신 목사님은 저에게 살아갈 수 있는 길을 이끌어 주시는 맞춤식 개인 멘토이십니다. 안타까움에 가보지도 않은 길을 어설프게 가르쳐 주는 분들도 계시는데 목사님은 이미 상처의 길을 피함 없이 걸어오셨기에 그 길을 의심 없이 따라 가고 있습니다. 결국 도달하는 목적지가 같기에 함께 가는 이 길이 더욱 행복하고 기대됩니다. 수많은 경쟁자 중에서 질병기수가 짱짱하기에 조건 있는 애인으로 오랜 시간 함께 하길 소망합니다. 감사하고 사랑하며 축복합니다♡

양희선(유방암)

김민홍 목사님의 책은 그가 살아온 드라마틱한 삶의 여정을 일기 형식으로 표현하며 세상에 나왔다. 그의 인간미 넘치는 따스한 성품과 꾸밈없는 진솔함이 하나 되어 많은 이의 마음에 위로와 진한 감동을 더해주고 있다. 이동식(걸어 다니는) 종합병원과 같은 다양한 질병을 껴안고 환우들과 소통하며 그들의 아픔을 공감하는 열정을 가진 건강 전도사이며 상처받은 전인치유자이다.

특히 그의 많은 고난은 삶의 지혜와 하나님의 살아계심을 체험하는 기적의 현장이며 가슴 뜨거운 사랑을 실천하는 목회자로서 이 시대가 필요로 하는 롤모델이다. 이 책을 통해 많은 영혼들이 회복되고 치유되는 삶의 현장이 되리라 확신한다.

오정숙(유방암)

김민홍 목사님을 처음 만난 곳은 외설악산 입구에 위치한 이상구 박사의 뉴스타트 센터에서다. 첫 번째 항암으로 머리는 전부 다 빠지고 죽는 것이 이런 것인가 싶은 수많은 부작용으로 몸서리치던 6번의 항암을 막 끝내고 향한 곳에서의 만남이었다.

교제하고 기도해주며 섬기는 수많은 암 환우를 더 잘 섬기기 위해서 왔다고 하셨다. 막상 암에 걸리니까 가까웠던 지인들이 하나 둘 떠나가는 시점에 만난 목사님은 참 이상했다. 부담되고 불편하며 왠지 무섭기까지 한, 전염병도 아니건만 전염될 것 같은 몹쓸 두려움에 피하고 싶고 절대 가까이 하고 싶지 않은 암 환우들을 몸소 찾아가셔서 눈물을 닦아주시고 마음으로 말로 안아주시며 위로해 주시는 분이었던 것이다.

그것이 가능한 것은 목사님께서 30여 년 넘게 처절하게 숱한 병마와 싸우시면서 수많은 하나님의 은혜를 체험하셨고 그 은혜를 나누시고자 하는 절절한 사명감과 순종에 있다고 본다. 어린 시절 동생의 죽음으로 인한 죄책감과 엄청난 스트레스로 이어진 젊은 날의 당뇨병과 실명, 신장 투석과 신장 이식 그리고 심장까지도……. 상상을 초월한 병마의 끈질긴 공격을 오로지 하나님의 은혜와 가족들의 사랑으로 이겨내시고 섬김으로 나누시는 모습은 실로 귀감이 되어 사랑이 식어가는 이 시대에 모두가 본받아야 할 진정한 선한 이웃이다. 지금도 투병 중 궁금한 점이 있으면 전화를 드린다. 소상히 알려주시니 고맙기 그지없다. 나도 목사님께 받은 큰 사랑을 목사님처럼 벼랑 끝 암 환우 분들에게 흘려보내고 싶다.

최경숙(림프암)

내가 만난 김민홍 목사님은 삶을 포기하고 싶은 누군가에게 '다시 쓰는 인생 이야기'를 만들어가도록 '의미와 동기'를 부여해 주시는 분이다. 때론 환우의 아픔과 상처를 가족보다 더 깊이 이해와 공감으로 함께 울고 웃으며 위로하시는 진정한 '하나님의 사람'이시다. 동네의 친절한 아저씨 같고, 속을 터놓고 얘기할 절친 같고, 때론 인생 전반에 걸친 멘토 같으신 분이다.

삭막한 이 세상에서 가난하고 소외된 자의 이웃으로 진정 그리스도의 제자의 길을 묵묵히 가고 계신 분이시다. 이 분과 함께라면 어떤 상황에서도 살맛나는 세상으로 '하나님 자녀의 권세'를 마음껏 누리며 살 수 있을 것이라 여겨진다. 그래서 김민홍 목사님을 멘토로 만나신 분은 '인생 로또'에 당첨되신 것이다.

황금주(유방암)

상처가 사명이다

산책하다가 오랜만에 한 지인을 만났다. 그 분의 첫 말씀이 "어, 아직도 살아계셨어요?"라고 하는 것이 아닌가? 순간 당황스러웠다. '이 분의 기대에 부응하기 위해서라도 지금…….'이라는 생각이 들 정도였다. 사실 아직까지 내가 살아있다는 것이 신기하기도 하다. 하나님의 은혜가 아니고서는 불가능했다고 생각한다.

대학교를 다니는 중에 당뇨병에 걸린 사실을 알게 되었다. 그 후 당뇨 관리를 제대로 하지 못해 당뇨 합병증인 망막 박리로 왼쪽 눈을 완전히 실명했다. 몇 년 뒤에는 새로 이사한 집에서 새집증후군으로 고생하면서 당뇨가 더욱 악화되어 다시 쓰러졌다. 당화 혈색소가 14가 나왔다. 이때 오른쪽 눈에 망막 박리가 일어나 실명의 위기에 처했다.

대학병원에서 몇 차례 망막 수술을 받았으나 회복이 되지 않아 약 2년 동안 장님 아닌 장님처럼 지내게 되었다. 이때 특별한 하나님의 은혜를 체험하면서 2년 만에 오른쪽 눈은 회복했다. 하지만 이것이 끝이 아니었다. 당뇨 합병증과 눈 수술로 인한 후유증으로 만성 신부전증이 더욱 악화되어 집 거실에서 의식을 잃고 쓰러졌다. 정신을 차렸을 때는 이미 대학병원 중환자실에서 하루에 2번씩 혈액 투석을 진행하고 있었다. 그때부터 정확히 10년 동안 이틀에 한 번씩 혈액 투석을 받았다. 그리고 10년 만에 아내의 신장을 기증받아 신장 이식 수술을 받았다.

이식 수술을 받기만 하면 모든 것이 정상으로 돌아오는 줄 알았다. 그러나 그것이 아니었다. 급격하게 몸무게가 줄고 온 몸의 기력이 없어 말 할 힘조차 없으며 혈압은 200/100을 넘나 들었다. 급기야 신장 이식 수술을 받고 한 달 만에 퇴원했으나 일주일 만에 다시 입원하여 수술을 받았다. 그리고 혈압 때문에 몇 차례 응급실에 실려 가기도 했다.

'이러다 죽을 수도 있겠구나.'라는 두려움이 엄습해오자 목회 사역을 멈출 수밖에 없었다. 1년의 안식년을 얻어 산속 깊은 곳에 있는 치유 센터에서 요양생활을 시작했다. 여기서 유방암으로 투병중인 한 자매를 알게 되었다. 이 자매를 통해 나도 모르게 하나님께 기도하기를 "하나님, 저 자매처럼 아프고 힘든 분들을 저의 애인으로 삼아 섬기도록 하겠습니다. 하나님, 저에게 백 명의 애인을 주시옵소서." 라고 간구하게 되었다.

이 기도가 내 인생에 새로운 전환기를 마련해 주었다. 자연스럽게 환우 분들에게 마음이 끌리면서 한 분, 두 분 애인이 생기기 시작했다. 애인이 생기자 이제는 책임감이 따라왔다. 소경이 소경의 길을 인도할 수 없듯이 나도 공부가 필요했다. 그래서 총체적 치유에 대한 공부를 하기 위해 대학원에 진학해 석사 과정을 마치고 현재는 박사 과정을 공부하고 있다. 동양의학에 대한 공부도 필요해서 이혈(耳穴) 전문대학원에서 2년의 지도사 과정을 마쳤다.

사람은 몸과 마음, 그리고 영으로 구성된 전인적인 존재이다. 서로 유기적이고 밀접한 관계를 가지고 있다. 몸이 아프다는 것은 곧 마음이 아프기 때문이고 몸과 마음이 아프다는 것은 곧 영적인 면에서도 회복이 필요하다는 것을 말한다. 따라서 몸의 질병을 치료하기 위해서는 먼저 마음을 치료하고 영을 회복시켜야 한다, 아울러 질병이 올 수밖에 없었던 환경적인 면을 되돌아봐야 한다.

현재 우리들은 질병의 증상만을 완화시키는 질병치료에 집중하고 있다. 질병 그 자체에만 집중해서 치료를 하다보면 재발과 전이, 그리고 새로운 질병에 노출될 수밖에 없다. 원인을 치료해야 한다. 그래야 진정한 치유와 회복에 도달할 수 있다.

요즘 나는 수많은 암 환자들과 당뇨, 고혈압, 만성 신부전증 같은 만성 질환자들, 그리고 우울증과 공황장애와 같은 마음이 아픈 분들을 계속해서 애인으로 만나고 있다. 세상에는 환자들과 미래의 환자, 이렇게 두 부류만 살고 있는 것 같다. 환자는 갈수록 많아지고 질병의 종류는 헤아릴 수 없을 지경이다. 상상할 수 없는 희귀질환도 갈수록 늘어나고 있다. 이런 질병의 원인은 다양하다. 하지만 원인을 찾아가다보면 한 가지 이유를 만나게 된다. 다름 아닌 마음이다. 마음이 상하고 아프면서 이것이 질병이라는 이름으로 드러나게 되는 것이다. 요약하자면 마음의 병이라 할 수 있는 스트레스가 많은 질병의 원인이라 할 수 있다.

나는 목사다. 의사도 아니고 상담가도 아니다. 음식이나 운동에 대해서도 전문가가 아니다. 단지 환우 분들의 이야기를 들어주는 것이 내 일이자 사명이라고 생각한다. 그리고 간혹 내가 경험했던 투병생활을 함께 나누면서 환우 분들과 편하게 대화하는 것이 현재 내가 하고 있는 일이다. 한마디로 말해서 멘토링을 통한 치유사역이라 할 수 있다.

그러던 어느 날, 청천벽력과도 같은 소식을 들었다. 대학교 때 만나서 지금까지 친하게 교제하는 친구가 있다. 이 친구는 마산에서 목회를 하고 있는데 정말 건강한 친구였다. 부러울 정도로 활력이 넘치는 사랑하는 친구였다. 그런데 이 친구가 방광암에 걸렸다는 것이다. 당황스러웠다. '아니, 왜?'같은 질문만 나왔다. 친구로서 어려움에 처한 그에게 무엇인가 해주고 싶었으나 내가 그 친구를 위해 해 줄 수 있는 일이 전혀 없었다. 대신 아파줄 수도 없었고, 그렇다고 병원비를 쾌척할 만큼 경제적인 능력이 있었던 것도 아니었다.

이 친구를 위해 내가 할 수 있는 일이 무엇인지 곰곰이 생각하다가 이 친구에게 카톡으로 일주일에 한 편씩 지금까지 내가 경험한 투병 생활을 '치유 일지'라는 이름으로 보내기 시작했다. 오직 그 친구만을 위해 쓰기 시작한 치유 일지였다. 그런데 이 친구 말고도 내 애인들 중에 암과 여러 질환으로 고생하는 환우 분들이 떠올랐다. 자연히 그 애인 분들께도 치유 일지를 보내기 시작했다. 그런데 예상 밖의 반응이 나타났다. 치유 일지를 공유하기 원하시는 분들이 많아진 것이다. 카톡에서 시작한 치유일지가 페이스북으로, 다음에는 밴드로 이어졌다. 급기야는 어느 잡지에도 연재가 되기 시작했다.

이때 10년 전 사랑하는 딸을 육종암으로 가슴에 묻은 집사님께서 강력하게 권유했다. "목사님, 이 치유 일지를 책으로 출판해야겠어요. 그래서 지금도 암과 여러 질환으로 고생하는 환우 분들에게 소망의 메시지를 전해 주시면 좋을 것 같아요." 그리고 방광암으로 투병 중인 친구도 응원해 주었다. "이 치유 일지를 꼭 책으로 냈으면 좋겠다. 그럼 나와 같은 암 환우들에게도 큰 용기가 될 거야." 물론 처음에는 용기가 나지 않아 망설였다. 하지만 많은 지인 분이 격려해 주시고 응원해 주셔서 감히 이렇게 책으로 세상에 등장하게 되었다.

부끄럽고 쑥스럽다. 지금까지 살아온 삶의 여정이 많은 사람들에게 보여줄 만큼 당당한 것도 아니기 때문이다. 하지만 하나님께서 지금까지 인도해주신 삶의 여정들이 환우 분들에게 조금이라도 위로가 되고 용기를 줄 수 있다면 부끄러움과 쑥스러움도 감내할 수 있을 것 같다.

나는 지금이 행복하다. 과거로 돌아갈 수 있다 할지라도 과거로 돌아가고 싶지 않다. 과거를 돌이켜보면 늘 아팠던 것 같다. 내가 이렇게 질병에 노출된 원인을 가만히 생각해 보면 어린 시절 경험했던 스트레스 때문이라고 생각한다. 정말 스트레스가 문제다. 만병의 원인이 스트레스라고 생각한다. 그러므로 마음이 너무나 중요하다. 내가 현재 어떤 마음을 갖고 있느냐가 앞으로의 내 삶을 결정하는 기준이 될 수 있을 것이다.

부다 바라기는 부족한 글이지만 한 사람이라도 이 책을 보고 용기와 힘을 얻어 스트레스로 상처 난 마음이 치유되고 질병이 회복되는 놀라운 기적들이 상식처럼 일어나기를 바랄 뿐이다.

1.
염증과의 싸움

친한 친구가 암 수술을 받고 치병 중이다. 내가 그 사랑하는 친구를 위해 무엇을 해줄 수 있을까를 고민하던 중에 그 친구에게 하고 싶은 이야기들을 이렇게 기록에 남기기로 하였다. 이 기록이 누군가에게도 도움이 되었으면 하는 바람이 크다.

내가 신장이식을 앞두고 제일 먼저 멀쩡한 사랑니를 제거했다. 이후 한동안 치과 치료를 받았다. 신장이식과 치과 치료가 무슨 상관이 있을까 처음에는 이해가 되지 않았지만, 훗날 그 이유를 알게 되었는데 바로 염증 때문이었다. 신장이식을 받고 나면 면역력이 제로인 상태가 되기 때문에 몸 안에 염증 반응이 일어나면 이 염증을 이겨낼 면역력이 없어서 위험하기 때문이다.

만병의 원인 중 하나는 염증이다. 특히 암 수술을 받은 이후에는 어떻게든 재발이나 전이가 되지 않도록 신경을 써야 하는데, 암이 재발하거나 전이되는 가장 큰 원인이 염증이다. 이런 염증을 발생시키는 것이 세균이다. 나도 신장이식 수술을 받은 후 무균실에 있다가 퇴원해서 집에 오기 전에 가족들이 나를 위해 가장 먼저 수고한 것이 바로 집안에 있는 세균의 온상지를 제거하는 작업이었다.

일단 책장과 책을 다 갖다 버렸다. 그리고 집안에 화분이나 어항을 치우고 동물이나 식물조차도 키우면 안 되었다. 아울러 온 가족들이 알코올로 집안 전체를 3번이나 닦아내는 중노동을 감수했다. 침대나 소파 등 가구들도 다 바꾸었다. 조리 도구나 식기류, 심지어 냄비조차도 다 바꾸었다. 식구들과 함께 식사하는 것도 조심해야 하고, 간혹 배달 음식을 시키게 되면 집에서 한 번 더 끓이는 수고를 해야만 했다. 이 모든 수고가 염증을 일으키는 세균을 막기 위함이었다.

암이 전이되는 이유

우리 몸에 세균이 가장 많은 곳은 입안이다. 다음으로 장이고 혈관이다. 그래서 환자들은 항상 입안을 청결하게 해야 염증 반응을 막을 수 있다. 암이 가장 많이 전이되는 부분은 세 군데인데, 폐와 간과 뼈이다. 왜 암이 이곳으로 쉽게 전이될까?

예를 들어 위암 환자의 경우, 위에 있던 암세포가 폐로 전이되는 것은 그리 쉬운 일이 아니다. 왜냐하면 위에 있는 세포와 폐에 있는 세포가 서로 다르기 때문이다. 따라서 위에 있던 암세포가 폐로 가면 처음에는 왕따를 당하고 자리 잡기가 어렵다. 전이되는 것이 어려운 것이다. 그런데 만약 폐에 염증이 있으면 암세포가 서식했던 환경과 염증의 환경이 거의 비슷해 폐세포의 왕따를 걱정하지 않고 암세포를 키워나갈 수 있는 것이다, 이렇게 되면 위암 세포가 폐로 전이가 된다. 따라서 폐와 간, 그리고 뼈에 암세포가 전이되는 것을 막으려면 이곳에 염증이 생기지 않도록 먼저 방어막을 형성해야 한다. 그 첫 순서가 세균이 들어오지 않도록 사전에 막는 것이다.

그래서 세균의 온상이 되는 입안과 장, 그리고 혈관을 조심해야 한다. 그렇다면 우리가 세균으로부터 보호하기 위해 가정에서 가장 먼저 신경 써야 할 부분은 무엇일까? 바로 냉장고이다. 암의 전이를 막으려면 가장 먼저 집 안에 있는 냉장고를 청결하게 해야 한다. 그래서 암 수술을 받고 집에 온 친구에게 가장 먼저 냉장고를 깨끗이 청소하라고 했다. 오래된 음식은 다 버리고 더러운 곳은 깨끗이 청소해야 한다고 했다. 그리고 식재료 또한 돈이 조금 더 들더라도 농약이 없는 유기농 식재료를 사용하라고 권면했다. 그러자 그 친구는 자기만 사용하는 냉장고를 준비해야겠다고 했다.

치병 생활의 첫 걸음은 기본을 지키는 것이다. 그 기본의 첫 걸음은 염증과의 싸움이다. 따라서 염증의 원인이 되는 세균을 어떻게 막을 수 있느냐가 중요한 포인트라 할 수 있다. 우리가 코로나를 통해 알 수 있듯이 세균을 100% 막는 것은 불가능하다. 하지만 코로나도 마스크를 쓰는 행위를 통해 어느 정도 방어 효과가 있듯이, 냉장고를 청결케 유지하는 것만으로도 우리 몸 안에 들어오는 세균들을 어느 정도는 막을 수 있다고 생각한다.

2.
이제 진짜 시작이다

처음 혈액 투석을 받을 때 병원에서 신장이식을 권유했다. 신장이식만이 살길이라는 것이다. TV 프로그램이나 드라마를 봐도 이식 수술을 받고 건강하게 살아가는 사람들의 이야기가 많이 나와서 나도 정말 그런 줄 알았다. 하지만 내 나름대로 사정이 있어서 10년 동안 혈액 투석을 받고 더는 버틸 수 없는 상황이 되었을 때, 아내의 신장을 기증받아 이식 수술을 받았다. 이때 지금까지의 모든 고생은 끝나고 새로운 인생이 시작되리라 잔뜩 기대에 부풀었다. 퇴원을 앞두고 담당 의사가 이런 말을 했다.

"이식 수술을 받고 50%는 5년 안에 죽으니까 조심하세요."

욕 나올 뻔했다. 아니나 다를까 병원에서 만난 이식 동기가 5분이 계셨는데, 이중 3분이 정말 3년 안에 다 죽었다.

나도 힘들게 이식 수술을 받고 한 달 동안 입원한 후 퇴원했는데, 퇴원한 지 딱 1주일 만에 갑자기 팔에 염증이 생겨 곧바로 응급실에 들어가 간신히 수술을 받고 1주일 만에 퇴원했다. 나는 이식 수술을 받으면 모든 것이 다 끝인 줄 알았는데 그것이 아니었다. 이식 수술을 받고 거대 바이러스라는 세균 때문에, 그리고 각종 이식 부작용으로 수도 없이 입원과 퇴원을 반복했다. 그래서 이식 수술을 받은 분 가운데 차라리 혈액 투석을 받을 때가 더 편했다고 이야기하는 분들도 계시다. 그리고 생각 이상으로 많은 분이 이식 수술을 받고 죽는 경우를 허다하게 봤다.

치료가 잘 되었다는 말의 의미

여기서 내가 하고 싶은 말은 수술을 했다고 끝이 아니라는 것이다. 암 수술이나 이식 수술을 받고 나면 의사 선생님은 "치료가 잘 됐습니다. 수술도 잘 됐습니다."라고 이야기한다. 이때 이 말을 듣는 환자는 너무나 기쁘고 감사하다. 치료를 잘 받아 깨끗하고 건강해졌으니까 이제는 '고생 없이 편하게 살 수 있겠구나'를 꿈꾼다. 그러나 안타깝게도 이것은 정말 꿈이다. 왜냐하면 의사의 말에 환자가 엄청난 오해를 하고 있기 때문이다. 보통 환자들은 의사 선생님이 치료가 잘 됐다고 할 때 '내가 수술이나 치료를 잘 받았으니까 다시는 암도 생기지 않고 병에 걸리지도 않으며 건강하게 잘 살 수 있겠구나'라고 생각한다.

하지만 이것은 엄청난 착각이다. 의사가 말하는 '치료가 잘되었다'라는 말은 병원에서 하는 수술이나 증상을 완화하는 일이 의사 계획대로 잘 되었다는 말이다. 자신들의 의료행위가 잘 되었다는 말이지 암이 사라지고 질병으로부터 완전히 치료되었다는 말이 아니다. 이제 의사로서의 역할은 다했으니 앞으로 암이 재발하거나 다른 곳으로 전이되는 것은 철저히 환자의 몫으로, 본인이 알아서 잘하라는 뜻이다.

치료란 증상을 완화하는 행위를 말한다. 반면에 치유는 병의 원인을 밝혀내고 제거함으로써 깨끗이 완치시키는 것을 말한다. 당뇨 환자가 혈당 강화제를 먹고 인슐린 주사를 맞는 것은 혈당이 높다는 증상을 일시적으로 완화하는 치료 행위에 불과하다. 그 사이에 당뇨병은 계속해서 진행되고 있다. 그러다가 뜻밖의 당뇨 합병증이라는 거대한 암초를 만나게 되는 것이다. 당뇨가 치유되려면 당뇨가 걸릴 수 밖에 없었던 환경, 마음, 생활 태도를 전반적으로 살펴서 췌장의 기능을 회복시켜 췌장에서 인슐린이 정상적으로 분비되어 혈당이 늘 정상이 되어야 당뇨가 낫는 것이다. 이것이 치유다.

혈압약도 마찬가지다. 혈압약을 줄 때, 의사가 이런 말을 한다. "혈압약을 먹으면 평생 먹어야 합니다." 이 말은 바꿔 놓고 생각하면 혈압약을 평생 먹어봤자 고칠 수 없다는 말이 된다. 심하게 말해서 혈압약이 소용없다는 것이다. 혈압약은 혈압이 높다는 증상 자체만을 완화하기 위해 혈관에 펌프질하는 심장의 기능을 약화시키거나 혈관벽에 있는 구멍을 칼슘길항제를 써서 순간적으로 이완시켜 혈압을 강제적으로 떨어뜨리는 일시적인 방법에 지나지 않는다. 이러한 치료 행위로는 절대로 고혈압을 고칠 수 없다. 혈압이 높은 원인을 찾아 그 원인을 제거해야 고혈압을 치유할 수 있다. 나도 한때 혈압 수치가 250까지 올라가고 평균 혈압이 180~190이었던 적이 있었다. 하지만 지금은 원인을 치유함으로 평균 120의 혈압을 유지하고 있다. 고혈압의 원인을 제거하자 아침에 4알, 저녁에 4알을 먹던 혈압약을 끊을 수 있었다.

치료와 치유의 개념 차이

여기서 우리는 치료와 치유의 개념을 정확히 알아야 한다. 치료는 겉으로 나타난 증상을 없애고 완화하는 것을 말한다. 암이 생겼을 때 수술이나 항암제, 그리고 방사선으로 겉으로 드러난 암 자체만 없애는 행위가 바로 치료다. 이런 치료 행위로는 절대로 암세포를 완전히 제거할 수 없다. 최고 수준의 치료를 받아도 전체의 80%만 없앨 수 있는 것이다, 병원에서 아무리 치료를 해도 없어지지 않는 암은 혈액과 림프구를 떠돌고 있다. 그리고 중요한 것은 그 어떤 검사 기기로도 드러나지 않은 아주 작은 미세 암들이 세포와 근육 속에 숨어 있다는 것이다. 그래서 환자가 병원의 말만 듣고 치료가 잘 되어 암이 다 사라진 줄 알고 마음을 놓았을 때, 그래서 옛 생활로 돌아갔을 때 이 미세 암들이 활동을 시작한다. 그러면 암이 재발하고 전이가 일어나는 것이다.

치료가 이렇게 드러난 증상만을 제거하는 일이라면, 치유는 그 증상이 일어나게 된 그 원인을 찾아 제거하는 일이다. 그래야 암이나 질병으로부터 완전히 벗어날 수 있다. 방구석에 곰팡이가 생기면 락스로 닦아 곰팡이를 제거하는 것은 치료이다. 겉으로 나타난 증상만 제거하는 것이다. 그러나 치유는 방에 곰팡이가 생긴 원인을 찾아 환기도 시키고, 구들장에 뜨거운 불을 피워 곰팡이 생길 환경을 제거하는 것이다. 이렇게 하면 다시는 방에 곰팡이가 생기지 않을 것이다. 하지만 락스로 백날 열심히 닦아봤자 시간이 지나면 곰팡이는 다시 생길 것이다.

암 환자나 질병이 있는 분이 병원에서 입원하고 수술을 받는 등 치료를 잘 받고 가정으로 돌아오면 이제 내 병은 다 고쳐진 줄 생각하게 된다. 그러나 전혀 그렇지 않다. 이제부터 진짜 시작이다. 몸 안에 남아 있는 미세 암세포들을 면역력이 깨끗이 청소할 수 있도록 내가 내 몸의 면역력을 상승시켜야 한다.

그리고 오늘도 내 몸 안에서 5,000개 이상의 암세포가 생기고, 내일도 암세포는 5,000개 이상 생길 것이다. 이것을 어떻게 감당할 수 있겠는가? 결국 면역력을 높이는 것만이 암에서 벗어날 수 있는 최선의 길이다. 그래서 퇴원과 함께 진짜 치유가 시작되는 것이다. 마음을 내려놓아서는 안 된다. 내 삶을 바꾸고 마음을 변화시키며 암이 생길 수밖에 없었던 내 주변 환경을 바꾸어야 한다. 그리고 하나님이 주신 내 몸을 그동안 불량 식품으로 오염시켰던 지난날을 되돌아보면서 세포 하나하나가 새로워질 수 있도록 운동과 음식이 적절하게 공급되어야 한다. 그러니 정말 할 일이 많다. 이제 시작이다. 진짜 투병은 지금부터이다.

3.
마음이 먼저다

나는 버스를 못 탄다. 더 정확히 말하면 고속버스만 못 탄다. 지하철이나 ktx, 심지어 시내버스도 잘 탄다. 하지만 유독 고속버스만 못 탄다. 신기하게도 고속버스만 타면 배가 아프다. 그것도 굉장히 아프다. 어느 시점부터 고속버스를 못 탔는지는 모르지만, 나에게는 트라우마가 있다. 천안에서 고속버스를 타고 서울에 가면 1시간 거리인데, 1시간도 참지 못하고 오산IC 근처에서 배가 아파 내린 적이 있었다. 정류장이 아닌 곳에서 승객을 내려주면 버스 기사님에게 큰 책임이 주어지기에 웬만하면 절대로 내려주지 않지만, 내 상태가 너무 안 좋았기 때문에 그때마다 기사님이 고맙게도 내려주셨다. 서울 톨게이트에서 내린 적도 여러 번 있었는데, 그때는 하이패스가 상용화되지 않은 때여서 사람들이 차량 통행권을 직접 주고받던 시절이었다. 서울 톨게이트에는 통행권을 받던 사람들이 업무 교대를 위해 그들만이 다니는 지하 복도가 있다. 내가 여러 번 배가 아파 이 길을 애용하면서 화장실까지 가는데 여러 번 순교하는 줄 알았다. 그 길이 얼마나 긴지 모른다. 이런 일들을 경험한 후에는 아예 고속버스를 타지 못했다.

이런 나의 사정을 모르는 사람들은 서울에서 모임 약속이 있으면 천안 시민인 나를 위해 서울 강남 고속버스터미널에서 약속 장소를 잡기도 한다. 고속버스를 타고 가면 여러모로 편하고 약속 장소에 일찍 도착할 수 있지만, 나는 고속버스를 탈 수 없기에 천안아산역에서 SRT를 타고 수서로 가서 지하철을 타고 고속버스터미널에 간다. 1시간이면 갈 수 있는 거리를 2시간 30분이나 걸리는 아주 비효율적인 방법을 선택해서 다니는 것이다. 나는 지금도 어디 생소한 장소에 가면 가장 먼저 화장실이 어디에 있는지 확인하고 다니는 습관이 있다. 화장실의 위치를 확인해야 마음이 편해진다.

병원에 가서 진료를 받아보면 병명은 똑같았다. '과민성 대장 증후군' 혹은 '신경성 대장 증후군'이라고 한다. 이 병명은 쉽게 말해서 원인을 모르겠고, 신경이 예민해서 그런 일이 일어난다는 것이다. 다시 말해 마음의 문제라는 것이다. 그런데 시내버스나 지하철을 타면 왜 배가 아프지 않을까? 고속버스와 다르게 언제든지 차에서 내려 화장실에 갈 수 있다는 사실이 나의 마음에 안정감을 주기 때문에 배가 아프지 않은 것이다.

질병은 마음의 병

이 질병은 마음의 병이다. 겉으로 드러난 증상은 배가 아픈 몸의 문제지만, 실상은 언제든지 화장실에 갈 수 없다는 마음의 불안감이 고속버스를 타면 배가 아픈 것으로 나타나는 것이다. 몸이 아픈 것은 마음이 아파서 시작된 것이다. 결국 질병은 몸의 문제가 아니라 마음의 문제이다. 내가 만나 본 대다수의 암 환자에게는 공통점이 있다. 첫째는 너무 착하다. 둘째는 착해서 할 말을 못 한다는 것이다. 셋째는 그 할 말을 마음에 쌓아두다 보니 이것이 화병으로 변하고, 결국 암세포로 변질되었다는 것이다. 물론 모든 암이 다 이런 이유로 생겼다고 할 수는 없다.

내가 암에 걸렸다는 사실을 처음 알게 될 때, 사람들은 대부분 너무 놀라고 당황해서 무엇을 어찌해야 할지 모른다. 그리고 아무리 이성적인 사람이라 할지라도 판단력과 분별력이 한순간에 확 떨어진다. 금방 죽을 것 같기에 먼저 병원을 찾고 병원의 지시에 따라 수술, 방사선, 항암 치료라는 기본적인 치료 순서를 밟게 된다. 그러나 여기서 명심해야 할 부분이 있다. 암은 오랜 시간에 걸쳐 암이 생긴 것이지 갑자기 생긴 것이 아니다. 따라서 암의 진행 또한 특별한 경우를 제외하고는 급하게 전이되고 나빠지지 않는다. 따라서 여유를 가지고 암이 발병했다 해서 먼저 어떤 치료를 받을 것인가를 고민할 것이 아니라 '나에게 왜 암이 발생했는가?'를 먼저 살펴봐야 한다. 그래야 진짜 원인을 치료하고 완전한 치유의 길로 갈 수 있기 때문이다.

암의 발생 원인

암의 발생 원인은 너무나 많다. 하지만 암에 걸린 사람은 스스로 어느 정도 인지할 수 있다. 나에게 무슨 문제 때문에 암이 발생하게 되었는지 조금은 감을 잡는다는 뜻이다. 이것을 외면하고 싶고, 피하고 싶을 뿐이다. 나에게 암을 가져다준 그 원인과 직면하고 싶지 않은 것이다. 하지만 살려면 어쩔 수 없다. 몸의 문제 이전에 내 마음의 문제를 직면해야 한다. 내 마음속에 어떤 문제가 있었는지를 세밀하게 살펴봐야 한다. 힘들면 상담을 받는 것도 좋은 방법이다.

지금까지의 내용을 요약하면 이렇다. 몸이 아픈 것은 그 이전에 마음이 먼저 아픈 것이다. 따라서 몸을 치유하려면 먼저 마음을 치유해야 한다. 그리고 내 주변환경과 생활습관 가운데 반드시 암이나 질병이 발병할 수밖에 없었던 요인들이 자리 잡고 있기에 이것을 개선하려는 노력이 필요하다. 그리고 최후에는 하나님과의 영적인 관계를 살펴보아야 한다. 결국 몸의 문제는 몸과 마음 그리고 내 주변환경과 아울러 영적인 관계까지도 함께 살펴보고 함께 치유해 가야 한다.

몸과 마음과 영은 각각 독립적인 존재가 아니다. 서로 밀접하게 연결되어 있고, 서로가 서로에게 영향을 주고받는다. 따라서 몸이 아프다고 해서 몸만 치료해서는 안 된다. 몸과 연결된 마음과 영도 함께 치료해야 진정한 치유가 일어난다. 암을 치유하고 질병에서 완전히 벗어나려면 암과 질병이 걸린 시간만큼 치유의 시간이 필요하다. 절대로 짧은 시간 안에 결과를 보려고 조급하게 생각하고 행동해서는 안 된다. 어쩌면 평생이라는 시간이 걸릴 수도 있다.

하지만 어떤 상황에서도 미리 포기할 필요는 없다. 몸이 안 좋으면 마음과 영이 몸의 치유를 도와줄 것이다. 마음이 아프면 몸과 영이 곁에서 극진히 간호해 줄 것이다. 영의 회복도 반드시 몸과 마음의 도움이 필요하다. 기도만 한다고 해서 영이 치유되는 것이 아니다. 총체적으로 협력해야 온전한 치유가 일어난다. 한쪽 문이 닫히면 한쪽 문이 열린다고 했다. 하지만 그 문을 향해 가는 복도는 어둡고 험할 수 있다. 하지만 가보면 결국 열린 문을 향해 밝은 빛을 보게 될 날이 반드시 오게 될 것이다. 그 문을 향하여 GO GO!

4.
가장
무서운 것

대학교 2학년을 마치고 휴학을 하고 입대를 기다리고 있었다. 이때 내 몸에 이상이 있다는 것을 느끼고 대학병원에 가서 진찰한 결과, 당뇨가 심해서 결국에는 군 면제까지 받게 되었다. 1987년. 이때부터 시작된 나의 병원 생활은 벌써 35년째가 되었다. 지금은 서울에 있는 대형병원을 다니는데 신장내과, 내분비과, 안과를 다니고 있다. 어느 때는 내가 이 병원을 먹여 살리고 있는 것은 아닌가 착각이 들 정도로 열심히 진료비와 수술비를 착실하게 내고 있다. 그런데 35년이면 병원에 가는 것도 익숙해질 만한데 아직도 매번 피검사하고 담당 주치의 선생님을 만나러 가는 길은 불편하기 짝이 없다. 의사 선생님은 내 얼굴을 보는 것보다 오직 모니터만 보면서 마치 내 몸에 어딘가 이상이 있는 곳을 반드시 사명을 갖고 찾겠다는 의욕에 불타 계신 것처럼 보일 때가 많다.

의사 선생님은 많은 말씀을 하지 않으신다. 나도 크게 기대하지 않는다. 내가 바라는 말씀은 오직 한 가지, "3개월 후에 봅시다." 그러면 며칠 동안 검사 때문에 받았던 스트레스가 한순간에 사라지면서 온 세상이 천국처럼 보인다. 사람들도 얼마나 사랑스럽게 보이는지 다 미남이요 미녀들처럼 보인다. 병원에서 집으로 돌아오는 길에는 웬만하면 그동안 먹지 못했던 불량식품을 고속도로 휴게소에 들러 오직 나만을 위해 맘껏 사 먹는다. '이제 3개월 생명은 연장받았으니 오늘은 먹고 싶은 것을 마음껏 먹어'하며 나를 위로해준다.

가장 무서운 두려움

35년 동안 투병 생활을 하면서 내가 가장 무서워하는 것이 한 가지 있다. 바로 '두려움'이다. 갑자기 내 몸 어디선가 통증이 느껴지고, 아침에 일어났는데 컨디션이 너무 나빠 침대에서 일어나는 것이 엄청 힘들면 순간적으로 두려움이라는 것이 예고도 없이 내 마음에 훅하고 쳐들어온다. 두려움이 내 안에 들어오면 나는 놀지 못한다. 온 신경이 두려움에 사로잡혀 맛있는 것을 먹어도 맛을 모르겠고, 누가 나에게 말을 걸어와도 내 귀에 들리지 않고, 재미있는 영화를 봐도 눈에 들어오지 않는다. 심지어 그토록 예쁜 손주들이 재롱을 피워도 입 모양만 살짝 웃을 뿐이지 진짜 기뻐서 웃지 못한다.

한때 누우면 폐에 물이 차서 호흡을 제대로 할 수 없어 책상 의자에 앉아 오랫동안 잠을 청한 적이 있었다. 긴 밤을 지새우면서 '이러다 나 죽는 거 아냐?'라고 생각하며 두려움과 사투를 벌이고 있는데, 아내와 자녀들이 거실에서 TV를 보며 서로 깔깔거리고 웃는 소리가 들리면, 그 소리가 얼마나 거슬리고 짜증이 났는지 모른다. 이런 것을 보면 내가 얼마나 못된 놈인지 다시 한번 확인하게 된다.

내가 여기서 말하고자 하는 것은 두려움에 사로잡히면 사람이 이렇게까지 된다는 것이다. 내가 만나 본 많은 암 환자와 만성질환자를 보면 거의 모든 사람이 두려움에 사로잡혀 있다. 누군가를 만나 이야기를 하게 되면 즐겁게 대화를 하며 웃기도 하지만, 그 대화가 끝나는 순간 다시 끝없는 깊은 나락의 밑바닥까지 떨어져 깊은 두려움에 몸서리치는 것을 보게 된다. 다시 말해 투병하시는 분들은 하루에도 수십 번 기분이 좋았다가 나빴다가 한다. 그러니 그 주변에 계신 가족분들은 또 얼마나 힘들겠는가?

내 경험에서도 암 환자분들과 많은 대화를 하고, 격려하고, 용기를 주고, 무엇인가 새롭게 하자고 약속한 후에 헤어져서 집에 와 전화하면 다시 대화하기 이전의 모습으로 돌아와 있는 것을 보게 된다. 환우분들은 그런 자신의 모습을 보면서 한없는 우울감에 사로잡혀 괴로워한다. 이것이 다 병에 대한 두려움, 내 앞에 펼쳐질 미래에 대한 두려움, 고통에 대한 두려움 그리고 결국에는 죽음에 대한 두려움 때문에 벌어지는 일들이다. 지극히 자연스러운 일이다. 하지만 분명한 것은 두려움은 내가 치병 생활을 하는데 백해무익하다는 것이다. 그러나 내 마음을 스스로 조절하지 못하기 때문에 나쁘다는 것을 알면서도 매번 두려움에 빠지게 된다.

무지에서 오는 두려움

두려움은 무지에서 온다. 모르기 때문에 두렵고 무서운 것이다. 늘 다녔던 길은 한밤중에 다녀도 무섭지 않지만, 처음 가는 낯선 길을 한밤중에 다니는 것은 무섭고 두려운 것이 당연하다. 나는 내 나름대로 두려움이 찾아오면 두 가지 행동을 취한다. 첫째는 이 두려움이 어디서 왔는지, 그 이유를 찾으려고 노력한다. 특히 통증이 와서 두려움이 찾아오게 되면 내 주변의 사람들에게 문의해서 이 통증이 왜 생겼는지 찾으려고 한다. 그래서 통증의 원인을 알게 되면 마음이 놓이고 '치료하면 괜찮아질 거야'하는 확신이 생길 때 비로소 두려움이 사라지는 것을 많이 경험했다. 둘째는 두려움이 생기면 나의 멘토가 되는 주변 분들과 통화한다. 그래서 이 분들과 내 몸 상태에 대해 여러 가지 대화를 나누다 보면 거기에서 해답을 찾을 때가 많이 있었다. 이런 점에서 치병 생활을 할 때, 내 곁에 나에게 상담을 해 줄 수 있는 고마운 분이 계시면 천군만마를 얻은 것처럼 큰 힘과 위로가 된다. 당연히 두려움도 빨리 벗어날 수 있다.

두려움에 사로잡히면 교감신경이 활성화되어 내 몸은 긴장 상태에 돌입한다. 당연히 그만큼 면역력이 떨어지기 때문에 염증은 더욱 활성화되고 암세포들도 난리를 치며, 혈액은 더욱 탁해져 통증을 강화시킨다. 두려움 때문에 기가 막히고, 기가 막히니 더욱 기가 막힐 일들이 발생해 더 아프고 힘들어지는 것이다. 두려움의 반대는 감사와 기쁨이다. 어둠이 가득한 빈방에 어둠을 없애려고 별 짓을 다 해도 소용이 없다. 어둠은 인간이 해결할 수 있는 문제가 아니다. 어둠을 해결할 수 있는 유일한 방법은 그 방에 빛을 비추는 것이다. 어두웠던 방에 문이나 창문을 열어 햇빛이 들어오게 하면 한순간에 어둠은 사라진다.

두려움은 없애려고 아무리 노력해도 안 된다. 빛이 필요하다. 그 빛은 감사와 기쁨이다. 그렇다고 감사하고 기뻐하자고 백날 외치고 다짐한다고 되는 것이 아니다. 의욕으로 되는 것도 아니고 의지로 되는 것은 더욱 아니다. 오히려 내 의지와 내 노력으로 무엇인가 해 보려는 마음을 포기하고 내려놓아야 한다. 그리고 그 분께 내 생명과 삶을 맡겨야 한다. 그래야 진정한 평안이 찾아오면서 두려움도 사라지고 건강한 치병 생활을 할 수 있는 것이다.

"지금도 두렵습니까? 두려운 사람끼리 모여서 한바탕 놀아봅시다."

5.
환자의 주권 찾기

오랜 세월 병원을 다니면서 내 머릿속에서 항상 떠나지 않는 질문 하나가 있다. '의사의 진료 행위에 대해 환자에게는 어느 정도의 선택권, 즉 자율권이 있는가?'라는 것이다. 특히 암 환자분들과 상담하다보면 항상 나오는 문제가 의사의 항암 치료 권유에 대해 환자 자신이 어떻게 대처해야 될지 모르겠다고 하소연하는 경우가 많았다. 환자 본인은 항암 치료에 대해 나름대로 생각이 있는데 의사가 이것을 받아주지 않고 무조건 항암 치료만을 강요할 때 무척 난처하다는 것이다.

물론 나도 무엇이 해답인지 모르겠다. 암 환자에게 항암 치료가 정답인지, 아니면 항암 치료의 부작용이 위험하니

하지 않는 것이 정답인지 함부로 말할 수 없다. 그리고 이것은 환자의 생명과 직결되는 문제이기 때문에 제3자인 나 자신이 '항암 치료를 하라, 하지 말라'라고 말할 수 있는 입장이 아니기도 하다. 간혹 이런 생각을 할 때가 있다. '만약 내가 암에 걸린다면 나는 수술과 항암 치료를 어떻게 할 것인가?' 당연히 내 나름대로의 생각이 있다. 하지만 그것은 순전히 내 생각이고 내 문제이다. 내 생각을 누군가에게 함부로 이야기하거나 권유할 수는 없다. 그러므로 무엇이든 함부로 말하기가 조심스럽다.

며칠 전 3개월마다 연례행사처럼 치루는 병원 진료가 있었다. 아내는 나에게 신장을 기증해 주었기 때문에 아내는 평균 6개월마다 신장에 대한 검사와 진료를 받는다. 공교롭게도 오늘 같은 날짜에 진료 예약이 잡혀서 함께 병원에 갔다. 여기서 몇 가지 일들이 있었다. 에피소드라고 하면 할 수 있는 일인데 누군가에게 조금이라도 참고가 되었으면 하는 바람으로 이 글을 적어본다.

에피소드 하나 : 혈압 체크 방법

병원에 가면 가장 먼저 하는 것이 혈압을 체크하는 것이다. 평소 내 혈압은 120대 정도를 유지하는 정상 혈압이다. 그런데 오늘은 혈압이 146이 나왔다. 만약 이 수치를 보여주면 단번에 고혈압이라고 약을 주던지 검사하자고 할 것이 뻔한 일이다. 그래서 약 1분 정도 쉬고 다시 혈압을 체크

했더니 130대로 나왔다. 그래서 다시 1분 정도 있다가 혈압을 체크하니까 평소 내 혈압으로 돌아왔다. 그래서 당당히 세 번째로 체크한 혈압 수치를 간호사에게 제출했다. 병원에서는 혈압을 체크해서 130만 넘으면 고혈압 예비 환자라고 하면서 조심하라고 이야기를 하거나, 심한 경우에는 혈압약까지 지어주는 경우들이 허다하다. 그러나 병원에서 체크하는 혈압에는 몇 가지 문제가 있다.

첫째로 병원에 들어서는 순간, 병원 냄새가 내 콧속을 향해 돌진하면서 스트레스가 쌓여 혈압이 오르는 것이다. 둘째로 병원에 오면서 빨리 걷거나 계단을 이용해 혈압이 오르는 것이다. 셋째로 병원에서 체크하는 혈압이 자신의 진짜 혈압보다 약간 높게 나오는 편이다. 그러므로 자신의 정확한 혈압을 체크하려면 병원의 똑같은 장소에서 똑같은 기계로 3~4번 체크해봐야 한다. 혈압을 체크할 때마다 나오는 혈압 수치가 다 다르게 나온다. 심지어 왼팔과 오른팔의 혈압도 차이가 있다. 그래서 병원에서 혈압을 체크할 때는 일단 안정을 취한 후, 여러 번 혈압을 체크해 보는 것이 좋다. 그러니까 병원에 도착하자마자 첫 번째로 체크한 혈압 수치가 130을 넘었다고 해서 고혈압이라고 말을 한다면 어불성설이다. 정확한 혈압 수치를 체크하고 싶다면 하루에 최소 4번의 혈압 체크를 해야 한다. 아침에 일어나자마자 체크하고, 오전에 식후 1시간에 체크하고, 오후에 평안할 때 또 체크하고, 마지막으로 잠자리에 들기 직전에 체크해서 그 수치들을 종합적으로 판단해서 결정해야 한다. 그렇지 않고 어떤 이유로 병원에 가서 체크했더니 130이 넘었다고 고혈압 위험군이나 고혈압 환자라고 누군가 말한다면 일단 그 말에 귀 담아 듣지 말고 다시 정확하게 체크한 다음에 판단해도 늦지 않을 것이다.

나는 평소 이런 생각을 해 본적이 있다. '제약회사에서 고혈압 약을 못 만드는 것인가, 안 만드는 것인가?', '제약회사의 입장에서 고혈압 치료제를 만드는 것이 이익일까, 아니면 지금처럼 고혈압을 치료하지 않고 일시적으로 혈압을 떨어트리는 현재의 약을 그대로 파는 것이 이익일까?' 물론 나는 모른다. 그러나 누군가는 알지 않을까? 그런 생각을 해본다. 의사가 고혈압 약을 처방하면서 이런 말을 자주 한다.

"고혈압 약을 한 번 먹으면 평생 먹어야 합니다."

이 말을 뒤집어보면 '이 고혈압 약을 평생 먹어봤자 고혈압은 못 고칩니다'라는 이야기가 아닌가? 그런데도 많은 고혈압 환자들이 아무 생각 없이 의사가 처방하는 고혈압 약만 수동적으로 먹으면서 고혈압이 치료될 것이라고 믿는 것이 안타깝다. 환자의 주권을 찾아야 할 필요가 있지 않을까? 강력하게 권면하고 싶다.

에피소드 둘 : 자생력

예전에 피 검사 결과 어떤 부분이 정상 범위를 벗어났기 때문에 약 하나를 추가해야겠다고 의사 선생님이 말씀하신 적이 있었다. 피 검사 결과로 나타난 수치이니까 내가 반박할 근거가 부족해서 일단 약을 받아왔다. 그러나 내 입장에서는 이 약을 먹기가 꺼림직 했다. 이것은 내가 식생활을 조금 개선하고, 운동을 좀 더 하면 얼마든지 개선될 수 있는 부분이라고 생각했기 때문이다. 그래서 약은 받아왔지만, 그 약을 먹지 않았다. 그런데 이후에 진행한 피 검사 결과를 보니 그 수치가 정상범위 안으로 들어온 것이다. 당연히 의사 입장에서는 자신이 처방해준 그 약 때문에 수치가 개선되었다고 생각했을 것이다. 하지만 나는 그 약을 먹지 않았다. 그런데도 수치는 개선되었다. 이것이 무엇을 의미하는 것인가? 우리 몸에는 나름대로 자생력이 있다는 것이다.

몸에 안 좋은 부분이 있고, 피 검사 결과 정상 수치를 벗어난 부분이 있어도 내 몸에게 회복할 수 있는 기회와 시간을 줄 필요가 있다. 그래서 내 몸의 면역력이 스스로의 힘, 즉 자생력을 통해 내 몸을 스스로 치유할 수 있도록 기회를 주어야 한다. 약을 사용하고, 수술을 하는 등의 의료 행위는 심사숙고를 거친 후 최종 단계에서 진행하는 일이지 무조건 처음부터 적극적인 치료 행위를 하는 것이 무조건 옳다고 할 수 없다.

에피소드 셋 : 환자로서의 권리

진료를 받고 나온 아내가 화가 잔뜩 나 있었다. 이유를 물어보니 사연은 이러했다. 어떤 수치 하나의 정상 범위가 120이하여야 했다. 그런데 아내의 수치는 자그마치 121이나 되었다. 다시 말해 정상 범위에서 딱 1이 높은 것이다. 그런데 주치의가 처방을 내리기를 이 수치 때문에 종합 검사를 해야 한다고 하면서 6가지의 검사를 진행하라고 처방을 내려 준 것이다. 아내가 이것은 아니지 않느냐고 항변했지만 소용이 없었다. 내가 내 돈을 내고 의사를 만나는데 환자는 언제나 의사 앞에서 약자가 되고 의사의 눈치를 봐야하는 이 현실이 아이러니할 뿐이다.

그래서 아내가 보여준 검사 계획표를 보니 장난이 아니었다. 내가 볼 때는 이런 검사를 받으면 오히려 더 건강에 해로워질 것 같았다. 의사들은 병원에서 행하는 각종 검사들이 환자의 건강에 어떤 영향을 미치는지 잘 알고 있음에도 너무나 쉽게 방사선 촬영, CT 촬영, MRI 촬영, 혈관 조영술 등 검사들을 아무렇지도 않게 요구한다. 물론 검사가 반드시 필요할 때가 있다. 질병을 발견하는데도 유익하다. 하지만 함부로 해서는 안 되는 것이기도 하다. 그래서 내가 아내에게 웃으면서 "걱정하지 마, 이런 검사들을 받지 않고 진료를 받을 수 있어, 내가 했던 방법들을 가르쳐 줄 테니 그렇게 하면 검사하지 않아도 돼 그러니 너무 화내지 마."라고 말하고는 집으로 돌아왔다.

나는 지금 의사를 비판하려고 하는 것이 아니다. 의사가 검사 결과를 가지고 이상이 발견되었을 때, 새로운 검사를 요구하는 것은 지극히 당연한 일이다. 오히려 이렇게 하지 않으면 의사의 직무유기이다. 의사는 의사로서의 할 도리를 다 한 것이다. 따라서 검사를 요구하는 의사에게는 잘못이 없고, 이런 의사를 비판하는 것 또한 부당한 일이다. 그렇다면 환자는 어떻게 해야 할 것인가? 내 생각에는 환자도 환자로서의 권리가 있다고 본다. 자율권을 통해 환자 본인이 스스로 판단하고 행동할 권리가 있는 것이다.

무례한 말이고 충분히 오해의 소지가 있는 말이지만, 환자는 의사의 권면을 100% 순종하는 것만이 능사가 아니라 참고할 것은 참고하고 버리고 무시할 것은 버려야한다. 환자가 주체성을 잃어버리고 의사의 말에만 종속되어 버리면 마지막 순간에는 후회할 여지가 많다. 내가 예전에 다니던 병원에서 우연히 내 차트를 본 적이 있었다. 빨간색으로 글자가 적혀 있는 글을 보고 놀라 자빠지는 줄 알았다. 차트 겉표지에는 이런 글이 있었다.

'이 환자는 의사의 말을 잘 듣지 않는 목사입니다'

내가 얼마나 착하고 고분고분한 환자인데, 이런 말을 듣다니. 어이가 없어 웃음만 나왔지만 이상하게도 기분이 나쁘진 않았다. 환자는 환자로서의 권리를 추구해야 한다. 의사 앞에서 순한 양처럼 고분고분한 것만이 능사는 아니다. 어필할 것이 있으면 분명하게 이야기해야 한다. 그러려면 무언가를 알아야 한다. 이를 위해서 가장 먼저 환자는 자신의 질병에 대해 공부해야 한다. 본인이 공부하지 않으면 의사 앞에서 할 말도 없고, 누가 나대신 투병해주지도 않는다.

그리고 앞에서도 말했던 것인데, 나를 도와줄 멘토가 있으면 더욱 좋다. 환자 본인이 의학 상식이 부족하고 의사에게 어떻게 어필해야 좋을지 알기 쉽지 않기 때문에 나와 똑같은 질병을 경험했고, 병원과 질병에 대해 나름대로 경험과 식견이 있는 분의 도움을 받게 된다면 그야말로 슬기로운 환자생활이 될 수 있다. 모르면 당한다. 병원은 도덕적이고 윤리적인 자선 단체가 아니다. 냉정한 경제 논리가 지배하는 곳이 병원이다. 다른 것도 마찬가지지만 문제는 돈이다. 돈이 모든 문제의 원인이다. 돈에서 받침 하나 바꾸면 독이 되는 이 세상에서 잘못하면 돈인지 독인지 모르고 당할 수 있다.

알자, 배우자, 공부하자, 상담하자. 많이 생각하자! 그래야 건강하게 장수하지 않겠는가? 우리 모두 짧고 굵게 모세만큼 살아야 하지 않겠는가? 나는 욕심 없이 아브라함만큼만 살려고 하는데…

6.
기다려야 한다

내가 10년 동안 혈액 투석을 받으면서 두 가지 간절한 소원이 있었다. 그 소원만 이루어지면 더 이상 바랄 것이 없고, 정말 행복할 줄 알았다. 그 첫 번째 소원은 단번에 500ml 생수병을 들이키는 것이다. 투석을 받을 때는 수분 섭취를 최대한 줄여야 해서 하루에 마실 수 있는 물의 양이 500ml, 생수 한 병이었다. 그래서 늘 목이 마르고 물을 실컷 먹고 싶은 마음이 얼마나 간절했는지 모른다. 둘째는 소변을 보는 것이다. 다 큰 성인이 무슨 소변이야기를 하느냐고 할지 모르지만 투석 환자에게 로망중의 로망이 소변을 보는 것이다. 환자마다 약간의 차이는 있지만 나는 투석을 받는 그날부터 이식 수술을 받은 10년 동안 전혀 소변을 보지 못했다. 한 방울의 소변도 나오지 않았다. 신장에서 수뇨관, 전립선, 방광, 요도가 완전히 말라 비틀어져서 제 기능을 거의 상실한 것이다. 그러니 소변독이 내 몸에서 제대로 빠지지 않아 온 몸에 독소가 쌓이고, 그 독소로 인한 부작용은 말로 다 헤아릴 수 없었다. 따라서 얼마나 소변이 보고 싶었겠는가? 혼자서 맘만 먹으면 소변을 볼 수 있는데도 무엇인가 불평하는 사람이 있으면 다 회개해야 한다. 오줌을 잘 싸는 게 축복 중에 축복이다. 오줌을 싸면서 가만히 있지 말고 온 맘 다해 감사 기도해야 마땅하다.

나는 혈액 투석을 하면서 물을 마음껏 마시고, 신나게 소변만 볼 수 있으면 더 이상 바랄 것이 없을 것이라고 생각했다. 하지만 화장실을 들어갈 때와 나올 때 마음이 달라진다고 신장 이식 수술을 받고 이 생각은 여지없이 깨지고 말았다. 수술이 끝나고 중환자실에서 깨어났을 때, 나는 소스라치게 놀랐다. 내 몸이 무슨 실험체인줄 알았다. 주사와 알 수 없는 줄이 내 온 몸을 휘감고 있어서 몸을 전혀 움직일 수가 없었다. 고개조차 돌릴 수 없었다. 중환자실에 있는 약 1주일 동안 몸을 전혀 움직이지 못하는 고통 때문에 잠을 전혀 잘 수 없었고, 아무것도 먹지 못했다. 정말 미치는 줄 알았다. '사람이 이렇게 미치는구나.'라는 생각이 절로 들었다. 하지만 시간이 지남에 따라 주사와 각종 줄들이 하나씩 제거되기 시작했다. 역시 시간이 지나니까 저절로 해결되는 것이 생기기 시작한 것이다. 그러나 끝까지 나를 떠나지 않고 내 곁에 꼭 붙어 있는 한 놈이 있었다. 바로 소변줄이었다. 중환자실에서 죽도록 고생한 다음, 오직 소변줄만 차고 옮겨진 곳은 준중환자실이었다. 여기서 소변 줄을 빼야 2인실로 옮길 수 있었다.

지옥문이 열리다

나는 의사 선생님이나 간호사님을 만날 때마다 하루빨리 소변 줄을 빼달라고 요청했다. 그러나 그때마다 간호사님이 하시는 말씀이 "소변줄을 빼는 그 순간 지옥문이 열립니다."라고 하는 것이었다. 당연히 이때는 이게 무슨 말인지 도무지 이해할 수 없었다. 내 생각에는 소변줄을 차고 준중환자실에 있는 게 지옥 같은데, 간호사님은 "지금이 편한 줄 아세요, 여기가 천국입니다."라고 더욱 알 수 없는 이야기만 하는 것이었다. 간호사님의 이야기가 무슨 말인지 알기까지는 별로 시간이 걸리지 않았다. 며칠 뒤 소변줄을 빼고 2인실로 옮겼다. 신장이식 수술 동기와 약 3주 동안의 동거생활이 시작되었다.

신장 이식 수술을 받으면 가장 먼저 하는 것이 물을 마시는 것이다. 10년 동안 멈춰 있던 신장과 방광 기능을 되살리기 위해 끊임없이 수분을 섭취해야 된다. 그래서 하루에 평균 500ml 생수병 8개를 먹어 약 4리터의 물을 마시게 된다. 혈액 투석할 때 그토록 소망했던 생수를 단번에, 그것도 하루에 8병씩이나 들이키게 된 것이다. 얼마나 기쁘고 좋았는지 모른다. 드디어 내 소원이 이루어진 것이다. 정말 하나님이 살아서 역사하시는 게 몸소 느껴지고 저절로 감사가 나왔다. 하나님이 이 세상에서 나만 사랑하시는 것 같았다. 그런데 이것도 하루 이틀이지 매일같이 8병을 마시니까 정말 곤욕이었다. 그러자 갑자기 투석할 때 1병만 마시던 그 시절이 얼마나 그리워지던지. 정말 내 자신이 얼마나 간사한 지 확실하게 느꼈다. 그때서야 깨달았다. 소원이 이루어진다고 다 좋은 것은 아니라는 것을,

이렇게 열심히 물을 마시면서 매일같이 하는 것이 감염 우려 때문에 주사액을 수액 1,000ml에 섞어 24시간 주사를 맞고 있어야 하는 것이다. 아울러 하루 세끼의 밥을 먹었다. 계산해 보면 내가 하루에 최소 물 4,000ml와 수액 1,000ml, 그리고 음식에서 섭취하는 수분까지 최소 5,500ml의 물을 마시는 셈이 되었다. 이때 10년 동안 아무런 일을 하지 않던 내 방광을 검사해보니 일반 성인들의 방광이 500~600ml의 소변을 담을 수 있는 것에 비해 나는 130ml의 소변만 저장할 수 있었다. 130ml이면 야쿠르트 병 하나의 분량이다. 그러므로 나는 매일 섭취하는 5,500ml의 수분을 130ml의 방광으로 순간순간 퍼내야 한다. 하루에 평균 42번의 소변을 봐야 하는 것이다. 쉽게 말해서 1시간에 2번씩, 즉 30분에 한 번씩 종일 소변을 봐야 한다. 그러니 한 밤중에도 잠을 잘 수가 없었다. 내 방광에 130ml의 소변이 차면 바로 화장실에 가야했다. 드디어 '소변 줄을 빼

면 지옥문이 열린다.'라는 간호사님의 말이 이해가 되었다.

우리 소변 틉시다

소변을 봐야 하는 것 때문에 밤에 잠도 자지 못하고, 어디를 가지도 못했다. 그래서 이렇게 살다가는 소변 때문에 잠을 못자 죽을 것만 같았다. 그래서 내가 먼저 옆에 있는 환자에게 한 가지 제안을 했다. "우리 소변 틉시다." 소변을 트자는 말은 밤에 화장실에 가지 말고 침대에서 그냥 소변통에 소변을 보자는 이야기이다. 그러니까 침대에서 밥을 먹고, 거기서 자다가 소변을 보고 싶으면 그 자리에서 소변통에 소변을 보자는 것이다. 옆 침대 사람도 많이 힘들었는지 기다렸다는 듯이 수락을 해서 우리는 소변을 트는 끈끈한 사이가 되었다. 볼 것, 못 볼 것을 다 보면서 열심히, 그것도 다 큰 성인이 침대에서 오줌을 쌌다.

이때 내가 생생하게 기억하는 것이 한 가지가 있었다. 시간이 지나니 방광의 크기가 정말 조금씩 커지는 것이었다. 언제나 130ml의 용량을 가진 방광일 줄 알았는데, 일주일, 한 달이 지남에 따라 신기하게도 조금씩 커졌다. 이것은 당연한 이치였다. 10년 동안 멈추었던 방광이 이제 일하기 시작했으니 130ml였던 방광의 용량이 하루아침에 원래 크기로 커질 수는 없었다. 방광이 커지는 데는 시간이 필요했다. 이때 내가 할 수 있는 일은 오직 한 가지, 무조건 기다리는 것이었다. 그랬더니 언제인지 정확히 그 시점은 모르지만, 내 방광이 500ml의 방광으로 커지게 되었다. 방광의 용량이 130ml였을 때, 방광의 용량을 키우기 위해 운동하고 보약을 먹고 식이조절을 해도 아무런 소용이 없었다. 방광에게는 방광의 근육이 제 역할을 하기까지 나름의 시간표가 있었던 것이다. 이것은 내가 어찌할 수 없는 영역이다. 내가 할 수 있는 일은 오직 방광이 스스로 자리를 잡을 때까지 언제까지라도 참고 기다려주는 것뿐이었다.

기다림이 필요하다

처음 암이라는 판정을 받게 되면 그 충격은 말로 표현할 수 없다. 시간이 지나 정신이 들게 되면 암과의 전쟁을 선포하고 만반의 준비를 갖추고 최선을 다해 투병생활을 시작한다. 식단도 바꾸고, 매일 아침저녁으로 걷기 운동을 하고, 매주 주말이면 등산도 한다. 암에 좋다는 여러 가지 건강보조식품도 먹고, 인터넷으로 각종 정보도 찾아보고 취합하게 된다. 각종 모임도 끊고, 다니던 직장도 사표를 내고, 24시간 계획표에 따라 열심히 먹고 운동하고 쉬는 생활을 반복한다. 이것은 매우 좋은 변화이고, 긍정적인 신호이다. 이렇게만 투병생활을 하면 많은 환자가 질병으로부터 자유를 얻게 될 것이다. 하지만 안타깝게도 이렇게 매사에 최선을 다하고 무조건 열심히 한다고 해서 질병을, 암을 고칠 수 있는 것은 아니다.

질병을 치유하는 가장 중요한 원동력은 마음이다. 그 마음에서도 가장 중요한 것은 기다릴 줄 아는 것이다. 암이 나 질병이 한순간에 찾아오는 것이 아니다. 나도 모르는 사이에 오래전부터 내 몸에 조금씩, 천천히 찾아오는 것이다. 따라서 나에게 오랜 시간에 걸쳐 찾아온 손님을 내보는 데에는 그만큼의 시간이 필요하다. 스스로 정리하고 떠날 수 있을 때까지 기다리는 것이 당연하다. 그러니 암이나 질병과의 싸움에서 빨리 치유받기를 원하거나 이것을 추구해서는 안 된다. 다시 말해 조급하게 생각해서는 안 된다는 것이다. 단거리 경주가 아니라 마라톤 경주임을 명심해야 한다.

좋은 약의 기준

나는 약을 먹거나 고를 때도 나름대로 기준이 있다. 좋은 약이라 한다면 3가지를 충족시켜야 한다고 믿고 있다. 첫째로 이 세상에 만병통치약과 특효약은 없다는 사실이다. 이 약은 만병통치약이면서 이 병에는 특효약이라고 누군가 말한다면 그것은 사기일 확률이 아주 높다. 이 땅에 만병통치약은 없다. 둘째로 좋은 약은 우리 주변에 흔하고 쉽게 구할 수 있으며, 가격도 싸야 한다는 것이다. 왜냐하면 하나님은 우리들을 사랑하사 비싼 약을 주시는 분이 아니기 때문이다. 약성이 뛰어나고 약효가 좋은 것들을 가만히 살펴보면 우리 주변 지천에 널려 있는 것들이 많다. 예를 들면 쑥, 소금, 각종 나물이나 채소가 그렇다. 정말 좋은 약들이다. 지천에 널려 있고, 가격도 아주 싸다. 이런 것들이 진짜 약이다. 셋째로 좋은 약은 효과가 천천히 또는 늦게 나타나는 약이어야 한다는 것이다. 약을 먹었는데 그 즉시 또는 그 다음날 효과가 바로 나타난다면 이것은 십중팔구 진통제 또는 항생제가 포함된 증상 완화만 시키는 약이거나 스테로이드가 포함된 약일 것이다. 이런 약은 처음에는 낫는 것처럼 보이지만, 시간이 지나면 모든 질환이 제자리로 돌아온다. 통증도 다시 시작된다.

그래서 혹시 주변에 저 병원에만 가면 하루 만에 증상이 사라지고 병이 깨끗이 나았다는 이야기가 들리면 절대로 그 병원에 가면 안 된다. 병은 하루 만에 낫는 것이 아니다. 병이 치료되기까지는 내 몸의 면역력이 활동할 수 있는 시간이 필요하기 때문에 반드시 기다림이 필요하다. 그런데 빨리 낫는 약은 대체적으로 스테로이드 계열의 약이거나 항생제, 진통제일 확률이 아주 높다. 빨리 치료되는 것 같지만 실상은 병을 더 깊게 더 키우는 꼴이 된다. 갓 태어난 신생아에게 아무리 모유를 밤낮으로 먹여도 하루아침에 초등학생이 되지 않는다. 시간이 필요하다. 기다림이 있어야 한다. 스스로 치유하고, 스스로 성장할 수 있는 그 때까지 내 몸을 믿고 기다려줘야 한다.

빨리 치료되고, 빨리 회복하려고 하다보면 오히려 건강을 해치는 경우가 너무나 많다. 명심하고 기억하자. 치료되고 치유되는 데는 병에 걸린 시간만큼 시간이 걸린다는 사실을. 매사에 열심히 하는 것은 조급하다는 증거이다. 세월이 좀먹는 것도 아닌데 천천히 하자. 너무 열심히 하려고 하지 말자. 대충 적당히 하는 것도 필요하다. 매사에 최선을 다해 열심히 하는 인생은 너무 피곤하다. 암은 매사에 1등이 되려고 하다가 생기는 경우가 허다하다. 이제는 꼴찌가 되려고 해야 한다. 꼴찌 인생도 괜찮다. 꼴찌 하는 사람치고 자살하는 사람을 한 번도 본적이 없다. 무조건 기다리는 것이 꼴찌처럼 보일지라도 진정한 슬기로운 투병생활이다.

7. 눈물이 치료제이다

예전에 나는 3주에 걸쳐 축농증 수술과 비염 수술을 받았다. 축농증 수술은 그런대로 참을 만했는데, 비염 수술은 정말 아프고 코로 숨을 쉬지 못해 한동안 고생했던 기억이 있다. 한번은 엄청난 스트레스를 받고 그 다음날 갑자기 돌발성 난청과 이명이 생겨 열흘 동안 병원에 입원하면서 하루에 스테로이드를 10알씩 먹으며 치료를 받은 적이 있었다. 스테로이드 약이 엄청난 부작용을 일으키는 것을 잘 알면서도 어쩔 수 없이 먹고 그 후유증으로 오랜 세월동안 고생하기도 했다. 신장 이식 수술을 받고 요양하는 중에도 갑자기 몸무게가 줄고 기력이 떨어지니까 한동안 목소리가 나오지 않아 말을 할 수가 없었던 적도 있다. 물론 지금도 내 주치의는 목 안쪽 갑상선 뒤에 있는 부갑상선 제거 수술을 하자고 계속해서 나에게 요구를 하고 있다. 이렇게 나는 코와 귀, 그리고 크게 보자면 입에도 이상이 있어 어려움을 겪어 본 적이 있다. 그러나 이것은 참을 만했다. 정말 힘들고 내 인생에서 기억하고 싶지 않은 고통은 바로 눈에 이상이 생겨 앞을 보지 못하고 장님으로 지냈던 시간이다.

당뇨 합병증

당뇨는 병이 아니고 증상이다. 그래서 당뇨 자체는 무서운 병이 아니다. 하지만 정작 무서운 것은 당뇨 합병증이다. 당뇨 합병증은 크게 5가지가 있다. 첫째로 잇몸이 내려앉는 치과 질환, 둘째로 실명을 야기하는 망막증, 셋째로 신장이 망가지는 만성 신부전증, 넷째로 뇌혈관이나 심장에 이상이 생기는 심혈관 질환, 마지막으로 발가락이나 다리를 절단해야 하는 괴저병이 있다. 이중 나는 첫 번째인 잇몸 질환을 빼고 나머지 4개의 합병증을 다 경험했다. 그래서 당뇨 합병증이 얼마나 무섭고 몸서리치는 고통인지 너무나 잘 알고 있다. 이 중에서도 가장 힘들고 무서웠던 합병증은 눈의 실명을 가져오는 망막증이었다.

인간의 몸 안에 있는 동맥, 정맥, 그리고 모세혈관의 길이를 다 합치면 약 12만km라고 한다. 자그마치 지구를 두 바퀴 돌 수 있는 어마어마한 길이다. 이것을 보면 인간의 몸은 혈관 덩어리라고 해도 과언이 아니다. 이런 혈관 중에 가장 얇은 혈관이 모세혈관이고, 모세혈관 중에 가장 얇은 혈관이 눈 안에 있는 혈관들이다. 그래서 우리가 눈에 충혈이 자주 생기는 것은 그만큼 눈의 혈관이 얇기 때문에 무리하거나 스트레스를 받으면 쉽게 출혈이 생기기 때문이다. 당뇨 환자들은 혈액 안에 당분이 많기 때문에 그만큼 혈액이 끈적끈적하다. 그래서 가장 얇은 눈의 모세혈관이 이 당분 때문에 잘 막히게 된다. 이렇게 혈관이 막히게 되면 그곳에서 혈관이 터지면서 충혈이 일어나고 동시에 터진 그 혈관 그 지점에서 신생혈관이 새롭게 나오게 된다.

문제는 이 신생혈관이 자꾸 생기면서 이것이 망막 주위를 휘감는 것이다. 이때 이것을 빨리 발견하면 레이저로 신생혈관을 없애주는 시술을 받으면 된다. 아니면 흰 눈동자에 직접 주사를 놓아 망막을 보호하는 치료를 받게 된다. 하지만 치료시기를 놓치면 신생 혈관이 망막 주위를 감싸면서 망막이 신생 혈관의 무게를 감당하지 못해 떨어지게 된다. 카메라로 말하자면 렌즈가 카메라로부터 분리되어 땅에 떨어져 사진을 찍지 못하는 것과 똑같은 현상이 벌어지는 것이다. 망막이 떨어져 버렸으니 어떻게 앞을 볼 수가 있겠는가? 이것을 바로 당뇨 합병증으로 인한 망막 박리라고 한다.

나는 이 망막 박리로 인해 왼쪽 눈을 영원히 실명했다. 내 왼쪽 눈에 레이저빔을 쏴도 전혀 인식하지 못할 정도로 왼쪽 눈은 암흑천지 그 자체이다. 그런데 혈액 투석을 앞두고 오른쪽 눈에 똑같이 망막 박리가 일어나 실명 위기에 처하게 된 것이다. 그래서 내가 살고 있는 지역에서 가장 큰 대학병원에 입원해서 안과 진료를 받으니 이미 치료시기를 놓쳐서 방법이 없다는 것이다. 이때의 절망감이란 도저히 말로 표현할 수 없었다. “왜 나에게?”, “내가 무슨 잘못을 했다고?” 꼬리에 꼬리를 무는 질문들이 속사포같이 내 마음속에 칼로 도려내는 아픔처럼 다가왔다. 나는 도저히 받아들일 수 없었다. 아니 인정하고 싶지 않았다. “분명 이 병원 안과 주치의가 돌팔이임에 틀림없다.”라고 수 천 번은 되뇌었던 것 같다.

대학병원 입원

나는 곧바로 서울에서 안과 진료를 제일 잘한다는 대학병원으로 찾아가서 망막 전문의의 진료를 받았다. 그 분의 결론은 한 번 수술을 해보자는 것이었다. 드디어 기나긴 기다림 끝에 대학병원에 입원했다. 아내는 나의 눈과 손발이 되어 주었다. 수술을 하루 앞두고 6인실에 입원했는데, 입원과 동시에 나는 같은 방에 계신 다른 환자분들에게 인사하는 것조차 생략하고 내 침대의 커튼을 치고 깊은 침묵 속에 잠겨 버렸다. 앞이 보이지 않으니 눈을 뜨기도 싫었다. 그리고 제일 불편했던 것은 내 마음이 지옥이 되었다는 것이다. 나는 도저히 하나님이 이해가 되지 않았다. 하나님이 인도하셔서 목사가 되었고, 교회를 개척하라고 명령하셔서 개척교회를 세웠고, 열심히 목회 사역을 하는 것이 하나님께서 기뻐하실 일인 줄 알고 열심히 했을 뿐인데 결과가 실명이라니. 현실을 받아들일 수 없었다.

물론 내 눈이 실명 위기에 처하게 된 것은 순전히 내 책임이었다. 내가 내 건강을 제대로 지키지 못했기 때문에 이런 결과가 나타난 것이 분명하다. 그런데 이상하게도 괜히 하나님께 짜증이 나고 원망이 생기는 것은 어쩔 수 없었다. 심지어 "하나님, 한 번 해보실래요?"하면서 어긋난 마음으로, 비록 내가 목사이긴 하지만 하나님의 존재 자체도 부인하고 싶었다. 이렇게 나도 모르게 괜히 하나님께 대해 원망과 불평만이 쏟아져 나왔다. 그런데 한편으로는 겁이 나서 하나님께 막말은 할 수가 없었다. 이렇게 나는 마음속에 온통 하나님께 대한 원망으로 가득 차 있었고, 누군가 나에게 한 마디라도 말을 건넸다가는 싸우려고 준비하는 사람처럼 온몸과 인상이 완전히 굳어졌다. 그러니 이것이 지옥 그 자체가 아니고 무엇이겠는가?

바로 그때였다. 우리 병실에 한 무리의 사람들이 들어오는 인기척을 느꼈다. 그리고 커튼을 열면서 내 이름을 부르는 익숙한 목소리가 들렸다. 김 목사님이었다. 이 분은 돌아가신 아버님의 친구로 나를 중학교 2학년 때 교회로 인도하셔서 나를 목사로 키워주신, 내게는 아버님 같은 목사님이시다. 김 목사님은 평생 기도로 사신 분이신데, 참 신기하게도 내가 아프거나 무슨 일이 있으면 어떻게 아시는 지 나에게 전화를 주셨던 목사님이셨다. 이번에도 내가 병원에 입원하는 날에 어김없이 전화를 주셨고, 내가 이 병원에서 실명의 위기 속에 눈 수술을 한다는 것을 알게 되셨다.

그런데 목사님께서 이렇게 빨리 병원으로 심방을 오실지는 몰랐다. 사실 목사님의 심방이 반갑지 않았다. 기도도 하기 싫었다. 그러니 무슨 예배를 드릴 수 있겠는가? 그리고 이 병원은 대학병원이었기에 당시에는 병실에서 예배를 드릴 수도 없었다. 그런데 목사님은 아랑곳 하지 않으시고 예배를 진행하셨다. 당연히 목사님의 말씀은 내 귀에 들리지 않았다. 다만 목사님께서 시각 장애인이었던 헬렌 켈러 이야기와 태어난 지 6주 만에 실명했지만 수많은 찬송가를 작사해 유명한 패리 제인 크로스비 여사의 이야기를 하면서 "민홍아 괜찮다. 하나님의 뜻이 어디에 있는지 모르지만 두려워하지 말고 잘 극복해라."라는 식의 말씀을 하셨던 것으로 기억이 난다.

그런데 그 다음에 놀라운 일이 벌어졌다. 목사님께서 준비하라는 말씀과 함께 성도 몇 분이 악기를 준비했다. 바이올린과 비올라, 그리고 플루트 등의 악기를 꺼내더니 패인 제인 크로스비 여사가 작사한 찬송가 몇 곡을 연주하기 시작한 것이다. 그러면서 목사님께서 "민홍아 이 찬송가도 장님이 작사한 곡이다. 이 찬송을 통해 너도 용기를 내기 바란다."라고 하시면서 연주를 하셨다. 그러자 병원이 난리가 났다. 갑자기 9층의 어느 병실에서 큰 소리로 악기 소리가 들리니 간호사도 쫓아왔고, 복도를 걷던 환자나 보호자들까지 무슨 일이 일어났는지 궁금하여 우리 병실로 다 모이게 된 것이다. 그런데 참 감사하게도 어느 누구도 그 연주를 막는 사람은 없었다. 분위기가 너무나 엄숙하고 장엄해서였는지 모르지만 나는 하나님께서 그 시간을 지켜 주셨다고 믿고 있다. 연주가 끝났다. 그리고 어느 누구도 아무 소리를 하지 않고 조용히 우리 병실을 다 떠났다. 목사님도 떠나셨다. 나는 즉시 커튼을 쳤다. 아내도 내 옆에 있지 못하고 자리를 비웠다.

멈출 수 없는 눈물

나는 이 병실에 다섯 명의 다른 환자들이 계셨기 때문에 소리를 내지 못했지만, 내 두 눈에는 폭포수와 같은, 인간의 눈에서 이렇게도 쏟아져 나올 수 있는지 의심할 정도로 눈물이 한없이 쏟아져 나왔다. 도저히 멈출 수가 없었다. 아무리 두 손으로 두 눈을 막아도 손바닥 밑으로 흐르는 눈물을 주체할 수 없었다. 얼마 만에 흘려 본 눈물이던가? 마치 그동안 견고했던 댐이 한순간에 무너져 엄청난 양의 물이 쏟아져 내리듯이 한없이 울고 또 울었다. 그런데 참 이상한 것은 그때 내가 왜 울었는지 이유를 알 수가 없다는 것이다. 눈물을 흘리고 싶지 않았는데 내 의지와는 상관없이 내 눈에는 눈물만이 가득했다. 나는 하나님께 회개하지도 않았다. 하나님께 살려 달라고 간구하지도, 내 눈을 보게 해달라고 떼를 쓰지도 않았다.

나는 아무것도 하지 않았다. 단지 목사님의 말씀과 찬송가 연주만을 들었을 뿐이다. 하지만 얼마나 울었는지 너무 울어서 지쳐 실신하듯이 그 자리에서 쓰러져 잠이 들었다. 그리고 얼마동안 잤는지 모르지만 정말 편하게 잠을 자고 일어났다. 그 순간 갑자기 내 육신의 눈은 캄캄한 암흑 천지였지만 분명 내 주위가 환하게 보이는 것 같았다. 세상이 달리 보였다. 병원의 공기조차도 신선하게 느껴졌고 한동안 내 침대를 감싸고 있던 커튼이 답답하게 느껴졌다. 즉시 커튼을 열었다. 그런데 신기하게도 내가 커튼을 열기만을 기다렸다는 듯이 입원실에 함께 계셨던 다섯 분의 환자들이 울먹이는 목소리로 나에게 감사하다고 하면서 한분씩 인사를 하는 것이었다. 내가 목사인줄 몰랐다고 하시면서 본인 스스로 자기 고백을 하기 시작했다.

내 옆에 계신 분은 인천에서 학원을 운영하시는데 10년전 까지는 집사로 교회를 다녔지만 지금은 다니지 않고 이렇게 실명의 위기 속에서 눈 수술을 받게 되었다는 것이다. 그러면서 퇴원하면 반드시 교회를 다니겠노라고 스스로 약속을 하는 것이다. 내 건너편에 계신 분은 일하다가 눈에 유리가 박혀 완전히 실명했지만, 그래도 수술을 해보고자 왔노라 하면서 자신은 천주교 신자지만 조금 전에 오신 목사님을 꼭 한번 찾아뵙고 인사를 드리고 싶다고 전화번호를 가르쳐 달라고 했다. 또 한 분은 나와 똑같이 당뇨 합병증으로 망막 박리가 두 눈에 일어나 여러 차례 수술을 받았고 또 다시 수술을 받기 위해 입원했다는 것이다. 이 분은 내 상황과 너무나 비슷하고 대화가 잘 통해 지금까지도 친형제처럼 잘 지내고 있다.

나는 놀라지 않을 수 없었다. 이곳에서도 하나님은 계셨던 것이다. 내가 실명하는 그 순간, 아니 그 이전부터 이미 하나님은 나와 함께 하셨고 나를 지켜보고 계셨으며, 내가 원망과 불평을 할 때도 묵묵히 듣고 계셨다. 내가 울면 하나님은 더 많이 우셨고 내가 웃으면 하나님은 더 많이 기뻐하시고 호탕하게 웃고 계셨던 것이다. 눈물이 치료제였다. 눈물이 나오니까 마음이 녹아지기 시작했다. 차갑게 얼어붙었던 시베리아 동토에 봄바람이 불어 얼음이 녹아 대지를 적시듯이 내가 흘렸던 눈물이 완강했던 내 마음을 완전히 녹여 버렸다.

그러자 하나님이 보이기 시작했고, 하나님을 느끼기 시작했다. 눈물과 함께 회복이 조용히 찾아온 것이다. 마음에 평화가 찾아왔다. '에스더가 죽으면 죽으리라고 했던 것처럼 장님이 되면 장님이 되는 거지 뭐!'하는 담대함이 생기게 되었다. 드디어 수술 침대가 내 병실로 찾아왔다. 조용히 침대를 누워 복도 천장에 보이는 형광등의 수를 세면서 수술실에 들어갔다. 그리고 수술이 시작되었다. 그런데 그곳에서 나는 평생 어느 누구도 경험하기 어려운 신기하고도 놀라운 체험을 하게 되었다. 그것은 바로…

8.
눈물은
영혼의 해독제이다

드디어 망막 박리를 치료하기 위해 수술실 입구에 도착했다. 수술실 안에서 어떤 일이 벌어질지 전혀 모른 채 이번 수술을 통해 하루 빨리 눈이 회복되어 아내의 얼굴도 보고 아이들의 얼굴도 보고 싶을 뿐이었다. 앞을 못 본다는 것은 상상 그 이상으로 고통이고 괴로움이다. 정보의 90%는 눈으로 수집하는 것인데, 아무것도 보지 못하니 그야말로 아무것도 할 수 없었다. 심지어 두려움에 걷는 것조차도 힘들었다.

수술실 입구에 도착하면 곧바로 수술실에 들어가 수술이 시작되는 줄 알았는데 수술실 입구를 통과하고 조금 가다가 어떤 입구에서 또 다시 대기한다. 이때 간호사가 와서 내 신분과 수술 여부를 확인하고 또 기다리라고 한다. 잠시 후에 어떤 사람이 내 침대를 끌고 어디론가 가다가 문 입구에서 다시 기다리게 한다. 이때가 환자에게는 피가 마르는 시간이다. 이런 상황에서 '누군가 나에게 와 내 손을 잡고 위로하며 기도해준다면 얼마나 좋을까?'하는 불가능한 소망을 품기도 했다. 이런 식으로 20~30분 정도 대기하다가 드디어 수술실에 들어갔다. 이때는 오히려 수술실이 반가웠다. 눈 수술을 하는데 왜 옷을 벗겼는지 잘 모르겠지만 차가운 침대가 더욱 차갑게 느껴졌다. 게다가 수술을 받을 때가 한참 추운 2월이었는데, 수술실 안에는 에어컨을 틀어놓았는지 서늘한 기운이 가득 차 있었고 상당히 추웠다. 수술을 받으러 왔는데 수술은 시작도 못하고 추워서 저체온증으로 죽는 줄 알았다.

잠시 후 마지막으로 내 신분을 확인하고 턱 밑으로 마취주사 한 방이 깊숙하게 내 피부를 뚫고 들어왔다. 얼마 지나지 않아 마취가 되어 얼굴 전체가 얼얼했다. 망막 박리수술은 얼굴, 특히 눈 주위로 부분 마취를 한다. 그런데 간혹 이 수술을 어떻게 하는지 아는 사람들은 두려움에 전신마취를 한다. 하지만 나처럼 당뇨로 인해 이미 신장이 망가진 사람들은 마취제가 신장에 많은 무리를 주기 때문에 전신 마취보다는 부분 마취로 수술을 하게 된다. 얼굴 전체가 마취된 것을 확인하면 수술할 눈에 수술 커버를 덮고 눈에 여러 종류의 약을 투여하는데 아마도 안전한 수술을 위해 마취제와 소독약들을 쏟아 붓는 것 같았다. 눈 수술을 하는데 가장 중요한 것은 수술하는 동안 눈을 깜빡이면 안 되는 것이다. 하지만 2시간이 걸리는 수술 시간 동안 눈을 깜빡이지 않는 것은 불가능한 일이다. 그래서 그런지 감각이 없어서 정확히는 모르지만 내 눈꺼풀이 움직이지 못하도록 어떤 조치를 취한 것이 분명했다. 예상컨대 눈꺼풀을 집게 같은 것으로 고정하거나 수술 커버와 눈꺼풀을 함께 꿰매서 전혀 움직일 수 없도록 한 것 같았다. 눈꺼풀을 고정하는 작업이 끝나자 본격적인 수술이 시작되었다.

나는 수술 전에 눈의 가장 안쪽에 있는 망막을 어떻게 수술할까 정말 궁금했다. 보통 수술을 할 때는 수술 전날 어떻게 수술을 진행할 것인지 설명해 주기도 하는데 내 경우에는 그렇게 하지 않았기에 수술 방법을 전혀 알 수 없었다. 내가 상상했던 것은 눈 주위의 뼈나 살을 절단하여 그곳으로 눈알을 빼서 떨어진 망막을 붙인 다음, 다시 눈알을 집어넣을 것으로 생각했다. 그러나 그것은 내 착각이었다. 전혀 예상치 못한 방법으로 수술이 전개 되었는데 처음에는 호기심마저 생겼다. 정말 이렇게 수술할 줄은 몰랐다.

신기한 망막 수술

망막 수술은 얼굴과 눈 전체를 마취 했기에 아프지 않았다. 그리고 망막이 떨어진 상태이기에 눈앞의 사물은 잘 보지 못하지만 딱 한 군데는 볼 수 있었다. 그곳은 바로 눈

안에서 벌어지는 일들이었다. 다시 말해 망막 바로 앞에서 벌어지는 일들은 선명하게 잘 보였다. 물론 이 사실은 잠시 후에 알게 되었다. 망막 수술의 고통은 육체적인 통증이 아니라 마음속에서 일어나는 두려움 그 자체이다. 왜냐하면 망막 박리 수술의 전 과정을 내가 눈으로 직접 볼 수 있기 때문이다. 지금 내가 하는 말이 도무지 이해가 되지 않는다면 한 번 망막 수술을 받아보는 것도 좋은 경험이 될 것이다.

수술 과정은 이렇게 진행되었다. 조용한 적막을 뚫고 어디선가 갑자기 드릴 돌아가는 소리가 들리기 시작했다. 드릴로 내 눈동자를 뚫는 소리였다. 나는 예전에 드릴로 나무를 뚫거나 벽을 뚫는 것은 보았지만 이렇게 눈동자를 뚫는 것은 전혀 예상하지 못한 신기한 장면이었다. 그리고 잠시 후에 아주 미약하게나마 펑하는 소리와 함께 흰 눈동자에 구멍이 생기게 되었다. 이런 식으로 자그마치 세 개의 구멍을 뚫었다. 그리고 그 구멍으로 갑자기 이상한 물체가 쑥하고 들어오는 것이 내 눈에, 정확히는 내 망막에 보이는 것이다. 처음에는 소스라치게 놀랐다. 이게 무엇인지 전혀 몰랐기 때문이다.

그런데 정신을 차리고 가만히 보니까 내시경 같은 것이었다. 더 놀라운 것은 그 내시경 안에서 또 다른 물체가 나오는 것이 아닌가? 이제 두려움을 넘어 호기심까지 생기면서 흥미진진하기 시작했다. 내시경 안에서 나오는 물체가 무엇인지 열심히 보았다. 그것은 바로 가위와 호스, 그리고 레이저였다. 가위는 망막 주위를 감싸고 있는 신생 혈관들을 자르고 레이저는 망막을 붙이는데 사용하는 것 같았다. 그리고 호스에서는 물이 나와 피를 씻어냄과 동시에 망막 주위에 있는 수술 찌꺼기들을 흡입하여 빼내는 것 같았다. 가위의 모습은 정말 우리가 사용하는 가위 그 자체였다. 그리고 레이저로 무엇인가를 지질 때는 눈 속에서 불꽃놀이가 펼쳐지는 것 같았다. 오색찬란한 무지개 색깔인데 정말 아름다웠다. 호스에서 물이 나올 때는 마치 호수에 돌을 던지면 그 파동이 흘러가듯이 물이 그렇게 보였다.

이렇게 대략 2시간의 수술하는 과정 속에서 깜짝 놀라기도 하고 신기하기도 하며 몸서리칠 때도 있었다. 확실한 것은 두 번 다시 이런 경험을 하고 싶지 않다는 것이었다. 어느 정도 수술이 마무리되면 맨 마지막으로 하는 작업이 떨어진 망막이 눈 가장 안쪽에 잘 붙도록 눈 안에 공기를 주입하는 것이다. 상태가 안 좋은 사람들은 기름을 주입하기도 한다. 공기나 기름을 주입하여 그 압력과 부피로 망막을 잘 붙도록 하는 작업이었다. 그래서 수술이 끝나고 나면 공기나 기름이 자연스럽게 빠질 때까지 사물이 수술 전보다 더 안 보이게 된다. 나는 그나마 다행스럽게 공기를 주입했는데, 그 공기는 세월이 지난 지금도 다 사라지지 않고 마치 몇 개의 개구리 알처럼 생겨 내 눈 안에서 돌아다니고 있다.

수술이 끝났다는 주치의 말과 함께 흰 눈동자에 뚫린 3

개의 구멍을 꿰매는 작업에 들어갔다. 정말 대단하다고 밖에는 할 말이 없었다. 드릴로 구멍을 뚫을 때 자연스럽게 내 눈 안에 공기 중에 있던 세균들이 들어오기에 무조건 1~2년 안에 백내장이 온다. 아니나 다를까 망막 수술을 받은 지 얼마 후에 백내장 수술도 받게 되었다. 드디어 당뇨 합병증으로 발생한 망막 박리를 제 자리로 붙이는 수술이 끝났다. 이제 고생은 다 끝났다고 생각했다. 그러나 아직 아니었다. 아직도 한 고비가 남아있다. 그것은 최소 24시간은 반드시 엎드려 있어야하는 것이다. 엎드리고 있어야 수술한 망막이 잘 붙기 때문이다.

병실로 오자마자 침대에 엎드리고 누워 있어야만 했다. 밥을 먹을 때와 화장실 갈 때만 어쩔 수 없이 일어나고 그 외에는 무조건 엎드려 24시간을 지내야 했다. 처음에는 '이 정도쯤이야.'라고 생각하며 가볍게 생각했는데 1시간이 지나니 엎드린 배와 허리가 아프고 어깨도 불편했다. 제일 큰 문제는 얼굴을 계속 바닥에 처박고 있어야 하는 것이었다. 그때 마침 병문안을 왔던 우리 교회 조 전도사님께 부탁해서 치질 환자가 사용하는 가운데 구멍 뚫린 방석을 구하게 되었다. 이 구멍에 얼굴을 처박고 있으니 한결 도움이 되었다. 이렇게 꼬박 24시간을 버텼다.

재발된 망막 박리

드디어 퇴원을 했다. 물론 앞을 보지 못하는 장님이 되어 병원 문을 나섰지만 퇴원한다는 그 자체만으로도 너무 기뻤고, 다시는 망막 수술을 받지 않으리라 결심하고 병원 문을 나섰다. 입원하는 날 심방오신 김 목사님 때문에 마음의 위로를 가지고 퇴원할 수 있었다. 병실에서 나에게 찾아오신 하나님을 경험했고, 그동안 닫혀 있었던 나의 눈물샘이 터지면서 회개 기도와 은혜를 풍성히 받았기에 왠지 모를 자신감을 갖고 집에 왔다. 하지만 딱 거기까지였다. 역시 하나님이셨다.

하나님은 내가 편하게 지내는 것을 못 보시는 분 같았다. 그새를 참지 못하고 또 다시 나를 냉탕과 온탕을 오가는 냉·온욕을 준비하고 계셨다. 나는 한 달 뒤에 망막 박리가 재발했다. 이번에는 수술한 망막 끝 부분이 찢어져서 재차 수술을 하지 않으면 안 되는 응급 상황에 처하게 된 것이다. 다시 입원해 수술하자는 주치의 말에 정말 기가 막히고 성질이 나서 미쳐 죽는 줄 알았다. 이 수술을 또 다시 하라고? 하지만 이때까지도 내 앞에 어떤 일이 기다리고 있을지 감히 상상도 못하고 있었다. 하나님께서는 이전까지 한 번도 경험해 보지 못한 내 평생에 결코 잊을 수 없는 놀라운 일을 준비하고 있었다.

나는 이렇게 망막 박리 수술을 받으면서 깨달은 것이 하나 있다. 눈동자를 뚫고 눈동자 안을 들여다보니 그곳에는 눈물이 없다는 사실이다. 그제야 깨달았다. 눈물은 눈에서 나오는 것이 아니라 마음에서 나오는 것이라고. 그래서 울면 울 수록 그 눈물이 마음을 청소하는 것이라고. 눈물은 영혼의 해독제이다. 항암을 했으면 반드시 해독을 해야 하듯이 마음의 상처를 받았으면 눈물로 영혼의 해독을 해야 한다.

지금 이 시대는 울지 못해서 병이 생기고 있다. 울음이 터져야 병도 터지고 나쁜 암세포도 터져 죽는 것이다. 그래서 울어야 산다. 아직도 울지 못하는 것은 마음이 여전히 굳어있어서 그렇다. 미움, 분노, 원망, 시기, 질투 등등이 함께 뒤섞여 콘크리트처럼 딱딱하게 내 마음속에 자리 잡고 있으니 아무리 좋은 약을 먹어도 소용이 없고 값진 음식을 먹어도 아무 효과가 없는 것이다. 회개의 눈물이 터져야 한다. 감사의 눈물이 터져야 한다. 용서의 눈물이 터져야 한다. 그러면 자연스럽게 기쁨의 눈물이 터지게 된다. 그 눈물로 내 몸 안에 있는 나쁜 병균과 암 세포, 그리고 스트레스 호르몬이 엄청나게 쏟아져 나와야 한다. 그래서 울어야 살 수 있는 것이다. 억지로라도 울자. 눈물이 안 나오면 누군가에게 내 뺨을 때려 달라고 부탁해서라도 울자. 그래야 진정한 생명이 찾아온다.

9.
울어야 산다

끔찍했던 망막 수술을 받은 지 딱 한 달 만에 주치의가 재발했다는 말을 했다. 망막 끝부분이 두 갈래로 찢어졌다는 것이다. 그래서 내 눈 속에서 물이 출렁거리는 모습이 자주 보였던 것 같다. 또 다시 예전에 망막 수술을 했던 그 방법으로 찢어진 망막을 서로 붙이는 수술을 해야 한다는 것이다. 정말 날벼락이었다. 그걸 또 다시 해야 된다니. 도무지 할 말이 없었다. 그러나 달리 다른 방법도 없었다. 결국 수술을 결정하고 서둘러 입원하게 되었다. 그런데 이번에는 내가 응급 수술이었고 병실이 없는 관계로 아이들만 입원하는 안과 병동에 입원하게 되었다. 6인실이었는데, 눈에 문제가 있는 아이들이 이렇게 많은지 몰랐다. 그것도 거의 3~4살 밖에 안 된 아이들이었다. 물론 이때도 눈이 보이지 않았기에 이 아이들의 모습은 보지 못했지만 얼마나 시끄럽게 떠드는지 가만히 있어도 그 병실에 있는 4명의 아이들 소식은 다 들려왔다. 그러나 유일하게 나와 대각선에 있는 아이만 인기척이 별로 없었다. 울음소리도 들리지 않았고, 엄마도 거의 침묵 속에 있어 목소리도 듣지 못했다. 하지만 그 엄마가 그럴 수밖에 없었던 이유를 얼마 후에 알게 되었다.

나는 이번에도 또 다시 커튼을 치고 나 혼자만의 동굴 속에서 지냈다. 의욕 상실 그 자체였다. '이런 식으로 있다가는 우울증에 걸릴 수 있겠구나.'를 실감할 수 있었다. 이번에도 어김없이 내가 아버님처럼 생각하는 김 목사님이 병원에 오셨다. 그러나 김 목사님이 병실로 오신 것이 아니라 병원 강당에 계시다는 것이다. 그래서 아내를 보내 김 목사님을 모셔오라고 했는데, 목사님께서 거절하시고 오늘 하루 금식하면서 내가 수술이 끝날 때 까지 이 강당에서 기도하시겠다는 것이다. 예정대로 수술실에 들어갔고, 똑같은 순서대로 수술이 진행되었다. 한 달 전의 수술 기억은 또렷하게 내 머릿속에 각인되었는지 내가 기억하는 순서 그대로 수술이 진행되었다. 혹시라도 순서가 틀리면 뭐라도 한마디 하려고 준비했는데 한 치의 오차도 없이 내가 생각했던 그 순서대로 가위, 레이저, 호스들이 다 등장했다.

그런데 예상했던 것보다 수술 시간이 길어지면서 마취

과 선생님이 나에게 "지금쯤 마취가 깰 때여서 혹시 통증이 느껴지면 말씀하세요. 마취 주사를 한 대 더 놓겠습니다."라고 하는 것이다. 별로 통증이 느껴지지 않아 괜찮으니까 그냥 수술 하라고 말씀 드렸다. 나는 그때 '이 모든 것이 하나님께서 김 목사님의 기도를 들어주신 덕분이구나.'라고 확신할 수 있었다. 아무튼 김 목사님과 많은 분들의 기도와 염려로 망막 재수술은 잘 마무리 되었다. 드디어 퇴원하는 날이 되었다.

평생 잊을 수 없는 날

이 날이 내 평생에 결코 잊을 수 없는 그런 날이 되리라고는 그날 아침까지도 전혀 예상치 못했다. 그러나 이번에도 하나님께서는 나를 위해 놀라운 역사를 준비하고 계셨다. 이 날은 토요일이었는데 감사하게도 방에 있던 나를 비롯한 4명의 아이들이 다함께 퇴원하게 되었다. 더 정확히 말하자면 이제 수술이 끝나 병원 입장에서 빨리 퇴원시켜야 하는 환자들이었다. 순서에 따라 4명의 아이들이 퇴원하고 이제 내 차례가 되어 아내가 퇴원 수속을 밟기 위해 병실을 나섰다. 이제 이 병실에는 나와 대각선에 있는 아이 한 명만 남게 되었다. 그런데 내가 커튼을 치고 있었기 때문에 내가 없는 줄 알았는지 갑자기 아주 작은 목소리의 찬양이 들려왔다. 아이 엄마의 찬양이었다.

이 아이는 3살 여자아이였다. 집에서 놀다가 상 위에서

바닥으로 뛰어 내렸는데 공교롭게도 그 바닥에 연필이 비스듬히 세워져 있었다. 안타깝게도 아이가 연필이 있는 곳으로 뛰어 내리게 되었고, 이때 연필이 그 여자아이 눈에 박혔다. 자연히 한쪽 눈이 완전히 실명하게 되었고, 눈을 치료하기 위해 입원했던 것이다. 그러니 그 아이는 쉽게 퇴원할 수 없는 상황이었다. 나는 그 병실에 입원해 있는 동안 환자들이 다 아이들이었기에 어느 누구와도 이야기를 해 본적이 없었지만 의사가 회진을 와서 하는 이야기를 듣고, 보호자인 엄마들끼리 하는 이야기를 듣고 각자의 사정을 어느 정도는 알 수 있었다. 그러나 나는 그때까지 아이 엄마가 교회를 다니는 분인지 몰랐다. 그 아기 엄마도 내가 목사인지 전혀 알지 못했을 것이다.

아마도 그 아이 엄마 입장에서는 자신이 이 아이를 제대로 지켜주지 못해 이 아이가 이렇게 사고를 당했다고 생각하시는 것 같았다. 여자 아이가 한쪽 눈을 실명하게 되었으니 엄마 입장에서는 얼마나 마음이 아프고 고통스러웠을까? 그래서 그랬는지는 몰라도 아이 엄마는 마치 죄인처럼 말도 안하고 오직 침묵 속에 빠져있었다. 그런데 그런 아이 엄마가 아무도 없다고 생각했는지 혼자서 조용히 찬양을 부르는 것이었다. 엄마는 아주 작은 목소리로 침대 옆에서 아이에게 찬양을 불러 주었다. 우리 모두가 너무나 잘 아는 '하나님은 너를 지키시는 자'라는 찬양이었다.

하나님은 너를 지키시는 자 너의 우편에 그늘 되시니
낮의 해와 밤의 달도 너를 해치 못 하리
하나님은 너를 지키시는 자 너의 환란을 면케 하시니
그가 너를 지키시리라 너의 출입을 지키시리라
눈을 들어 산을 보아라 너의 도움 어디서 오나
천지 지으신 너를 만드신 여호께로다

정말 끊어질 듯 끊어지지 않는 가냘픈 목소리로 엄마는 울음 반 소리 반으로 애절하다 못해 처절하리만큼 간절하게 찬양을 불렀다. "내가 지켜주지 못한 내 딸, 하나님께서 지켜 주세요."라고 절규하듯이 찬양을 이어갔다.

환상을 보다

바로 이때였다. 나는 수술을 받았지만 눈이 보이지 않는 상황이었다. 그리고 커튼을 치고 있었기에 내 눈앞에 보이는 것은 아무것도 없었다. 암흑 그 자체였다. 그런데 '환상을 본다'라고 표현하는 것처럼 내 눈에 그 아이 침대에서 벌어지는 장면이 선명하게 보이는 것이 아니겠는가? 그 여자아이는 침대에 걸터앉아 있었다. 엄마는 보호자 침대에 앉아서 자신의 두 손을 아이에게 향하면서 찬양을 하고 있었다. 그것도 아주 작은 목소리로. 마치 큰 소리로 찬양하기에는 내가 너무나 못난 엄마임을 자책하듯이 너무나 미약한 소리로 찬양을 하고 있었다.

그런데 이때 내가 살면서 처음으로 한 장면을 보았는데, 거기에는 예수님이 그 아이와 엄마 뒤편에서 이 두 모녀를 두 손으로 부드럽게 안아주고 있었던 것이다. 나는 너무나 놀랐다. 이게 사실인지 아닌지 분간을 할 수 없었다. 내가 헛것을 보고 있다고 생각했다. 하지만 사실이었다. 내 눈에는 이 모녀 뒤에 서 계시는 주님의 모습이 분명하게, 아니 확실하게 보였다. 그것도 커튼이 쳐진 내 침대에서 장님인 내가 말이다. 이때부터 내 가슴이 쿵쾅거리면서 뛰기 시작하는데 심장이 터져 죽는 줄 알았다. 나는 도저히 그 자리에 그냥 앉아 있을 수 없었다. 내 침대에서 자리를 박차고 일어나 커튼을 치고 두 손으로 더듬거리며 그 아이의 침대를 향해 나아갔다. 그 엄마도 갑자기 나타난 나의 모습을 보고 놀랐는지 찬양을 멈추었다. 나는 내 신분을 밝혔다. 그리고 조금 전에 찬양이 들리면서 내가 보게 된 환상에 대해 아이 엄마에게 그대로 다 이야기 해주었다.

"성도님, 저는 성도님이 누군지 모르고 이 아이가 누군지도 잘 모릅니다. 하지만 지금 예수님께서 성도님 뒤에서 성도님을 안아주고 계십니다. 성도님이 딸을 위해 찬양할 때, 예수님도 너무나 마음이 아프셨는지 성도님과 따님을 꼭 안아주는 것을 제가 제 눈으로 똑똑히 보았습니다. 자매님, 용기를 내세요. 주님이 도와주실 것입니다. 분명 따님도 지켜 주실 것입니다. 예수님이 성도님과 따님을 사랑하십니다."

그러자 이 엄마가 갑자기 주저앉으면서 대성통곡을 하는 것이 아닌가? 그동안 어느 누구에게도 말 할 수 없었던 그 고통이 한순간에 터진 것 같았다. 그나마 그 병실에 나와 아이의 엄마만 있었기에 다행이지 다른 사람이 봤으면 도저히 이해할 수 없는 장면이었다. 한참을 우시던 엄마는 자신의 감정을 추슬렀다. 이때 나는 자격은 없지만 이 아이에게 축복기도를 하고 싶다고 말씀드렸다. 그랬더니 그 엄마가 너무나 감사해 하면서 흔쾌히 기도해 달라고 하셨다. 나는 정말로, 내 온 맘을 다해, 내 몸의 모든 진액을 다 짜낼 듯이 간절히 기도를 드렸다. 내 평생 이렇게 간절히 기도했던 적이 몇 번이나 있을까 싶었다. 간절히 축복기도를 하고 나니 아내가 퇴원수속을 마치고 병실로 왔다. 발걸음이 떨어지지 않았다. 병원에서 허락만 해준다면 그 아이 옆에서 1주일만이라도 더 입원하고 싶었다. 지난번에는 눈이 보이지 않아 무거운 마음으로 퇴원했다면, 이번에는 홀로 남게 될 그 아이와 그 아기 엄마가 눈에 밟혀 퇴원하는 나의 마음이 그리 편하지 않았다

그 후 나는 수술한 눈이 회복되지 않아 몇 차례 레이저 시술도 받았고 비싼 가격의 눈 주사를 수차례 눈에 맞았지만 안타깝게도 약 2년 동안 회복되지 않았다. 그러나 나는 이 기간 동안 잘 버텼다. 힘들 때면 퇴원하는 날 있었던 아이 엄마와의 그 경험을 떠올리며 참았다. 그리고 정말 오랜 시간동안 '하나님은 너를 지키시는 자'라는, 그 아이 엄마

가 불렀던 그 찬양을 부를 수가 없었다. 그 찬양만 부르면, 아니 그 찬양소리만 들려도 얼마나 눈물이 나는지 견딜 수 없을 지경이었다.

울어야 산다

나는 이때 확실하게 체험한 것이 있다. 바로 울어야 산다는 사실이다. 울어야 돌멩이처럼 단단히 굳어버린 마음이 녹아지면서 치유가 일어난다. 우리는, 특히 남자들은 참고 살아야지 울면 안 된다는 전통적인 가르침에서 살아왔기 때문에 나도 어금니를 악물며 울지 않으려고 엄청 노력했다. 그랬더니 마음만 더 딱딱해지고 쓸데없는 고집만 늘어가는 것 같았다. 울 일이 있으면 울어야지 울지 않고 마음속에 담아 두기만 하면 반드시 병으로 나에게 찾아온다. 그래서 이제라도 살고 싶다면 울어야 한다. 눈물은 단순한 액체가 아니다. 그 눈물 속에는 수분뿐만이 아니라 나트륨이 들어있다. 또한 중요한 것은 카테콜아민이라는 스트레스 호르몬도 들어있다는 사실이다. 그래서 눈물로 스트레스 호르몬을 배출하고 나면 시원한 느낌을 받는 것 아니겠는가?

물론 눈물에도 다양한 종류가 있다. 슬퍼서 흘리는 눈물, 아파서 흘리는 눈물, 기뻐서 흘리는 눈물, 감격해서 흘리는 눈물, 회개할 때 흘리는 눈물, 심하게 웃다가 흘리는 눈물 등이 있다. 그 어떤 눈물도 다 괜찮다. 눈물을 흘리면 그만큼 내 안에서는 해독이 일어나고 새로운 치유가 일어나는 것이다. 따라서 우는 만큼 회복이 일어나고 치유가 일어난다. 이왕 흘리는 눈물이라면 회개한 후에 감사와 기쁨의 눈물을 흘린다면 더 좋을 것이다. 이제 울자. 혼자 울지 못하겠으면 함께 울자. 바쁘다면 시간을 정해서라도 울자. 울어야 산다. 내게 주어진 내 눈물단지에 눈물이 다 차면 내 몸도, 마음도 회복되고 온전한 치유가 일어나게 될 것이다. 마음도 정화되어 내 주변의 모든 사람들을 다 받아줄 수 있고, 진정한 사랑을 주고받게 될 것이다.

10.
마음이 아프면 몸도 아프다

울어야 산다. 동시에 웃어야 살 수 있다. 극과 극은 서로 통한다고 하지 않았는가? 투병 생활에서 우는 것만큼이나 중요한 것이 웃는 것이다. 그러나 우는 것도 쉽지 않고 웃는 것도 쉽지 않다. 머리로는 알겠는데 실천하는 것은 어렵다. 나는 울음도 없었고 웃음도 없는 사람이었다. 사실 그리 울 일도 없었고 웃을 일도 많지 않았다. 여기에는 나의 성격이 한 몫을 했다고 생각한다.

나는 완벽주의자였다. 나에게 맡겨진 일이 있으면, 그리고 이것을 내가 해야 할일이라고 판단이 되면 그 모든 일을 완벽하게 처리하려고 했다. 그래서 무슨 일을 하든지 스스로 받는 스트레스가 이만 저만이 아니었다. 지금 생각해

보면 그럴 필요가 없는 일이었는데 그때는 왜 스트레스를 받으면서까지 완벽을 추구했는지 내 자신이 어리석었다는 생각이 든다. 나처럼 완벽을 추구하는 사람들은 웬만한 일에 만족이 없다. 늘 아쉬움이 남는다. 그러니 어떻게 웃을 일이 있겠는가? 자연스럽게 이런 시간들이 차곡차곡 쌓이면서 스트레스도 같이 쌓이더니 어느 순간에 펑하고 터지고 말았다. 내게 질병이 찾아온 것이다.

질병이 찾아오면 웃을 일은 더욱 사라진다. 지금 당장 내 몸이 걱정되고 아픈데 어떻게 웃을 수가 있겠는가? 질병이 찾아왔는데도 웃을 수 있는 분은 딱 두 부류의 사람밖에는 없다. 정신이 나간 정신병 환자이거나 심한 치매 환자뿐이다. 아플 때 정말 듣기 싫은 두 가지 말이 있다. "기도하세요."와 "그래도 웃어야지."이다. 이런 말을 들으면 화가 난다. 아플 때 기도하는 것이 중요하고 웃어야 좋은 지 누가 모르겠는가? 그러나 너무 아프면 기도도 안 되고, 웃을 수도 없다. 나도 아플 때 누군가 나에게 찾아와서 이런 말을 하면 못된 나는 마음속으로 이런 기도를 한다. "하나님, 저 사람도 아프게 해주세요. 그래서 저 사람이 아플 때도 기도하고 웃을 수 있는지 확인해보고 싶어요."

내가 투병할 때, 힘들게 나를 위해 간호하는 아내에게 화를 낸 적이 있었다. 이유는 아내가 간혹 나에게 "좀 웃으세요."라고 말할 때이다. 아내는 내 건강을 생각해서 웃어야 좋은 것을 알고 있었기에 나에게 억지로라도 웃으라고 이야기를 했던 것이다. 그때마다 나는 웃을 일도 없고, 웃고 싶지도 않은데 어떻게 웃으라고 강요할 수 있느냐며 아내에게 성질을 부리곤 했다. 사실 신혼 때야 그럴 수 있겠지만 자녀를 낳은 뒤에 배우자를 보면서 막 웃음이 나오는 사람이 얼마나 되겠는가? 물론 정말 사랑이 넘치는 부부 사이에는 그럴 수도 있을 것이다. 하지만 나를 비롯한 대부분의 부부 사이에서는 '배우자가 안 보일 때 웃을 일이 더 많지 않을까?'라는 심술궂은 생각을 해본다. 심지어 나는 아파서 누워 있는데 거실에서 아내와 자녀들이 서로 이야기를 나누며 웃고 있으면 그 웃음소리마저도 듣기 싫었다. "나는 이렇게 아픈데 자기들끼리 신나서 놀고 있네!"하며 괜한 심술이 하늘 꼭대기까지 치솟기도 했다. 이렇게 몸이 아프면 마음까지도 함께 병들어 이토록 못된 생각을 한다.

가스 폭발 사고

그런데 이렇게 못된 나를 위해 하나님께서는 핵폭탄급 사건을 통해 웃음이 얼마나 소중하고 우리 건강에 지대한 영향을 미친다는 사실을 온 몸으로 체험케 하셨다. 그날은 토요일 오후 5시경이었다. 나는 안방에서 책을 보고 있었다. 그런데 어디에서 갑자가 '펑'하면서 평생 처음으로 듣는 엄청난 굉음과 함께 안방으로 유리 파편이 엄청나게 쏟아져 들어왔다. 솔직히 그때 나는 무슨 전쟁이 일어난 줄 알았다. 그야말로 폭탄이 터지는 소리 같았다. 안방의 한쪽 벽을 차지하는 유리가 다 깨지고 창틀까지 부서졌다. 심지어 커튼봉도 휘어져 버렸다. 나는 안방의 커튼을 치는 법이 없었는데 그날따라 이상하게 커튼을 치고 싶어서 내가 앉아 있는 곳 옆에 커튼을 치고 있었다.

그런데 이런 일이 벌어진 것이다. 만약 커튼을 치지 않았다면 나의 왼쪽 얼굴은 유리 파편에 심하게 다쳤을 것이다. 커튼봉이 휘어질 정도로 엄청난 폭발이 있었는데 그 커튼이 나에게 오는 모든 유리 파편을 다 막아주고 장렬히 전사했던 것이다. 정말 하나님의 은혜라는 말밖에는 할 말이 없었다. 아마도 큰 일이 벌어진 것이 분명했다. 안방에서 나와 보니 딸의 방도 전쟁터를 방불케 할 정도로 완전히 망가져 있었다. 당시 4층짜리 교회 건물의 3층을 사택으로 사용하고 있어 이곳에서 생활하고 있었다. 급히 밖으로 나와 보니 교회 건물 전체가 무슨 폭격에 맞은 것처럼 모든 유리창이 다 깨져있었다. 심지어 대리석으로 되어 있는 교회 벽에 쇠기둥이 박혀 있을 정도였다. 교회 앞에는 1톤 트럭차가 안방에서 누워 자듯이 완전히 뒤집혀 누워 있었다.

앞 건물 1층 집에서 가스폭발이 일어난 것이 이 사달의 원인이었다. 그 집 아주머니께서 외출했다가 집에 오셔서 가스레인지를 켜는 순간, 이미 주방에 누출되어 있던 가스가 폭발하면서 이런 사고가 벌어지게 된 것이다. 나는 이때 가스폭발 사고가 얼마나 무서운 일인지 처음으로 알게 되었다. 가스 폭발 사고의 위력은 대단했다. 바로 정면에 있던 우리 교회가 가장 많은 피해를 입었고, 주변에 있던 28가구의 집들이 크고 작은 피해를 입었다. 교회는 물론이거니와 사택에 있던 모든 유리창이 다 깨졌는데 사고 조사가 끝나기 전까지는 보수도 못하게 해서 이런 상태로 얼마동안 지냈다. 쉽게 경험할 수 없는 가스 폭발 사고를 굳이 체험하고 싶지 않았는데 이렇게 또 새로운 경험을 했다. 이런 것을 보면 내 생명줄이 엄청나게 질기긴 한 것 같다.

가스 폭발보다 더 놀라운 폭발 사건

그런데 이런 가스 폭발보다 백 배, 천 배 더 강력한 핵폭탄급 사건이 벌어지고 말았다. 아마도 하나님께서는 이런 핵폭탄을 터뜨리시기 전에 미리 가스 폭발 사고로 마음을 준비시켰던 것 같다. 앞 집 가스 폭발 사고로 집 전체가 어수선하고 복잡한 상황인데 화요일 저녁에 갑자기 아들이 나에게 할 이야기가 있다고 찾아왔다. 이때 아들은 18살, 착실하고 듬직한 고등학교 2학년이었다. 그동안 크게 문제를 일으키지 않았던 모범적이고 평범한 고등학생이었다. 할 이야기가 있으면 해 보라고 하니까 아들이 말했다.

"아버지, 연지(가명)가 임신했대요."

"뭐? 다시 한 번 말해봐."

"아버지 연지가 임신했대요."

순간 정적이 흘렀다. 언어의 중추에 순간적으로 마비가 온 것 같았다. 입이 떨어지지 않고 할 말이 전혀 생각나지 않았다. 머릿속이 하얗게 된다는 것이 이때를 두고 하는 말 같았다. 단지 눈만 깜박이면서 아들만 쳐다보고 있었다. 아들은 고개만 푹 숙인 채 미동도 하지 않고 가만히 있었다. 연지는 우리 아들이 좋아하던, 중학교 동창인 여자 친구이다. 간혹 우리 집에도 놀러 왔었기 때문에 나도 얼굴을 알고 있었다. 연지는 자신의 몸에 새로운 생명체가 잉태되었음을 직감하고 어머니께 이야기했다. 곧바로 어머니와 산부인과에 가서 진료를 받아보니 임신이 맞았다. 연지는 그 즉시 우리 아들에게 연락했고, 아들은 나에게 이야기했던 것이다.

집 안 전체는 가스 폭발로 전쟁터 같은데 그 순간 가스폭발 사고는 새 발의 피가 되었다. 아들의 한마디로 가스 폭발 사고는 옛 추억으로 사라지고 그야말로 대형사고가 터지고 만 것이다. 나에게는 핵폭탄 수십 발이 터진 것 같은 충격 그 자체였다. 그런데 충격이 너무나 크니까 아들에게 화가 나지도 않았다. 오히려 이상하리만큼 차분해지는 것이다. 순간적으로 이것은 화를 내서는 안 될 문제라는 판단이 섰다. 냉정하게 생각해야겠다는 마음이 들었다. 나는 조용하게 아주 낮은 목소리로 아들에게 연지를 부르라고 했다. 연지는 곧바로 우리 집에 왔다. 두 사람을 앞에 불러놓고 물어 보았다. "너희들 앞으로 어떻게 할래?" 그러자 1초의 망설임도 없이 둘 다 "낳아서 키우겠습니다."라고 하는 것이 아닌가? 정말 어이가 없었다. 이제 고등학교 2학년이 무슨 능력으로 아기를 낳아 키우겠다고 하는지 어안이 벙벙했지만 그렇다고 다른 방법도 없었다. 마음 한편으로는 낳아 키우겠다고 하니 그나마 다행이라는 생각도 들었다.

내가 연지에게 "그럼 지금 부모님을 모셔 올 수 있니?"라고 묻자 그렇게 하겠다고 했다. 잠시 후, 나는 놀라지 않을 수 없었다. 첫째로 10분 만에 연지 부모님이 우리 집에 도착했다는 사실에 놀랐다. 연지가 우리집과 가까운 곳에 살고 있었던 것이다. 사실 이런 일이 있기 전에는 연지가 어디서 사는지, 부모님이 무슨 일을 하는지 알 수가 없었고 알아야 할 이유도 없었다. 그런데 이렇게 가까운 곳에 살고 있었다는 것을 알게 되니 놀랐다. 둘째로 연지 어머님께서 곧 목사 안수를 앞두고 있는 개척교회 목회자였다는 사실에 놀랐다. 다시 말해 나와 같은 업종이었던 것이다.

그러니 목회자 자녀들이 솔선수범하여 저출산 시대에 온몸을 바쳐 인구 증가에 기여를 하고자 한 것이었다. 그야말로 애국자였다. 참 민망했다. 두 목회자가 18살에 부모가 되겠다고 아우성치는 자녀의 문제 앞에서 어떤 말을 해야 할지 참 난감했다. 연지 어머니는 정중하게 나에게 물었다. "목사님 어떻게 하시겠습니까?" 그래서 나는 "당연히 아기를 낳아서 키워야지요. 그러나 지금 당장 연지를 우리 집에서 받아 줄 수 있는 형편이 안 되니까 연지가 출산한 뒤에 저희 집으로 와서 아기와 함께 생활했으면 좋겠습니다."라고 말씀드렸다. 그러자 연지 어머니도 그렇게 하면 좋겠다고 하면서 연지를 데리고 집으로 돌아가셨다. 이때부터 고민이 시작되었다. 그 고민의 크기는 말로 다 할 수 없었다. 그래서 그날 밤은 한 숨도 잘 수 없었다. 뜬 눈으로 한숨만 푹푹 쉬면서 밤을 지새우는데 나도 말이 사라지고, 아내도 아무런 말을 하지 않았다.

갑작스런 동거 생활

한차례 폭풍이 지나가고 수요일이 되어 저녁에 수요 예배를 드렸다. 무슨 정신으로 예배를 드렸는지 모른다. 내가 어떻게 설교했는지도 모른다. 분명 횡설수설했을 것이다. 그만큼 부모의 입장에서 고등학생인 아들이 아빠가 된다는 것은 받아들일 수 없는 일이요, 믿고 싶지 않은 현실이었다. 차라리 꿈이었으면 얼마나 좋을까 하는 바람만 수백 번, 수천 번 가지게 되었다. 수요 예배를 마치고 현관에 들어서니 안보이던 신발이 보였다. 손님이 왔나 하고 거실로 들어오니 연지가 있었다. 순간 얼마나 놀랐는지 모른다. 못 볼 것을 본 것 같은 두려움이 앞섰다. 그런데 가만히 보니 연지 옆에 웬 큰 가방이 있는 것이 아닌가? 연지가 자기 짐을 챙겨서 우리 집에 온 것이다. "아버님! 저 이 집에서 살게 해주세요." 아닌 밤중에 홍두깨라고 이 무슨 씻나락 까먹는 소리인가 내 귀를 의심할 정도로 연지가 나에게 이런 부탁을 하는 것이 아닌가? 아들 또한 직접 말을 하지 않았지만, 이미 자기들끼리는 의견 일치를 본 듯했다. 나는 단숨에 거절했다. 말도 안 되는 이야기라며 이러면 안 된다고 조심스럽게 타일렀다. 그러자 갑자기 연지가 울기 시작했다.

이렇게 연지의 임신 소식은 충격 그 자체였다. 우리 모두에게 닥칠 미래가 너무나 불투명했기에 불안하기 짝이 없었다. 나에게 일어나는 어려운 일이라면 참고 견딜 수 있는데 자식에게 일어난 일은 정말 참고 견디기 어려웠다. 그 어떤 일보다 수백 배, 수천 배 감당하기 어려운 고난이었다. 하지만 이때는 정말 몰랐다. 고난이 고난으로만 끝나는 것이 아니라는 것을. 그 고난 속에는 우리가 전혀 알지 못하는 하나님의 은혜가 숨겨져 있다는 것을 알기까지에는 어느 정도 시간이 필요했다.

11. 웃음의 힘

화요일에 임신 사실을 알리고 수요일 저녁에 보따리를 싸고 우리 집에 온 연지는 이곳에서 살게 해 달라고 나에게 부탁했다. 당연히 나는 거절했고 그러자 연지는 흐느끼며 울기 시작했다. 연지가 그렇게 울었던 이유는 당시에는 몰랐지만 사연이 있었다. 연지 어머니께서 개척교회를 상가 건물 2층에서 시작하셨다. 큰 평수도 아닌데 반은 교회로, 반은 가정집으로 개조해서 생활하셨는데, 당연히 그만큼 열악한 상황이었다. 연지는 아기 때 목회자였던 아버님께서 갑자기 하늘나라로 가셨다. 당연히 연지 어머니께서는 갖가지 고생을 다하면서 자식들을 키우셨고, 어머니가 돈을 벌기 위해 일을 하면 살림은 어린 나이였던 연지가 감당할 수밖에 없었다. 그러던 중 어머니께서는 사명을 받고 신학을 공부하시며 기도원을 다니시고 전도에도 열중하셨다. 그리고 연지가 임신하기 얼마 전에 안수집사님과 재혼을 하셨다.

그러니 연지 입장에서는 자기 집이 불편할 수밖에 없었다. 그리고 종일 혼자 있어야 하는 것도 임산부로서 불안했던 것이다. 그래서 연지는 조금 힘들어도 우리 집에서 우리 아들과 함께 사는 것이 최선의 길이라 판단했던 것 같다. 그런데 이런 사정을 전혀 모르는 내가 함께 사는 것을 거절하니 연지 입장에서는 너무 암담했던 것이다. 자신의 처지나 상황을 살펴볼 때 울음밖에는 나오지 않았다. 어쩌면 그동안 쌓였던 서러움에 복받쳐 그렇게 흐느껴 울었는지 모른다. 이때 아내가 나섰다. 그리고 한 마디 했다. "이렇게 울면 산모나 태중의 아기 모두에게 안 좋아요. 그냥 받아줍시다." 아내가 좋다고 하니 나도 더는 반대만 할 수 없었다. 조용히 그 자리를 피했다. 우리 아들만 신났다.

이렇게 연지와의 동거가 시작되었다. 우선 상황 자체가 너무 어색했다. 연지는 아직 며느리도 아니고 그렇다고 손님도 아니다. 우리 아들의 여자 친구로만 생각할 수도 없었다. 호칭을 부르기도 어색했다. 아무튼 모든 것이 뒤죽박죽이 되었다. 며느리 사랑은 시아버지라는데 연지는 며느리 대접도 못 받고 나 또한 시아버지 대접도 받지 못한 채 우리 아들의 결혼생활은 시작되었다. 내 입장에서 우리 아들의 동거 생활에서 가장 큰 고민은 내가 교회에서 목사로서 어떻게 해야 할지에 대한 것이었다. 나는 그동안 교회의 비전으로 가정 사역을 강조했다. 그래서 천안 지역과 교회에서 부부 성장학교, 남편 사랑 교실, 결혼예비학교, 아버지 학교, 어머니 학교 등 다양한 가정 사역을 펼쳐왔다. 그런데 이 모든 사역들이 물거품이 되고 말았다. "당신 가정부터 제대로 하고 가정 사역을 하세요."라는 비웃음이 꿈속에서 나를 시달리게 했다. 자다가도 벌떡 깨어나기가 헤아릴 수 없을 정도였다. 그리고 이제 더는 강단에서 성도들에게 가정에 대해 할 말이 없게 되었다. 부모로서 자녀에게 본이 되라는 식의 말을 어찌 할 수가 있겠는가?

교회에 사표를 내다

이제 나는 설교할 자격을 잃었다고 판단했다. 목사로서, 가장으로서 면목이 없었다. 이런 고민으로 일주일을 거의 뜬 눈으로 지새우면서 고민한 결과, 교회에 사표를 내기로 결심했다. 주일날 예배를 마치고 성도들 앞에서 한 주 동안 우리 가정에서 벌어진 모든 일들을 솔직하게 다 고백했다. 그리고 사표를 냈다. 이후의 모든 결정은 교인들의 뜻에 다 따르겠다고 말씀 드리고 사택에 왔다. 성도들 또한 처음에는 믿기지 않는 듯 다 놀라신 표정이었다. 그리고 내가 없는 상황에서 전체 교인들이 내 사표를 가지고 상의한 후, 교인 대표 몇 분이 나에게 찾아왔다. 그리고 이렇게 말했다.

"목사님, 아프신데 사표내고 어디로 가시려고 합니까? 아들 덕분에 교인도 한명 늘고, 내년이면 주일학생도 한 명 더 늘어나겠네요. 저희들은 다 이해하니까 사표는 없던 걸로 하시지요."

성도들의 마음 씀씀이에 고맙다는 말을 하는 것도 너무 미안하고 죄송했다. 성도들의 이해로 교회 문제는 일단락 되었다.

하지만 이때부터 진짜 고민이 시작되었다. 아들의 장래가 너무 걱정되는 것이다. 아직 닥치지 않은 일이지만 이상하게도 긍정적인 생각보다는 부정적인 생각이 앞서는 것은 어쩔 수 없었다. '아들이 이혼하면 어떻게 되나?', '그럼 그 아기는?', '이혼한 다음 아들이 패인이 되면 어떻게 하나?' 등별의 별 생각들이 머릿속을 떠나지 않았다. 이런 고민으로 불편한 하루하루를 보내고 있는데, 얼마 후에 연지의 친척 중에 한 분이 갑자기 우리 집에 찾아오셨다. 집사님이라고 했다. 이 분이 오셔서 하시는 말씀이 연지를 데리고 가겠다는 것이다. 그러면서 지금도 내가 똑똑히 기억하는 말도 안 되는 말씀을 하셨다.

"이들이 한 번 죄를 범했는데, 또 한 번 죄를 범하면 어떻겠습니까? 이들은 100% 이혼합니다. 그러니 지금이라도 낙태시키는 것이 옳습니다. 제가 연지를 데리고 가서 그렇게 하겠습니다."

훗날 알게 된 이야기이지만 이 친척분도 어린 나이에 자녀를 낳아 키우시다가 이혼을 경험하시고 엄청난 고생을 하셨다고 한다. 따라서 연지도 자기처럼 되지 않기를 바라는 마음에 이 친척분이 용감하게 연지를 데리러 온 것이었다. 나는 이 분과 더 이상 대화할 필요가 없다고 생각하고 거의 내쫓다시피 해서 친척 분을 보냈다. 하지만 이 분의 말씀에도 일리가 있음을 모르는 것는 아니었다.

아들 부부가 싸우는 이유

아들을 보니 간혹 부부 싸움을 했다. 싸우는 이유는 크게 두 가지이다. 첫째로 물질의 문제이다. 아들이 고등학생이니 돈을 벌지 못하고 나에게 용돈을 받아 생활을 하니 물질적으로 얼마나 힘들겠는가? 연지는 산모로서 필요한 물품이 있고, 알게 모르게 필요한 것들이 얼마나 많았겠는가? 그러니 이런 문제로 몰래 다투는 것 같았다. 둘째는 역할 문제이다. 아들은 남편의 역할이 무엇인지 전혀 모르는 것 같았다. 일은 저질렀지만 남편이나 아빠가 될 준비가 전혀 되어 있지 않았다. 연지를 좋아하지만 학교 친구들과 노는 것이 더 좋았다. 연지는 종일 우리 아들을 기다리지만 아들은 친구들과 놀고 오기를 좋아했다. 반면 연지는 아무리 어린 나이라 해도 임신을 해서 한 아이의 엄마가 되는 순간, 더욱 어른이 되는 것 같았다. 일찍 철이 드는 것이다. 그러니 일찍 철이든 연지와 아직 철이 들려면 한참 먼 아들이 안 싸우려야 안 싸울 수가 없었다. 이때 비로소 나는 10

대에 부모가 된 커플들 중 95%가 헤어지고, 이혼하는지 그 이유를 확실하게 알았다.

만약 우리 아들이 따로 살았다면 내 생각에도 100% 이혼했을 것이다. 이들이 이혼하지 않고 지금까지 잘 살 수 있었던 비결은 부모와 함께 살았기 때문이고 아내의 중재 역할이 있었기 때문이라고 생각한다. 물론 아들 내외가 서로 인내했던 것도 한 몫을 했을 것이다. 아들 부부가 싸울 때마다 나는 속에서 천불이 났지만 모른 체했다. 반면 아내는 적극적으로 아들과 연지를 다독이면서 순간순간 위기를 모면하도록 도와주었다. 이런 아내의 헌신이 없었으면 분명 아들 부부는 옛날에 끝났을 것이다.

이후 우리 아들과 연지에게 가장 먼저 당면한 문제는 학교였다. 그 해 겨울, 먼저 연지와 함께 다니던 고등학교에 찾아갔다. 연지의 담임선생님은 3학년 1학기 말에 배가 불러올 텐데 그러면 퇴학을 당할 수 있으니 지금 자퇴를 하는 게 좋다고 하셔서 즉시 고등학교를 자퇴하고 검정고시 준비를 해서 출산하기 직전 먼저 고등학교를 검정고시로 졸업했다. 아들의 담임선생님께서는 축하한다고 인사를 전하면서 학교는 계속 다니라고 해서 학교를 다녔고 1년 후에 고등학교를 졸업했다. 학교 문제를 해결하고 다음으로 찾아간 곳은 구청이었다. 혼인신고를 하기 위해서였다. 그런데 만 18세부터 20세까지는 부모 동의하에 혼인신고를 할 수 있지만 아들은 만 18세가 아직 안 되어 혼인신고를 할 수 없었다. 그래서 아들 부부는 혼인신고도 못하고, 그렇다고 결혼식을 한 것도 아니고, 그러다보니 친척들에게 떳떳하게 소개도 못하는 어정쩡한 상태로 동거 생활을 이어가게 되었다. 이때 '나도 어쩔 수 없는 인간이구나.'라는 생각이 들었다. 평소의 내 소신대로라면 이런 상태에서 두 사람을 절대로 인정하지 않았을 것이다. 그런데 아들의 문제 앞에서는 십계명도, 윤리와 도덕도 한 순간에 다 무너지는 것을 보게 되었다. 이때 문뜩 제사장이었던 두 아들의 비리 문제를 알고도 아무 조치를 하지 못한 엘리 제사장이 생각나면서 연민의 정까지 느끼게 되었다. 엘리 제사장도 나와 같았을 것이다.

첫 손자와의 만남

드디어 우리 아들이 고등학교 3학년이 되고 그해 9월, 연지가 진통을 느껴 병원에 갔다. "잘 견디고 힘내 우리도 곧 바로 뒤 따라갈게."하며 인사를 나누고 헤어지고 얼마 후에 병원에 갔다. 병원에 도착하니 이미 건강한 사내아이를 출산한 후였다. 연지가 워낙 건강하고 나이도 어려서인지 몇 번 배에 힘을 주었더니 그리 어렵지 않게 출산을 한 것이다. 그때 나는 혈액 투석 중이어서 건강은 별로 좋지 않았지만, 첫 번째 손주를 품에 안는 그 순간 뭐라 말 할 수 없는 깊은 감동이 내 마음에 밀려왔다. 말이 나오지 않았다. 아니 그 감정을 표현할 말이 우리나라 말에는 없었다.

단지 마음속에 흐르는 뜨거운 눈물이 그동안 수많은 밤을 뜬 눈으로 지새웠던 나의 모든 피로와 아픔을 한 번에 다 씻어 내리는 것 같았다. 이때부터 내 얼굴에 웃음이 찾아왔다. 그냥 생각만 해도 웃음이 나오고 온 세상에 여기 내 손주가 있다고 자랑하고 싶어서 죽을 지경이었다. 혈액 투석이 끝나면 힘들어서 한 걸음 걷기도 힘들었던 내가 손주를 보고 싶은 마음에 벌떡 일어나서 힘차게 집으로 왔다.

손주의 얼굴을 보면 내 질병, 아픔이 순식간에 사라지는 것 같았다. 놀랍게도 이때 정말로 내 건강이 좋아지는 것을 느꼈다. 혈액 투석이 그렇게 힘들게 느껴지지 않았다. 이것이 바로 웃음의 힘이 아닌가 생각했다. 그래서 웃어야 산다는 진리를 깨닫게 되었다. 얼마 후에 우리 집에 사돈어른들께서 찾아오셨다. 이분들도 늘 마음 한 편에 자리 잡고 있었던 문제를 해결하려 오신 것이다. 바로 결혼식 문제였다. 자녀들의 나이가 아직 어려서 혼인 신고도 어려운 와중에 아기까지 낳았으니 이제라도 결혼식을 올려 나름대로 결혼 생활의 정당성을 보장받고 싶었던 것이다.

충분히 생각해 볼 수 있는 문제였기에 나는 아들 내외를 불러놓고 의견을 물어 보았다. “너희들 이제 아기도 낳았으니 결혼식을 하고 싶니? 어떻게 생각하니?”라고 물어보자 이들은 고민도 없이 “예, 결혼식을 해야지요. 하고 싶어요.”하는 것이다. 그래서 나는 이번에도 조용하게 이야기했다. “그래, 결혼식은 해야지. 그러나 지금은 아니야. 아니 지금은 할 수 없어."라고 했다. 그리고 아들 내외에게 그 이유에 대해 차분하게 설명해 주었다.

나는 손주를 보고 웃음을 회복했다. 웃음이 내 건강에 얼마나 지대한 영향을 미치는지 절실하게 깨달았다. 웃음에는 힘이 있다. 내 마음을 회복시키고 결국에는 몸의 질병까지도 회복시키는 힘이 담겨져 있다. 그러므로 웃어야 산다. 아니 웃어야만 살 수 있다. 웃음을 회복하지 못하면 건강 회복도 먼 이야기가 된다. 백약이 무효하다. 그러니 웃을 거리를 억지로라도 찾아서 웃어야 한다. 이 길이 내가 살 길이다.

12. 웃어야 산다

첫 아기를 출산하고 아들과 연지는 결혼식을 하고 싶어 했다. 그래서 아들 내외를 불러놓고 이야기를 했다.

"우리 한 번 같이 생각해보자. 천안에서 결혼식을 하면 내가 잘 아는 그 결혼식장에서 해야 한다. 그런데 그 결혼식장의 1인 식사비용이 34,000원이야. 그런데 너희 결혼식에 축하하러 오는 하객들 중 대부분이 너희 친구들일 텐데 그 친구들 전부 교복을 입고 올 거야. 아마도 너희들이 다니는 두 학교의 동창회가 그 결혼식장에서 벌어지게 되겠지. 두 학교의 단체 미팅이 벌어지는 거야. 그리고 먹기는 엄청 먹겠지. 그런데 너희 친구들은 아직 고등학교 3학년이니 축의금은 얼마정도 낼 것 같니? 많이 내봤자 만원이야. 한 녀석이 만원을 내고 친구를 열 명 데리고 오면 어떻게 되겠니? 우리 모두 결혼식 끝나고 망한다. 함께 거지되는 거야. 이해가 되니? 그러니 지금 결혼식을 해야 되겠니, 아니면 좀 더 있다가 결혼식을 하는 것이 좋겠니? 이것은 너희 둘이 판단하고 결정해."

그러자 둘 다 "아빠 정말 그렇게 되겠는데요. 좀 더 있다가 결혼식을 하는 게 좋겠어요."라며 결혼식은 보류하기로 했다.

결혼식을 뒤로 미루고 아내와 함께 점심시간에 식당에 갔다. 식당 안에는 많은 손님이 자리를 차지하고 있었다. 한쪽 구석에 있는 테이블에 앉아서 주문한 음식을 기다리고 있는데 옆 테이블에 있는 몇몇 사람이 웃으면서 나누는 이야기가 하도 커서 자연스럽게 그 이야기를 듣게 되었다. 그런데 그 이야기를 가만히 들어보니 어디서 많이 들어본 이야기를 하는 것이다. 그분들의 이야기는 대강 이런 내용이었다. "이번에 00고등학교에 다니는 남학생과 00고등학교에 다니는 여학생이 애기를 낳았는데 글쎄……." 우리 아들과 연지 이야기를 하고 있었다. 천안 바닥이 하도 좁고 고등학교도 몇 개 없었기에 우리 아들의 이야기는 금방 지역에 퍼지게 되었다. 얼마나 이런 소문이 급속도로 퍼졌으면 학부모들까지도 이야기 할 정도였다. 이렇게 우리 아들과 연지는 천안 지역에 얼굴 없는 스타가 되어 있었다.

그런데 내가 옆 테이블 사람들의 이야기를 다 들어보니

반은 맞는 이야기였고 반은 틀린 이야기였다. 순간 나와 아내는 하도 어이가 없어 서로 쳐다보며 웃을 수밖에 없었다. 그래서 내가 아내에게 "우리가 그 당사자들의 부모라고 밝히고 '궁금하시면 우리가 정확한 진실을 가르쳐 드릴까요?'라고 물어볼까?"하며 농담을 주고받기도 했다. 아무튼 이런 종류의 소문은 무섭게 퍼진다는 사실을 새롭게 실감할 수 있었다.

웃음을 회복시켜준 손자

첫 손주는 정말 하루가 다르게 무럭무럭 성장했다. 늘 안겨 있기만 하고 누워 있기만 하더니 어느새 뒤집기를 하고, 어느 날부터는 의젓하게 앉아있을 수 있게 되었다. 그리고 다시 얼마의 시간이 지나자 나와 아내가 손을 잡아 주면 한 걸음 한 걸음 걷기까지 하는 것이다. 이때부터 나와 아내는 어디를 가든지 손주를 데리고 다녔다. 이때 나는 매주 월요일과 수요일, 금요일은 혈액 투석을 하러 다녔다. 그리고 나머지 요일에는 태조산이나 태학산 휴양림을 비롯해서 공기 좋은 곳을 찾아다니며 건강을 위해 산책을 했다. 내가 혈액 투석을 하러 가는 날이면 투석이 끝날 시간에 맞춰 아내는 나를 데리러 손주와 함께 투석실에 찾아왔다. 그러면 손주는 내 침대 끝에 앉아서 재롱을 떨며 나에게 웃음 선물을 한 보따리 선사해 준다. 자연스럽게 나는 손주를 통해 웃음꽃을 피우며 어디서 나오는지 모르는 놀라운 힘을 받아 투석을 마치고 기분 좋게 병원 문을 나선다.

집으로 가기 전에 점심을 먹기 위해 아내와 함께 손주를 데리고 식당에 가면 거의 모든 식당 주인들이 내 사정을 모르고 "어휴, 늦둥이를 보셔서 좋겠어요."라고 이야기했다. 이때 내 나이가 40대 중반이었으니 손주일 것이라고는 전혀 예상을 못했는지, 내가 이팔청춘처럼 보여서 그랬는지 모두들 손주를 늦둥이라고 생각했다. 나는 굳이 아니라고 말하지 않고, "제가 좀 능력이 되지요."라고 말하면서 한바탕 웃었다. 아무튼 손주로 인해 웃을 일만 더욱 생기는 것이다. 이러니 하루하루가 정말 기쁘고 행복한 나날들이었다.

지금 돌이켜봐도 우리 아들이 손주를 낳아주지 않았다면 나는 지금까지 살지 못했으리라고 100% 확신한다. 앞을 보지 못하고 장님으로 살았던 2년, 그리고 이틀에 한 번씩 해야 하는 혈액 투석은 고통 그 자체였다. 살고 싶지 않았고 살아야 할 이유가 없었다. 자연히 웃을 일이 없어졌고 삶 속에서 기쁨이 없었다. 그런데 손주가 태어나니 이 세상이 환히 밝아졌다. 내가 살아야 할 이유와 목적이 생긴 것이다. 자연스럽게 웃을 날도 많아지고, 기쁨이 회복되니까 내 건강에도 청신호가 켜지는 것 같았다.

임신 소식과 입영통지서

그러던 어느 날 연지가 둘째 아기를 임신했다는 말을 들었다. 정말 기쁘고 감사한 일이었다. 그리고 바로 그 날 오후에 우리 집에 한 통의 편지가 도착했다. '아니 벌써 누가 연지의 임신 소식을 알고 축하 편지를 보내왔나?'라고 생각하며 편지를 뜯어보니 아들의 입영통지서였다. 군대에 오라는 것이다. 순간 하늘이 깜깜해졌다. 저 멀리에 있던 시커먼 파도가 나를 향해 밀려오는 것 같았다. 드디어 올 것이 오고 말았다. 늘 마음 한 구석에는 '이러다가 아들이 군대를 가면 어떻게 하지?'라는 불안함이 항상 도사리고 있었다.

곧바로 병무청에 문의전화를 했다. 자녀가 이미 한 명 있고 또 한 명을 임신 중인데 그래도 군대를 가야 하느냐고 문의를 했더니 이제는 병역법이 바뀌어 자녀가 10명이라도 군대를 가야 한다는 것이다. 단 생계유지에 어려움이 있으면 면제 사유가 될 수 있다는 이야기도 해 주었다. 그런데 다행히도 나는 재산이 전혀 없었다. 부모님께 물려받은 유산은 빚밖에 없었다. 교회와 사택도 교회 명의로 되어 있었고 예금이나 적금, 심지어 보험조차도 전혀 없었다. 자동차도 없었다. 재산이 그야말로 전무했다. 그래서 병무청에서 알려 준대로 부모의 재산이 전혀 없는 가운데 아들이 군대에 가면 생계유지에 문제가 있다는 '생계유지를 위한 병역 면제 신청'을 했다. 어마어마한 서류를 준비해서 병무청에 신청하고 결과가 나오기까지 약 한달 동안 정말 걱정을 많이 했다.

아무런 물질적인 능력이 없는 내가 아내와 며느리, 그리고 두 명의 손주를 키우기에는 역부족이었다. 물론 아들이 군대에 가도 살기는 살 것이다. 하지만 혈액 투석을 하면서 나를 포함한 5명의 가족들의 의식주를 책임지기에는 버거운 것이 사실이었다. 긴 시간의 기다림이 있은 후 정말 감사하게도, 한편으로는 죄송하게도 아들은 군대를 면제 받았다. 군대 면제도 대물림 되는 것인가? 자랑스러운 일은 아니지만 아버님도 군대를 가지 못하셨다. 나는 질병으로 면제를 받았다. 그런데 이번에는 아들까지 생계유지를 위해 군대를 면제받은 것이다. 그나마 나는 대학교를 다닐 때 교련 시간이 있어 1학년 때 문무대에 입소해 일주일동안 군사 훈련과 유격 훈련을 받았고, 2학년 때는 전방 휴전선에서 철책 군무를 일주일동안 체험하기도 했다. 결국 우리 집에서 총을 쏴 본 사람은 나밖에 없기에 '우리 가정은 내가 지켜야한다'라는 투철한 군인정신을 가지고 있다.

예상치 못한 이별의 시간

드디어 둘째 손녀가 태어났다. 손자도 키워보고, 손녀도 키워보라는 하나님의 특별하신 배려로 정말 예쁜 공주가 우리 가정에 선물로 찾아왔다. 한 팔에는 손자를, 다른 팔에는 손녀를 안고 누워 있을 때의 기분은 말로 표현할 수 없는, 기쁨 그 자체였다. 그런데 이런 기쁨도 잠시 예상치 못한 어려움이 닥쳐왔다. 아들의 방이 비좁은 것이다. 한 방에서 네 명이 생활하기에는 정말 좁았다. 이사를 할 수 밖에 없는 상황이 된 것이다. 아들 가정이 이사를 해서 독립할 때가 되었음을 잘 알면서도 내심 걱정이 앞서는 것은 어쩔 수 없었다. 이유야 간단했다. 바로 손주들 때문이다. 이들을 하루도 안 보고 살 수 없었다. 아들이 이사를 가면 일주일에 한 번 주일에만 손주들을 보게 될 텐데 이렇게 살 자신이 없었다. 이때 그나마 다행이었던 것은 내가 가난했기에 아들 집을 마련해줄 돈도, 방법도 없었다. 그래서 나는 아들에게 이사가 필요하다는 것을 알고는 있지만 어떻게 적극적으로 나설 수가 없었다. 아니 나서고 싶지 않았다.

그런데 이게 웬 날벼락이란 말인가? 연지가 우리 집에 들어와 살기 시작하면서 조용히 주택청약 종합저축에 적금을 넣고 있었던 것이다. 그래서 부모님을 모시고 살면서 자녀도 두 명이나 되고, 재산이 없으니까 청약 점수가 높아서 임대 아파트에 당첨이 되었다. 그래서 자연스럽게 아들은 두 명의 손주를 데리고 자신들의 보금자리로 신나게 이사를 했다. 피하고 싶었고 오지 말았으면 하던 분가가 실제로 일어난 것이다. 이렇게 다시 집에 아내와 나, 단 둘만 남게 되었다. 옛말에 '든 자리는 몰라도 난 자리는 안다'라는 말이 있다. 손주들이 떠난 빈자리는 너무나 크고 그 허전함은 이루 말할 수 없었다. 그나마 주일에 아들 내외와 손주들이 교회에 와서 함께 예배드리고 같이 점심 식사를 하는 것으로 허전한 마음을 달랠 수 있어서 다행이었다.

아들은 고등학교를 졸업하자마자 삼촌을 따라 타일 기술을 배우기 시작했다. 그리하여 지금은 몇 사람을 데리고 어린 나이에도 불구하고 건설 현장 용어로 '오야지'가 되어 타일 기술자로 열심히 일하고 있다. 며느리 연지는 친구들 사이에서 스타가 되었다. 주변 친구들 가운데 일찍 임신을 했거나 결혼 문제로 고민이 되는 친구들은 거의 다 연지에게 와서 상담을 받고 있다. 그래서 연지는 자신의 경험을 살려 청소년 상담의 뜻을 갖고 사이버로 대학교를 다니며 상담을 공부하고 있다. 이제 나는 때가 되었다는 생각이 들어 아들의 결혼식을 서둘러 준비했다. 그래서 가을에 결혼식을 하는 것을 목표로 모든 것을 예약하고 준비했다. 그런데 이게 웬 일? 연지가 셋째를 임신했다는 것이다. 젊어서 그런지 애기도 잘 낳고, 임신도 잘했다. 정말 기쁜 소식임에는 틀림없었지만, 정신이 하나도 없었다. 숨 쉴 겨를도 없이 이 산을 넘으면 또 다른 산이 나를 향해 방긋 웃으며 손짓 하는 것 같았다. 연지는 결혼식 날짜를 변경해달라고 요청했다. 가을이면 배가 많이 불러서 웨딩드레스를 입기 불편하다는 것이었다. 일리가 있는 이야기였다. 그래서 나는 곧바로 결혼식 날짜를 간신히 7월로 변경했다. 그나마 결혼식장 사장님이 내가 잘 아는 집사님이어서 결혼식 날짜 변경이 가능할 수 있었다.

신장 이식 수술을 받다

그런데 기쁜 결혼식을 앞두고 내 건강에 적신호가 켜졌다. 숨이 차서 도저히 누워서 잠을 잘 수 없었다. 누우면 폐에 물이 차는 것 같았다. 그래서 나는 매일 밤 책상 의자에 앉아서 잠을 청할 수밖에 없었다. 10년 동안 혈액 투석을 했더니 이제 한계가 왔다는 생각이 들었다. 그동안 내가 투석을 받았던 대학병원에서는 신장이식을 꾸준히 권유했다. 하지만 나는 나름대로 생각이 있어 신장이식을 거절했었다. 그래서 지금까지 장기기증본부에 장기이식 신청조차도 하지 않고 있었다. 그런데 이제는 한계에 도달해서 이식을 받지 않으면 지금 당장이라도 죽을 것 같았다. 그래서 내 발로 4월에 서울에 있는 종합병원을 찾아가서 4일 동안 입원하면서 종합검사를 받았다. 이식 신청을 하려면 반드시 거쳐야 하는 과정이었기 때문이다. 검사를 마친 뒤에 병원 이식센터에서 하는 말이 "앞으로 신장이식을 받으려면 최소 7년을 기다려야 합니다."라고 하는 것이 아닌가?

나는 당장 오늘 밤에도 죽을 것 같은데 이런 상태로 7년을 기다리라는 것은 나에게 그냥 죽으라는 말과 똑같이 들렸다. 이때 아내가 나섰다. "내 신장을 남편에게 기증할테니 나를 검사해 주세요." 그러자 병원에서는 "부부라도 이식이 가능하지 않습니다. 유전자가 맞아야 가능합니다."라며 부정적인 입장을 보였다. 그러자 아내는 "검사 비용은 우리가 지불하는 것이고 유전자가 맞을지 안 맞을지는 검사한 후에야 알 수 있는 것 아닙니까?"라면서 강력하게 검사를 요청했다. 그러자 병원에서는 3일에 걸쳐 아내의 건강 상태와 신장 조직을 검사했다. 감사하게도 하나님께서 나를 더 살게 하려고 하셨는지 유전자 6개중 1개의 유전자가 일치했다. 병원에서는 나의 건강이 위중하니 지금 당장 수술을 하자고 적극적으로 나섰다. 물론 나도 당장 수술을 받고 싶었다.

하지만 나는 지금 당장 수술을 할 수 없다고 했다. 병원에서 이유를 물었고 나는 "사실 아들이 이번 7월 9일에 결혼식을 합니다. 아비 된 자로서 이 결혼식에는 참석해야 하지 않겠습니까? 지금 당장 수술을 하면 3개월 뒤에 있을 결혼식에 참석할 수 없을 텐데 결혼식을 마치면 바로 입원해서 수술을 받겠습니다."라고 양해를 구했다. 아들의 결혼식이 있기까지 약 3개월 동안 나는 죽는 줄 알았다. 하지만 이 날 만큼 기쁜 날이 어디 또 있겠는가? 나는 이 기쁨을 되새기면서 죽을힘을 다해 참고 또 참으면서 근근이 버티고 아들의 결혼식에 참석했다. 결혼식을 마치고 다음날 주일예배를 드리고 나는 병원에 입원해 신장이식 수술을 받았다. 지금 큰 손자는 초등학교 5학년, 둘째 손녀는 초등학교 2학년, 셋째 손녀는 7살이다. 나에게는 천사 그 자체이다. 하나님께서 나에게 주신 선물이요 축복이다. 이 아이들이 없었다면 지금의 나는 이 세상에 존재하지 않았을 것이라고 100% 확신하고 있다. 손주들 때문에 기쁨을 회복했고, 그 기쁨이 나로 하여금 웃게 함으로 지금의 내가 존재할 수 있는 것이다.

이 세상에는 두 종류의 사람만 있을 뿐이다. 손주가 있는 사람과 손주가 없는 사람. 나는 손주가 없는 사람과는 대화를 하지 않는다. 아니, 대화가 잘 안 된다. 손주를 낳아봐야 인생을 논할 수 있다. 그만큼 손주가 있어야 세상이 달리 보인다는 말이다. 손주가 있어야 기쁨이 무엇인지 알고 참된 웃음이 얼마나 대단한 치유력과 면역력을 가지고 있는지 실감하게 될 것이다. 하지만 이 세상에는 원치 않는 이유로 손주가 없는 분들이 너무나 많은데 그 분들께는 너무나 죄송하고 미안한 마음뿐이다. 내가 너무 경솔하게 손주 자랑을 한 것 같아 송구하고 또 송구하다. 넓은 마음으로 이해해 주시기를 간절히 부탁드린다. 아무튼 '웃어야 산다' 이 명제를 실감나게 설명하기 위해 본의 아니게 우리 손주들 이야기를 하게 되어 죄송할 뿐이다. 우리 뇌는 똑똑한 것 같지만 멍청한 부분도 있다. 진짜와 가짜를 구분하지 못한다. 즉, 진짜 웃음과 가짜 웃음을 구분하지 못한다. 따라서 웃을 일이 있다면 맘껏 웃고 설령 웃을 일이 없더라도 웃을 일을 찾아서 가짜로라도 웃으면 그 효과가 똑같이 나타난다는 것이다. 그러므로 웃어야 산다. 억지로라도 웃어야 살 수 있다. 웃음으로 나도 살고 우리 모두 건강하게 잘 사는 그런 세상이 되기를 기원해본다.

13.
애인 만들기 프로젝트

사람은 관계적 존재이다. 더불어 살아갈 때 비로소 참된 나를 발견하게 되고 나의 건강에도 유익하다. 이 땅에는 좋은 약이 많고, 건강에 유익한 음식도 많다. 하지만 이보다 더 좋은 약과 음식은 좋은 인간관계이다. 서로 사랑하고 섬기는 인간관계야말로 진정한 만병통치약이라 할 수 있다. 내가 치유일지를 기록하게 된 이유는 오직 하나, 친한 친구가 암 수술을 받게 되었고 이 친구에게 무엇인가 도움이 될 일을 찾던 중 내가 경험한 투병 생활과 더불어 전인적인 치유 생활에 도움이 될 만한 정보들을 나누고 싶어서다. 처음에는 오직 그 친구만을 위해 치유일지를 기록하다가 이것이 소문이 나고 주변 분들이 공유하기를 원해서 지금은 상상한 것 이상으로 많은 분이 이 치유일지를 읽게 되었다. 그리고 치유일지를 읽은 많은 분이 나에게 답장을 주시는데 과분한 격려와 위로의 마음을 전해 주셨다. 상상할 수 없는 일들이 벌어진 것이다. 답장을 읽을 때마다 내 마음속에 큰 기쁨이 생기면서 내 몸에 엔도르핀이 돌고, 면역력이 더욱 상승하는 것을 느꼈다. 결국 그 친구 때문에 내가 대박을 맞은 것이다. 정말 그 친구에게 고맙다는 인사를 전하고 싶다. 나는 이것이 하나님의 법칙이라고 생각한다. 나는 그 친구에게 한 개만 주었을 뿐인데, 하나님께서는 나에게 백 개로 되돌려 주신 것이다.

건강도 마찬가지라고 생각한다. 몸과 마음이 아프면 자꾸만 이기적인 존재로 변한다. 이 세상의 중심이 나라고 여기게 된다. 그래서 가족은 물론이거니와 내 주변의 사람들이 모두 나만 바라보기 원하고, 나를 중심으로 살아가기를 바란다. 하지만 이런 이기적인 마음에서 벗어나 비록 나 자신도 힘들지만 내 주변의 아픈 분들에게 내 마음을 전하게 되면 하나님께서는 30배, 60배, 100배로 갚아주신다.

신장 이식 수술을 받고 집에서 6개월 동안 은둔 생활을 했다. 가족 외에는 아무도 만나지 않았고 만날 수도 없었다. 심지어 사택 아래층이 교회인데도 주일예배를 드릴 수 없고 그토록 보고 싶었던 성도들도 전혀 만날 수 없었다. 그러다가 6개월 만에 용기를 내어 주일예배를 인도하고 설교를 했다. 아니나 다를까 무리였다. 일단 강단에 서 있기가 힘들어서 의자에 앉아 설교를 했다. 그런데 문제는 목소리가 나오지 않는 것이다. 그래도 설교를 해야겠기에 무리를 해서 설교를 했더니 그날 저녁 혈압의 수치가 200 이상이 나오면서 기진맥진 하게 되었다. 결국 응급실에 실려 가고 말았다. 이런 나의 모습을 지켜 본 성도들은 나에게 1년이라는 안식년을 허락해 주었다. 이런 배려를 해 준 성도들에게 내가 할 수 있는 최선의 길은 빨리 건강이 회복되어 건강한 모습으로 강단에 서는 것이라 생각하고 집을 떠나기로 했다.

전인 치유 센터 입소

그리하여 어느 지방에 있는 치유 센터에 입소해 생활하게 되었다. 그곳은 천혜의 치유 장소라 할 수 있을 만큼 자연 환경이 뛰어났고, 생활 여건도 좋았다. 그곳은 주로 암 환자들이 요양하면서 전인치유를 통해 몸과 마음을 치유하는 곳이었는데 대략 15명 정도가 함께 생활하고 있었다. 처음에는 그곳이 낯설어 '내가 굳이 이런 곳에서 생활해야 하는가?'하는 회의가 들었고 한편으로는 어쩔 수 없이 이런 곳에서 지내야만 하는 내 처지가 서글퍼 빨리 집에 가고도 싶었다. 때로는 아무도 모르는 곳으로 도망치고도 싶었다. 그러나 시간이 지남에 따라 점차 그곳에서의 생활에 적응이 되었는데 그러자 그동안 인식하지 못했던, 유독 내 눈에 띄는 한 자매가 보였다. 이 자매의 이름은 이희정(가명)

으로 43세의 미혼이고 유방암 말기 환자였다. 하지만 이 자매는 항상 밝게 웃으며 분위기 메이커 역할을 했다. 이 자매가 있는 곳에는 항상 웃음꽃이 피었다. 그러나 어쩔 수 없는 깊은 슬픔을 지닌 외로운 자매임에는 틀림없었다.

4월 초였다. 봄비가 구슬프게 내리는 새벽 아침에 그 치유센터 안에 있는 교회에 가서 새벽 기도를 드리고 있었다. 함께 새벽 기도를 드렸던 분들은 다 돌아가고 나 혼자 기도하고 있는 줄 알았는데 한쪽 구석에서 누군가의 흐느끼는 소리가 들려왔다. 희정 자매였다. 그동안 어느 누구에게도 보이지 않았던 그 자매의 마음 깊은 곳에 있는 슬픔과 외로움의 탄식이 터진 것이다. 나는 기도를 멈추고 자연스럽게 그 자매의 우는 모습을 멍하니 지켜보았다. 자매는 울지 않으려고 무척이나 애쓰고 있었다. 터져 나오는 눈물과 울음소리를 어떻게든 막아 보려고 두 손으로 입을 틀어막았지만 그럴수록 어깨는 더욱 들썩거리기만 했다.

그 자매의 흐느끼는 울음소리와 떨어지는 빗방울 소리가 진한 슬픔으로 파동을 치면서 내 마음까지 요동치게 만들었다. 나는 가만히 있을 수 없었다. 그 자매가 너무 불쌍하게 여겨졌다. 그래서 할 수만 있다면 기도하는 그 자매에게 찾아가 힘껏 안아주고 싶었다. 어떻게든 그 자매를 위로해 주고 싶었고, 그 눈물을 닦아주고 싶었다. 그러나 그럴 수는 없었다. 그러니 내 마음이 더욱 안타까웠다. 자연스럽게 기도가 나왔다. "하나님! 저 자매를 도와주세요. 저 자매의 눈물을 닦아 주세요."라는 기도가 저절로 나왔다. 동시에 나도 모르게 해서는 안 될 기도가 내 입에서 나오고 말았다. 내 의지로 했다고는 생각되지 않는다.

애인 백 명에 대한 기도

나는 그때 내 의지와는 상관없이 이런 기도를 드리고 말았다.

"하나님, 제가 저 자매의 애인이 되고 싶습니다. 그래서 조금이라도 저 자매가 외롭지 않고 많이 웃었으면 좋겠습니다. 하나님, 제발 희정 자매의 애인이 되게 해 주시옵소서. 그리고 하나님! 저에게 저 자매처럼 몸과 마음이 아픈 애인 100명을 허락해 주시옵소서. 그래서 애인 100명을 섬기며 그들과 함께 살아갈 수 있게 해 주시옵소서!"

지금 생각해보면 약간 후회가 되는 기도이기도 하다. '내가 왜 이런 기도를 드렸을까? 그리고 이왕이면 애인 숫자를 좀 줄여서 기도할 걸'하는 생각이 들기도 했다. 아무튼 이 기도를 드리고 곧바로 아내에게 내가 드린 기도에 대해 이야기했다. 그리고 내가 오늘부터 희정 자매의 애인이 되고 싶다고 하자 아내는 그렇게 하라고 기쁜 마음으로 허락해 주었다. 아마도 이 세상에서 아내에게 허락받고 애인을 만든 사람은 나밖에 없을 것이다. 나는 희정 자매에게 찾아가서 새벽 기도회 시간에 있었던 이야기를 하면서 나의 애인이 되어 줄 것을 정식으로 요청했다. 당연히 희정 자매는 의아해 하면서 나를 미친 놈 쳐다보듯이 하고 그냥 가버렸다. 그러나 여기서 포기할 내가 아니었다. 희정 자매를 볼 때 마다 내가 애인하자고 적극적으로 대쉬하니까 어느 날부터인가 못 이긴 척 하며 내 말에 따라 주었다. 그래서 그때부터 나는 오른쪽에는 아내를, 왼쪽에는 희정 자매를 데리고 그 치유 센터 주변의 관광지를 돌며 데이트 시간을 가졌다. 녹차 밭에도 가고, 바닷가에도 가고, 옹기를 만드는 곳도 가며 즐거운 시간을 보냈다. 희정 자매도 많이 웃으면서 어느 날은 나에게 고맙다고 인사까지 했다. 애인 만들기 대성공이었다.

이렇게 희정 자매와 즐거운 데이트를 즐기는 동시에 한편으로는 본격적으로 애인 100명 만들기 프로젝트를 시작했다. 첫 번째 대상은 치유센터에서 함께 생활하는 환우분들이었다. 이 분들을 나의 애인으로 삼으려면 먼저 만나서 대화하는 시간이 필요하겠다는 생각에 내 방을 오픈해서 카페를 만들 계획을 세웠다. 유해물질이 없는 좋은 컵을 준비하고 치유센터에서 전혀 먹을 수 없는 커피와 여러 종류의 차, 그리고 과자 등을 구비한 후 환우 분들을 모두 내 방으로 초대했다. 처음에는 어색해 했지만 얼마 지나지 않아 점심 식사를 마치면 자연스럽게 내 방에 모여서 각종 불량식품을 먹는 게 일상이 되었다. 아무리 암환자라도 다음에 세상에 나가면 먹어야 할 불량식품들을 조금씩 먹어줘야 내 몸이 적응할 수 있다는 말도 안 되는 논리에 많은 환우 분들이 암암리에 동조하면서 내 방에 만들어진 카페는 그야말로 문전성시를 이루었다.

그러자 놀라운 일이 벌어졌다. 환우 분들이 각자 숨겨둔 다양한 불량식품들을 고해성사하듯이 하나 둘 가져오기 시작한 것이다. 치유 센터 관계자들이 알면 놀라 자빠질 일이었다. 하지만 우리 모두는 이제 비밀을 공유한 운명공동체가 되어 더욱 끈끈한 유대감이 생기게 되었다. 이렇게 시작한 8평밖에 안 되는 내 방 카페는 매일 고정 손님 15명 이상이 모여 두 세 시간씩 수다를 떠는 힐링 장소가 되었고, 즐거운 데이트 장소가 되었다. 여기서 우리는 건강이 안 좋은 환우 분이 계시면 함께 중보기도하고, 여러 가지 이유로 치유센터를 떠나야만 하는 환우 분은 환송식을 하면서 많이 울기도 했다. 새로 들어오는 환우 분이 계시면 환영식을 하면서 서로 한 가족임을 확인하는 시간을 나누기도 했다. 물론 그곳에서 먼저 하늘나라로 가는 분들을 떠나보내기도 했다. 그야말로 웃음과 슬픔이 진하게 공존하는 곳이었다. 환우 분들은 나를 총무라고 불렀다. 나도 '여기서 평생 총무를 하면서 살아볼까?'하는 생각도 들었다. 그만큼 애인 분들과 공동체로 살아가는 삶이 즐겁고 의미 있는 시간들이었다. 정말 한 분 한 분이 너무 사랑스럽고 그냥 보고 있기만 해도 좋아서 눈물이 날 정도였다.

더불어 사는 삶의 유익

나는 이때 확신했다. 함께 더불어 살아가면서 함께 웃고 함께 우는 것이 얼마나 아름다운 삶이며, 건강에 얼마나 유익한 일인지 절절하게 체험했다. 한 번은 장날이 되어 환우 분들과 함께 시골 5일장에 갔다. 모든 분들이 검은 비닐 봉지에 한 가지씩 물건을 사고 치유센터로 돌아왔다. 그런데 놀랍게도 단 한 사람도 자신에게 필요한 물건을 사신 분이 없었다. 변비에 걸린 분을 위해 사과를 사고 설사를 심하게 하는 분을 위해 감을 사는 분이 계셨다. 이렇게 자신을 위해서는 한 가지도 사지 않으시고 다른 환우 분들을 섬기고자 그 분에게 필요한 물건들만 산 것이다. 그러니 이곳이 바로 천국 아니겠는가? 바로 이런 사랑의 관계, 즉 섬김이 서로의 면역력을 높여 각자의 건강에 큰 유익이 되는 것을 실제적으로 나는 목격할 수 있었다. 나도 그곳에서 열심히 애인을 만들다보니 내 건강이 몰라보게 회복되는 것을 경험했다. 내가 처음 치유센터에 갔을 때만해도 서 있기가 힘들고 걷는 것도 불편했다. 그래서 아침 9시에 디함께 산행을 하는데 나는 갈수 없었다. 그래서 모든 사람이 산행을 마치고 쉬는 시간에 나 혼자 조금씩 걸어보았지만, 산 입구까지도 갈수가 없었다. 숙소에서 100m도 안 되는 거리를 갈수가 없었다. 그러나 어느 정도 시간이 흐르자 나도 다른 환우 분들과 함께 산행을 할 수 있을 만큼 건강이 회복되었다. 이 모든 것이 애인들 때문이라고 생각한다.

내가 애인들을 섬기겠다고 시작한 일들이 나중에 가서 보면 그 모든 유익이 나에게 돌아오는 것을 보게 되었다. 내가 누군가를 사랑하는 것은 곧 나를 사랑하는 것이 된다. 마찬가지로 내가 누군가를 섬긴다는 것은 곧 나 자신을 위한 길임을 알게 되었다. 섬김의 유익은 상대방에게 주어지는 것이 아니라 나에게 돌아온다는 정말 중요한 진리를 깨닫게 된 것이다. 이후 나의 첫 번째 애인이었던 희정 자매는 건강이 급속도로 나빠져서 치유센터에서 나와 자기 집 근처 병원에 입원했다. 나도 12월까지 그곳에 있으려는 계획에 차질이 생겨 몇 개월 만에 교회로 돌아왔다. 그리고 얼마 후에 연락이 왔는데 희정 자매가 천국에 갔다는 것이다. 곧바로 장례식장에 가서 희정 자매의 영정 사진 앞에 섰다. 그리고 진심을 다해 희정 자매에게 고백했다.

"희정 자매 정말 고마워요. 희정 자매 때문에 내가 애인들을 섬기게 되었고, 그 덕분에 내가 이렇게 건강하게 되었어요. 희정 자매, 내가 앞으로 애인들을 섬기며 어떤 열매들을 거둘지 모르지만 그 모든 열매는 다 희정 자매에게 돌아갈 상급이 라고 믿어요. 희정 자매가 심은 씨앗들이 맺은 열매니까요."

희정 자매는 아마도 내가 자신 때문에 몸과 마음이 아픈 애인 100명을 섬기게 되리라고는 전혀 예상하지 못했을 것이다. 자신은 이 세상에서 아무것도 한 일이 없이 오직 암과 싸우다 천국에 갔다고 생각할 수도 있을 것이다.

하지만 절대 그렇지 않다. 희정 자매의 투병 모습은 김민홍이라는 한 사람의 인생을 완전히 뒤바꿔 놓았다. 희정 자매가 아니었으면 나는 애인에 대해 관심을 두지 않았을 것이고, 지금의 삶처럼 살아가지 않았을 것이다. 당연히 치유일지도 이 세상에 나오지 못했을 것이다. 희정 자매는 이 땅에서 큰일을 한 것이다. 만약 나를 통해 누군가가 힘을 얻고 용기를 얻어 새로운 인생을 살아가게 된다면 그 모든 상급의 주인공은 희정 자매가 될 것이라고 나는 굳게 믿고 있다. 나는 희정 자매를 통해 내 스스로 약속한대로 애인 100명 만들기에 집중했다. 그러기 위해서는 무엇보다 공부가 필요했다. 애인을 섬기려면 그 애인에게 필요한 것을 줄 수 있는 실력이 필요했다.

그래서 곧바로 전인치유를 공부하는 대학원에 진학해서 석사 과정을 졸업하고 지금은 박사과정을 공부하고 있다. 또한 동양의학의 지식이 필요해 귀를 통해 그 사람의 건강과 지나온 인생을 공부하는 이혈 전문 대학원에서 2년 동안 공부하고 이혈 지도사 자격증을 취득했다. 그리고 애인 100명 만들기 프로젝트는 잘 진행되어 그 숫자는 정확히 헤아려보지 않았지만 족히 몇 십 명은 되는 것 같다. 나는 매일 그 애인들과 전화 통화를 하는데 어떤 날은 10명 이상의 분들과 통화를 하면서 하루에 보통 6~8시간 정도 통화를 하는 것 같다. 나를 필요로 하는 곳이면 어디든 찾아가서 강의를 하고 요즘도 계속해서 주변 분들의 요청으로 새로운 애인들을 만나고 있다. 그리고 나와 같은 비전을 가지고 계신 분들과 모임을 만들어 함께 공부하며 어떻게 하면 몸과 마음이 아픈 애인 분들을 잘 섬길 수 있는지 고민하고 있다.

요즘에는 건강이 많이 회복되어 전국을 돌아다니며 애인들을 만나고, 대학원을 다니며 열심히 공부하고 있다. 주일이면 목사로서의 삶에 충실하고자 노력한다. 집에 있으면 수많은 애인과 상담을 하며 수다를 떨고 있다. 나는 목사다. 나는 의사도 아니고 상담가도 아니다. 그렇다고 나에게 특별한 은사가 있거나 나만의 건강 비법이 있는 것도 아니다. 지극히 평범한 사람이다. 나는 단지 아픈 사람들의 친구가 되고 저들의 애인이 되고 싶을 뿐이다. 외롭고 힘든 터널을 걸어갈 때에 동행할 수 있는 친구가 한 사람이라도 있으면 그 길이 조금은 덜 힘들지 않을까하는 바람이 있을 뿐이다. 섬길 때 기쁨이 찾아온다. 세상 어디에서도 찾을 수 없는 기쁨이 섬길 때 나에게 상급으로 주어진다. 이 기쁨이 있어야 진정으로 웃게 된다. 이 웃음이 내 몸을 깨끗하게 정화시켜 준다. 암 세포를 비롯해 그 어떤 염증이라도 사라지게 만든다. 자연히 내 몸과 마음에 치유가 일어난다. 그리고 이 세상이 단순하게 보인다. 마음속의 스트레스가 확연히 줄어든다. 그 놈이 그 놈이라는 말처럼 이 세상의 모든 사람들이 다 똑같아 보인다. 이 세상이 별 것 없다는 생각이 든다. 섬김만이 열매가 있고 그 열매가 나에게서 남에게, 그리고 또 다른 남에게로 아름답게 연결되어 영향을 미치는 것을 보게 된다. 그러므로 섬겨야 산다. 내가 누군가를 섬길 때 내가 먼저 살고 남도 나처럼 살게 될 것이다. 건강이 회복되는 것은 보너스다.

14.
반드시
길이 있다

내 인생에 있어서 정말 눈앞이 캄캄했던 시절이 있었다. 바로 두 눈을 실명하여 앞을 보지 못했을 때이다. 앞이 안 보이니 얼마나 온 세상이 캄캄하게 보이던지 정말 이때는 미치는 줄 알았다. 당뇨 합병증인 망막 박리로 왼쪽 눈을 실명한 지 5년 만에 똑같이 오른쪽 눈에 망막 박리가 일어나 몇 차례 수술과 레이저 시술을 받고 눈 주사를 수차례 맞았어도 소용이 없었다. 이틀에 한 번씩 혈액 투석을 해야 하는 상황에서 눈까지 이렇게 되니 할 말이 없었다. 그런데 설상가상 심근경색까지 와서 심장 근육의 한쪽이 제대로 움직이지 못하니 병원에서 심장 혈관에 스탠트 수술을 하자는 것이다. 나는 단호하게 거절했다. 그리고 좀 더 불편해지면 그때 하겠다고 수술을 미뤘다. 가족들이야 수술을 거절한 나를 이해하지 못하고 내 눈치만 살폈지만, 나는 나름대로 생각하는 것이 있었기 때문에 심장 수술을 거절했던 것이다.

그 생각은 다름 아니라 이대로 죽고 싶었다. 목사로서 자살은 할 수 없고 그렇다고 이렇게 계속 살아갈 자신은 없고 이번 기회에 심근경색이 오면 깨끗하게 천국가면 되겠다는 생각으로 수술을 거절했던 것이다. 그런데 이게 웬일인가? 아직까지 살아있다. 물론 심장 수술도 받지 않았다. 이때 깨달았다. 천국도 번호표를 받아야 갈 수 있다는 사실을. 천국은 내가 가고 싶다고 갈 수 있는 곳이 아니고 가고 싶지 않다고 버틸 수 있는 곳도 아니다. 하나님이 오라고 하면 무조건 가야하고 오지 말라고 하면 아무리 암 말기라 할지라도 갈 수 없는 곳이 천국이다. 이렇게 천국은 내 맘대로 갈 수 있는 곳이 아니다. 결국 죽는 것은 포기하고 살기로 작정했다. 그런데 생각 이상으로 앞을 보지 못한다는 것이 너무나 힘들고 불편했다. 평생 눈으로 모든 정보를 수집하고 눈으로 볼 수 있기에 내 스스로 모든 일들을 할 수 있었는데 삶이 한순간에 멈추게 된 것이다.

시각 장애인의 불편한 생활

가장 불편한 것은 하루가 너무나 길고 지루하다는 것이다. 하루가 24시간, 48시간, 아니 72시간처럼 느껴졌다. 앞이 안 보이니 정말 할 일이 없었다. 컴퓨터도 볼 수 없고 책도 볼 수 없고 내가 좋아하는 영화도 볼 수 없었다. 내가 할 수 있는 일이라곤 오직 소파에 종일 앉아 있는 것이었다. 그리고 화장실에 가는 것과 세수하고 양치질 하는 것 외에는 내가 집안에서 할 수 있는 일은 아무것도 없었다. 당연히 집 밖으로 나가는 것은 꿈도 꿀 수 없는 호사였다. 이렇게 이 세상의 모든 정보로부터 한순간에 단절되니까 그 충격이 컸다. 아내의 도움 없이는 아무것도 할 수 없는 신생아가 된 기분이었다. 그러니 나의 모든 손과 발이 되어주는 아내에게 늘 고마워하고 감사해야 하는데, 딱 한 가지 일에서는 나도 모르게 아내에게 화를 내는 일이 생기곤 했다.

그것은 바로 식사 시간이다. 밥은 내가 어떻게든 먹을 수 있었다. 문제는 반찬이었다. 내가 볼 수 없으니 아내가 무슨 반찬이 있다고 가르쳐주면 내가 먹고 싶은 반찬을 요구한다. 그러면 내 숟가락에 아내가 반찬을 올려주는데 왜 그렇게 밥맛이 없는지 아내에게 반찬투정을 하며 성질을 내곤했다. 반찬이 어느 때는 싱거운 때가 있고 어느 때는 짜서 먹기가 불편할 때가 있으니 식사 시간이 즐겁지 않았다. '왜 이렇게 반찬의 간이 맞지 않고 밥맛이 없는 것일까? 지아비가 눈이 안 보인다고 아내가 성의 없이 반찬을 만드는 것은 아닐까?'같은 별의 별 생각이 들었다. 그런데 얼마 후에 그 이유를 알았다. 사람들이 반찬을 먹을 때 자기 식성에 맞춰서 반찬이 싱거우면 조금 더 먹거나 조금 짠 반찬과 함께 먹으며 스스로 간을 맞춰 식사를 한다. 반찬이 짜면 적게 먹고 대신 밥을 많이 먹으면 간이 맞는다. 그런데 나는 아내가 내 식성을 무시하고 그냥 반찬만 숟가락위에 적당량만 주니 입맛에 안 맞는 것이다. 아내가 내 반찬에 양념을 안 한 것도 아니고 앞이 안 보인다고 식성이 바뀐 것도 아니었다. 반찬을 먹는 양이 아내와 내가 달랐을 뿐이다. 그래서 이런 내 사정을 아내에게 말하고 내 식성에 맞게 반찬을 요구하면서 문제는 해결되었다. 결국 앞을 못 보니까 이런 어이없는 일이 일어났다.

매사에 나쁜 점이 있으면 좋은 점도 있기 마련이다. 앞을 볼 수 없으니까 좋았던 점은 설교의 부담에서 벗어날 수 있다는 점이다. 설교 준비를 할 수 없으니 자연히 우리 교회 두 분의 전도사님께서 모든 예배 인도와 설교를 감당해 주셨다. 내가 1988년부터 교육 전도사 생활을 했는데 이때부터 설교에 대한 부담감에서 벗어났던 적은 하루도 없었다. 그런데 설교 준비도 안하고 주일이면 아내 손을 붙잡고 교회에 가서 주일예배만 드리니까 얼마나 좋던지. 여기가 천국인 줄 알았다. 그런데 하나님께서는 내가 편히 쉬는 것을 못 보시는 분 같았다. 비록 앞을 보지 못해 너무 불편한 생활을 하고 있었지만 그나마 주일 설교를 하지 않는다는 기쁨 하나만으로 하루하루를 버티고 있는데 하나님께서는 이런 내 꼴을 도저히 못 보신 것 같았다. 한편으로 늘 각오는 하고 있었지만, 오지 않기를 바라던 일이 오고야 말았다.

시력을 잃고도 설교할 수 있는 방법

어느 날 우리 집에 집사님 한 분이 찾아오셨다. 그리고 대뜸 하신다는 말씀이 "목사님, 목사님은 강대상에서 죽으셔야 하지 않습니까? 목사님은 신학대학에서 신학대학원까지 7년을 공부 하셨는데 꼭 책을 봐야 설교를 할 수 있습니까? 저는 목사님의 설교를 들으려고 교회에 왔지, 전도사님의 설교를 들으러 온 것이 아닙니다. 그러니 안 보여도 목사님이 설교를 하시면 좋겠습니다."라고 하시는 것이다. 나는 이 세상에서 아내보다 성도들이 더 무섭고 어렵기 때문에 "예 알겠습니다."라고 원치 않는 대답을 했다. 그리고 그 집사님이 돌아가신 다음부터 얼마나 화가 나고 속상하던지. 정말 미치고 환장하고 펄쩍 뛰다 죽는 줄 알았다. '내가 못 보기 때문에 이런 말까지 듣는구나'하는 자격지심이 발동하니까 그냥 너무나 서운하고 서러웠다. 하지만 그 집사님의 말씀이 틀린 말이 아니기에 어떻게 반론을 제기하고 싸울 수도 없었다. 그냥 참아야 했다. 그런데 참아지지 않았다.

그래서 내가 살려면 빨리 생각을 바꿔야겠다는 마음에 '집사님의 말씀은 하나님이 시켜서 하신 말씀이야. 그러니 하나님의 말씀으로 받아들이자'라고 수백 번 되내며 마음을 고쳐먹었다. 이제 꼼짝 없이 설교를 해야 했다. 그런데 다른 목사님들은 어떤지 모르겠지만 나는 준비 없이 설교를 할 수 없었다. 성경도 보고 책도 읽으며 여러 가지 정보를 찾아 오랜 시간 묵상하며 준비해야 설교를 할 수 있었다. 그런데 이 모든 것을 할 수 없는 상황이었다. 그래서 할 수 없이 소파에 앉아 아내가 틀어준 기독교방송을 매일 들을 수밖에 없었다. 그러다가 방송 중에 내 마음에 강하게 와 닿는 말씀이 있으면 그 말씀을 일주일 내내 묵상하면서 머릿속으로 설교를 준비했다.

그런데 신기하게도 이렇게 준비한 설교 내용이 머릿속에 그대로 입력되는 것이다. 이전까지는 설교 전체를 아무리 외우려고 해도 안 되던 것이 눈이 안보이니까 나도 모르게 암기력이 급상승하여 설교하는데 아무런 지장이 없었다. 그래서 설교를 무사히 시작할 수 있었다. 그런데 어느 성도는 "준비 없이 하는 설교가 더 은혜가 있네요."라고 하니 그동안 내가 설교 시간마다 죽을 쑤고 있었구나라는 생각에 죄송한 마음이 들기도 했다. 문제는 새벽 예배 시간이었다. 우리 교회는 '생명의 삶'이라는 큐티 교재를 가지고 새벽 예배를 드리기 때문에 본문이 정해져 있다. 그래서 다른 본문을 가지고 설교할 수 없었다. 또한 성도들이 새벽에 일어나서 교회에 오니까 잠이 덜 깨서 그런지 찬송을 너무 작은 소리로 부르는 것이다.

그래서 평상시에는 내가 큰 소리로 찬양을 불러야 성도들이 그나마 따라 부르곤 했는데 이제 나는 찬송가 가사도 안보이고, 정해진 본문도 보이지 않으니 난감했다. 그래서 결단했다. 전날 아내에게 다음날 큐티 본문을 읽어달라고 하고 새벽 예배 때 부를 찬송가 가사도 읽어달라고 했다. 그런데 신기한 것은 아내가 읽어주는 본문과 찬송가 가사가 너무나 쉽게 내 머릿속에 암기가 되는 것이었다. 두 눈이 멀쩡할 때는 그렇게 외워지지 않던 성경구절과 찬송가 가사가 눈이 안 보이니 그렇게 머릿속에 쏙쏙 들어와 암기가 되던지 스스로 놀랄 정도였다. 그래서 암기한 성경본문을 묵상한 후에 설교하고, 내가 먼저 힘차게 찬송가를 부르며 새벽 예배를 인도했다. 눈이 보이지 않는다는 사실을 성도들이 의식하지 못할 정도로 하나님이 주신 암기력으로 주일 예배와 새벽 예배까지 감당할 수 있었다.

지금 생각해봐도 이때의 경험은 내 평생에 잊히지 않는 은혜의 시간이다. 하나님의 말씀이 하늘로부터 쏟아져 내린다는 것이 무엇을 의미하는지 확실하게 체험할 수 있는 복된 시간이었다. 그런데 2년 뒤, 오른쪽 눈이 하나님의 은혜로 볼 수 있게 되니 신기하게도 암기력이 한순간에 사라져 버렸다. 찬송가 가사도 외워지지 않았고 성경본문은 더 외워지지 않았다. 아내도 신기한 듯이 어떻게 이럴 수 있느냐고 반문하는데 할 말이 없었고 왜 그런지도 알 수 없으니 답답할 노릇이었다.

한 쪽 문이 닫히면 한 쪽 문이 열린다

스스로 예상컨대 한 쪽 문이 닫히니 하나님께서 다른 한 쪽 문을 열어주신 것이라고 믿고 있다. 우리의 오감 중에 하나가 그 기능을 못하니 다른 쪽의 기능을 확대시켜 주셔서 부족한 부분을 채울 수 있도록 배려해 주신 은혜라고 생각한다. 눈이 보이지 않으니 기억력을 상승시켜 주셔서 내 머리로 하여금 눈이 하지 못한 역할을 대신 감당할 수 있도록 인도해 주셨다는 것이다. 그렇다. 이것이 세상사는 이치이고 하나님의 은혜요, 배려이다. 내가 포기하지 않고 무엇인가 도전하면 하나님께서 도와주신다. 만약에 내가 눈이 안 보인다는 핑계로 설교할 생각을 하지 않았다면 이런 놀라운 체험은 하지 못했을 것이다. 미리 설교할 것을 포기했다면 이러한 하나님의 구체적인 도움의 손길을 어떻게 경험할 수 있었겠는가? 내가 포기하지 않고 믿음으로 나아가면 반드시 길이 열린다. 방법도 생긴다. 그동안 보이지 않던 길이 보이게 된다. 내가 포기하지 않는 한 하나님도 나를 포기하지 않으신다.

투병생활을 하면서 제일 위험한 것은 미리 겁먹고 자포자기하는 것이다. 스스로 아무것도 시도조차 하지 않고 쓰러져 버리면 하나님도 대책이 없다. 암 환우 분들에게 가장 고통스러운 시간은 재발이나 전이가 되었다는 소식을 들을 때이다. 그것도 지금까지 최선의 노력을 다해 암과 싸워 왔는데 이런 소식을 들으면 무릎이 흔들리면서 다리의 힘이 쭉 빠진다. 몸이 떨리면서 붕 떠있는 기분이다. 꿈이었으면 좋겠다는 생각을 수백 번 하게 된다. 누가 무슨 말을 해도 들리지 않는다. 아무리 맛있는 음식을 먹어도 음식의 맛을 느끼지 못하고 모래알을 씹는 기분이다. 아무리 웃긴 장면을 봐도 웃을 수가 없다.

하지만 이때가 중요하다. 이때 내가 무엇을 선택하느냐가 내 생명을 좌우한다. '그래도 희망이 있다. 반드시 길이 있을 것이다.'라고 생각하면서 다시 시작하겠다고 다짐하면 반드시 소망의 길이 열린다. 이것은 내가 지금까지 스스로 체험하고 경험했던 일이기에 확실하게 말할 수 있다. 무엇인가 도전해보지 않으면 실패의 쓴 잔을 마시지 않는다. 하지만 성공의 기쁨 또한 영원히 맛볼 수 없다. 때로는 실패하기도 하지만 간혹 남들이 경험해보지 못한 놀라운 승리의 체험을 맛보기도 한다. 종종 어떤 분들이 나에게 이런 질문을 할 때가 있다. "목사님은 어떻게 이렇게 건강해지셨어요?" 물론 쉽게 대답이 나오지 않는다. 잘 모르기 때문이다. 하지만 이 자리를 빌려 이야기를 하자면 수없이 많은 도전과 실패의 경험 속에서 간혹 한 번씩 성공한 것이 오늘날의 내 건강을 지켜 주었다고 생각한다. 정말 별의 별 것들을 다 시도해 보았다.

한 때는 요로 법을 하면서 내 소변을 열심히 먹었다. 매일 어떤 침구사에게 하루에 침을 100~120개씩 3주 동안 맞아보기도 했다. 이때 내 가슴과 배에 100여개 이상의 많은 침이 하도 꽂혀 있다 보니 스스로 로보캅인 줄 알았다. 결국에는 이렇게 무식하게 침을 맞다가 폐에 침을 잘못 맞아 폐에 기흉이 생겼다. 곧바로 병원 응급실에 가서 검사를 했더니 빨리 수술을 해서 폐에 찬 공기를 빼내야 한다는 것이다. 물론 이때도 수술을 거부하고 집에 왔는데 그 이후로 내 폐가 어떻게 되었는지 모르지만 분명한 것은 아직까지 살아있다는 사실이다. 이렇게 위험한 상태에 처하면서 3주의 침 여행을 마쳤다. 당뇨 환자로서 가장 위험한 것이 저혈당에 빠지는 것이기에 한 끼라도 굶어서는 안 되는데 용감하게 안양에 있는 갈멜산 기도원에서 3일 금식 기도를 하고 저혈당 쇼크가 와서 죽을 뻔한 적도 있었다. 그래도 끝까지 3일 금식을 마쳤다.

한 번은 이틀에 한 번씩 혈액 투석을 받아야 하는 상황에서 병원 몰래 단식원에 입소해서 10일 동안 딱 한번만 투석을 받으며 9박 10일 동안의 단식을 시도해 보았다. 여기서 암 투병 중이었던 롯데 자이언츠의 투수 최동원 선수를 만나기도 했다. 정말 정상적인 사고를 가진 분들이 보면 미친 놈이 미친 짓을 하고 있다고 말씀하실 정도로 치유를 위해 별난 행동들을 다 시도해 보았다. 심지어 전국에 신유의 은사가 있다는 분들을 찾아가 기도를 받으며 수많은 종교 사기꾼들을 만나기도 했다. 덕분에 전국에 얼마나 많은 약장사들이 있는지 확인할 수 있었고 암 환자들을 대상으로 사기를 치는 사람들이 얼마나 많은 지도 알 수 있었다.

이런 수많은 우여곡절을 겪으면서 이렇게 몸부림 칠 수 있었던 이유는 오직 하나, '더 이상은 이렇게 못살겠다. 반드시 어딘가에는 길이 있다. 그러니 그 길을 찾을 때까지 무엇이든 다 해보자.'라는 생각 때문이었다. 수많은 실패 속에서 건진 한 가지는 무엇이 참이고 거짓인지 조금은 그것을 분별할 수 있는 판단력이 생겼다는 것이다. 쉽게 고칠 수 없는 암이나 만성질환에 걸리면 정말 살고 싶다. 질병으로부터 벗어나 예전의 건강했던 시절로 되돌아가고 싶은 열망이 대단하다. 하지만 이런 열정만큼이나 좌절이나 낙심도 크다. 특히 검사 결과가 나쁘게 나오면 하늘이 무너지는 것과 같은 참담함을 느끼게 된다.

바로 이때가 새로운 기회이다. 이때 마음을 어떻게 먹느냐에 따라 새로운 전환점이 될 수 있다. 먼저 생각을 바꿔보자. '반드시 어딘가에 길이 있다' 이 생각 하나만으로 전진해보자. 그럼 그동안 보이지 않았던 새로운 길, 뜻밖의 사람을 만나 전혀 예상하지 못했던 길로 인도함을 받게 될 것이다. 다시 한 번 말하지만 내가 포기하지 않는 한, 하나님께서도 절대로 나를 포기하지 않으실 것이다. 죽는 것 또한 내 맘대로 되는 것이 아니기 때문이다.

15.
치유의 핵심은 동역자이다

왼쪽 눈을 완전히 실명하고 오른쪽 눈마저 실명했지만 기가 막힌 하나님의 은혜로 2년 만에 오른쪽 눈을 회복했다. 이후 잠시 동안 내 삶에 평안이 찾아왔다. 하지만 이번에도 그 시간이 오래가지 못했다. 어느 날 갑자기 이미 실명한 왼쪽 눈의 눈꺼풀이 움직이는 않았다. 아무리 힘을 다해 왼쪽 눈을 떠보려고 해도 눈꺼풀은 전혀 움직이지 않았다. 그야말로 왼쪽 눈꺼풀이 감긴 채로 오른쪽 눈만 껌벅껌벅하게 되었다. 거울 속에 비친, 왼쪽 눈꺼풀이 내려앉은 내 모습은 얼굴이 완전히 찌그러져 보였다. 흉했다. 눈에 안대를 하고 안과 전문병원을 찾아 진료와 검사를 받아보니 이것은 안과에서 감당할 문제가 아니라서 신경외과로 가보라고 했다. 그래서 조금 더 정밀하게 검사한 결과, 왼쪽 눈의 눈꺼풀을 관장하는 신경이 끊어져서 예전처럼 회복할 방법이 없다는 것이다. 단지 한 가지 방법이 있는데 차라리 왼쪽 눈의 눈꺼풀을 수술로 제거해서 24시간 눈을 뜬 채로 생활하도록 하자는 것이다. 그나마 이런 수술을 할 수 있는 이유는 왼쪽 눈이 완전히 실명했기에 눈꺼풀을 제거해서 눈을 뜬 채로 있어도 사물을 보거나 잠을 자는 데는 아무 지장이 없으니까 수술을 진행 하자고 병원에서 제안했다. 다만 밤에 잠을 자다가 아내가 왼쪽 눈을 뜨고 자는 내 모습을 보고 깜짝 놀라 경기를 할 수 있는 부작용은 있을 수 있다는 것이다.

참 어이가 없었다. '하다하다 이번에는 눈꺼풀까지 내려앉는구나.'라고 생각하니 서글프기 보다는 헛웃음만 나왔다. 하도 기가 막혀 할 말도 없었다. 앞으로 이런 얼굴 상태로 살아가다보면 어떤 일이 발생할 수 있을지 생각해보니 심란하기 그지없었다. 하지만 그래도 보기 흉한 왼쪽 눈을 타인에게 보여주기 싫어 예쁘게 안대를 하고 성도들에게 모든 자초지종을 설명했다. 앞으로 한동안 안대를 해야 한다고 말씀을 드리니 성도들도 이제는 별로 놀라지 않는 표정이었다. "하다하다 이제는 눈꺼풀까지. 도대체 목사님은 성한 곳이 어디 있습니까?"라고 무언으로 물어보는 것 같았다. 눈꺼풀이 내려앉은 내 모습을 보면 수술을 받아야 할 것 같고, 그러나 솔직히 수술은 받기 싫고, 어떻게 해야 좋을지 고민하다 시간만 흘러가고 있었다. 기도도 되지 않았다. 아니 하기 싫었다. 맨날 하나님 앞에 살려달라고 애걸하는 것도 싫었고, 하나님께서도 '이런 나를 보면서 얼마나 짜증이 날까?'를 생각하니 '어떻게든 되겠지.'하는 마음으로 가만히 있게 되었다.

기도의 동역자

그런데 이번에도 하나님께서는 천사를 보내셔서 나에게 피할 길을 제시해 주셨다. 내가 아는 하나님은 이렇게 병도 주고 약도 잘 주시는 분이셨다. 어느 날 나의 이런 상황을 알게 되신 이 목사님께서 나에게 찾아오셔서 우리 함께 기도하자고 제안을 하셨다. 나로서는 정말 고마운 일이었다. 그러면서 함께 기도할 최 목사님과 한 목사님까지 동참하게 하셨다. 그리하여 주일 오후 예배를 마치고 저녁에 나를 포함해 4분의 목사님과 4분의 사모님, 도합 8명이 이 목사님 교회에서 모이게 되었다. 이 자리에서 모든 분이 나를 위해 수요일 저녁 예배를 마치고, 또한 주일 오후 예배를 마치고 이 목사님 교회에서 만나 기도회를 하자고 약속했다. 그리하여 수요일 예배가 끝나고 저녁 9시에 만나 11시까지 기도하고 주일 저녁에는 저녁 7시부터 10시까지 오직 나를 위해 아내와 함께 3분의 목사님 부부가 기도해 주셨다. 정말 특별한 은혜를 입게 된 것이다.

정말 감사하고 고마운 일이었다. 예배를 드리고 나서 한

참 피곤할 수요일 저녁과 주일 저녁에 오직 나를 위해서 이렇게 7분의 목사님과 사모님이 기도해준다는 것이 보통 힘든 일이 아닌데 이런 은혜를 입게 되었다. 나는 강대상 앞에 누워 있고, 7분의 목사님과 사모님이 내 몸에 손을 얹고 간절히 기도해 주셨다. 그것도 2~3시간 동안. 얼마나 힘든 시간이었겠는가? 어떤 날은 피곤한 내가 기도를 받으면서 푹 자고 일어나기도 했다. 참으로 민망했지만 아무튼 그 분들의 사랑에 힘입어 열심히 기도 받고 함께 기도하는 시간을 가졌다. 그런데 이게 웬일인가? 놀랍게도 기도를 받고 나면 눈꺼풀이 정말 조금씩, 그것도 1mm 정도 떠지는 것 같았다. 매일 보면 모르겠는데 1주일 정도 지나서 보니 눈꺼풀이 조금씩 떠지는 것이 확실하게 보였다.

나도 놀랐지만 함께 기도하시는 분들도 놀라기는 마찬가지였다. 어떻게 눈꺼풀이, 그것도 조금씩 떠질 수 있는지 두 눈으로 목격하면서도 다들 믿기지 않는 표정이었다. 이런 것을 보면 우리의 기도가 참 우습다는 생각이 들었다. 다함께 눈꺼풀이 떠지도록 기도하고 있으면서 눈꺼풀이 떠지니까 이것을 당연하게 여기기보다 신기하게 여기고 놀란다는 사실 자체가 얼마나 아이러니한 일인가? 이런 것을 보면 우리가 기도를 하면서 그 기도가 응답되리라고 믿지 않는 경우가 많다는 것을 보게 된다. 그러니 하나님 입장에서 '이런 우리들을 보면서 얼마나 마음이 답답하실까?'라는 생각이 든다. 기도를 응답해 주지 않으면 응답해 주지 않는다고 칭얼대고, 응답해주면 놀라면서 믿지 못하고. 도대체 어느 장단에 맞춰야 할지 하나님께서도 고민이 충만하실 것 같다. 이렇게 매주 수요일과 주일마다 기도하기를 2개월이 지나자 내 왼쪽 눈의 눈꺼풀이 거의 예전으로 돌아와서 자연스럽게 눈을 깜빡일 수 있었다. 다시 한 번 하나님의 놀라운 역사를 2개월 만에 체험하는 역사적인 순간을 맞이하게 되었다. 그래서 딱 2개월 만에 주일예배에서 안대를 풀었다. 성도들 또한 놀라면서 함께 기뻐해 주었다. 무엇보다 함께 기도해주신 이 목사님 부부, 최 목사님 부부, 그리고 한 목사님 부부, 마지막으로 아내에게 정말 감사했다.

기도의 능력

나의 눈꺼풀이 내려앉은 모습을 보았던 내 주변의 사람들 또한 또 다시 기적을 체험한 나에게 축하해 주면서 하나님의 은혜에 대해 함께 감사하는 시간을 가졌다. 그런데 아뿔싸! 이게 웬일인가? 어느 날 내 왼쪽 눈을 유심히 보니 오른쪽 눈보다 더 커져 짝짝이 눈이 된 사실을 알게 되었다. 이것은 분명 기도를 너무 강력하게 해서 평소의 왼쪽 눈보다 더 커지고 만 것이다. 2개월 동안 기도했던 것이 무리였던 것 같다. 아마도 약 1개월 보름 정도만 기도했으면 왼쪽 눈이 예전의 크기와 똑같이 되었을 텐데 너무 열심히 기도한 결과 짝짝이 눈이 되는 불상사가 일어나고 만 것이다. 그래서 이것을 어디에다 손해배상을 청구해야 하나 고민이 되었다. 나를 위해 너무 강력하게 기도해주신 3분의 목사님께 청구해야 하나? 아니면 우리의 기도에 너무나도 확실하게 응답해주신 하나님께 청구해야 하나? 행복한 고민에 빠지기도 했다.

그렇다. 하나님은 이렇게 우리의 기도에 응답해 주신다. 심지어 우리 생각에 불가능한 일이라고 할지라도 만물을 창조하신 하나님께는 불가능한 일이 없으시기 때문에 놀라운 기적은 우리 모두에게 일어날 수 있다. 온전한 치유의 주체는 오직 하나님 한 분 뿐이다. 인간의 노력으로 되는 것이 아니라 하나님께서 허락해 주셔야 치유가 일어나는 것이다. 간혹 이런 나의 이야기를 듣고 나도 수요일과 주일에 몇 시간씩 기도하면 응답받을 수 있느냐고 질문하시는 분들이 계시다. 나의 대답은 한결같다. "그럴 수도 있고, 그렇지 않을 수도 있습니다." 왜냐하면 기도 시간이 길다고, 많은 사람이 함께 기도한다고 기적과 치유가 일어나는 것이 아니기 때문이다. 기적과 치유의 주관자는 오직 하나님이시기 때문에 우리는 모른다.

따라서 오늘 치유 받았다고 내일 또 기도하면 치유 받는 것이 아니다. 목사님이 기도하면 치유가 일어나고, 평신도가 기도하면 치유가 일어나지 않는 것도 아니다. 하나님은 우리 모두가 건강하고 행복하게 잘 살기를 간절히 바라고 계신다. 그래서 하나님께서 우리 모두에게 공평하게 주신 것이 현대 의학이고 기도이다. 따라서 현대의학을 무시해서는 안 된다. 그렇다고 절대적으로 신뢰해서도 안 된다. 기도도 마찬가지다. 기도는 하나님이 우리에게 주신 일종의 선물이고 축복의 도구이다. 도구를 잘 사용하면 그만큼 나에게 유익함으로 돌아온다.

하지만 명심해야 할 것은 기도는 우리의 의무이고 선택이지만, 기도 응답은 철저하게 하나님의 주권에 달려 있다. 내가 기도했으니까 무조건 응답이 이루어져야 하고 질병에서도 고침을 받아야 한다고 생각하는 것은 하나님의 절대적인 주권을 침범하는 행위가 된다. 우리는 단지 하나님의 은혜만을 사모하면서 우리의 필요를 기도할 뿐이다. 응답은 하나님께 맡기면 된다. 그래서 내 질병을 위해 기도했는데 고쳐 주시면 감사한 것이고 치료 되지 않았다 할지라도 분명 하나님의 뜻이 있기에 우리는 감사할 뿐이다. 그런데 기도에는 우리가 생각하지 못했던 놀라운 신비가 담겨져 있다고 생각한다. 이 신비를 알게 되면 자연히 기도할 수밖에 없다.

하나님은 첫 사람 아담을 흙으로 창조하시고 코에 생기를 불어 넣으니 생령이 되었다고 말씀하셨다. 아담은 창조 직후에는 생명이 없었기에 일종의 물질 그 자체였다. 하지만 하나님께서 코에 생기, 곧 생명 에너지를 불어 넣으니 살아있는 생명체가 되었다고 하셨다. 바로 이것이다. 우리 안에 생기가 있어야 한다. 다시 말해 생명 에너지가 있어야 우리의 유전자가 생생하게 살아있게 되고 우리의 세포가 그 생기로 건강한 생명을 유지하게 되는 것이다.

그래서 모든 사람의 몸 안에는 에너지가 있다. 다른 말로 전기가 흐르고 있다. 그래서 우리에게 있는 전기를 이용해서 심전도 촬영을 하는 것이 아닌가? 그런데 우리 안에 있는 이런 에너지는 파동을 띄고 있다. 이 파동이 편안할 때는 부드러운 곡선을 유지하면서 알파파가 되지만, 내가 스트레스를 받게 되면 이 파동이 베타파가 되어 날카롭게 된다. 나도 찌르고 남도 찌르게 된다.

따라서 치유에 있어서 기도란 내가 상대방에 대해 사랑하는 마음으로 간절히 기도할 때 내 안에 있는 좋은 파동이 몸과 마음이 아픈 상대의 잘못된 유전자를 회복시키는 실제적인 치유 행위로 나타난다. 이것은 예전 우리 사회에서 베스트셀러로 유명했던 <물은 답을 알고 있다>라는 책에서도 자세히 설명하고 있다. 즉 집에서 키우는 화분에게 주인이 날마다 "너를 사랑해, 너는 너무 예뻐."라고 이야기하면 내 안에 있는 좋은 파동이 그 화분에게 전해져서 화분의 유전자가 건강해짐으로 잘 성장하게 된다는 것이다. 심지어 컵에 담긴 물을 향해 "너 미워."같은 부정적인 말을 하고나서 그 물의 분자 사진을 현미경으로 찍어보면 아주 고약한 모양으로 물 분자가 바뀐다고 한다. 내 몸에 있는 전기에너지가 누군가를 사랑하는 마음으로 간절히 기도할 때 내 안에 존재하는 아름다운 파동이 상대방에게 전달되어 그 사람의 잘못된 유전자가 회복되고 세포가 살아나서 놀라운 치유가 일어나게 된다는 것이다.

기도 응답의 주체이신 하나님

그러니 기도에는 분명 하나님이 우리에게 주신 치유의 선물이 담겨져 있다. 단, 사랑하는 마음으로 진심을 다해 기도할 때 하나님께서는 우리에게 생명 에너지를 기쁨으로 허락해 주셔서 놀라운 치유와 기적이 일어난다. 그래서 최종적으로 기도의 응답은 하나님의 결재가 필요하지만, 기도 그 자체에 이미 하나님께서 치유가 일어날 수 있는 축복을 허락해 놓으셨다는 것이다. 따라서 기도에는 누가 기도했느냐가 중요한 것이 아니다. 기도 시간도 그렇게 중요하지 않다. 기도의 방법도 마찬가지다. 핵심은 사랑하는 마음으로 하나님께서 치유해 주실 것을 믿고 간절한 마음으로 누구든지 기도하면 하나님의 응답과 함께 내 안에 있는 생명 에너지가 상대방에게 전달되어 놀랍고 실제적인 치유가 일어난다는 것이다. 그러니까 기도는 자유이고 본인의 선택이나. 이런 기도의 능력이 믿어지지 않으면 기도할 필요가 없고 이런 기도의 능력이 믿어지면 기도하면 된다. 누구에게도 기도를 강요해서는 안 되고 강요할 필요도 없다. 본인의 선택과 믿음에 따라 기도의 응답 여부는 갈리게 될 것이다.

분명한 것은 나는 기도의 응답을 받았다. 그래서 기도의 능력을 확신한다. 하지만 언제나 기도가 응답되지 않는다는 것도 인정하고 있다. 나는 이미 기도를 통해 여러 가지 놀라운 기적들을 체험했기 때문에 누가 뭐라고 해도 나는 기도할 것이다. 바라기는 아픈 환우 분들이 계시다면 함께 기도하기를 바란다. 나를 위해 한 사람이 기도하는 것보다는 열 사람이 기도해주는 것이 더 낫고 이왕이면 백 명, 천 명이 기도해주면 그 생명 에너지가 더욱 강력해지는 것이 당연한 일 아니겠는가? 누군가로부터 사랑의 기도를 받고 싶다면 먼저 나도 남을 위해 사랑이 담긴 진정한 기도를 해주는 사람이 되어야 할 것이다. 우리 교회 예배당에는 유일하게 딱 하나의 포스터가 벽면에 붙어 있다. 이 글을 소개하고자 한다.

"사람이 일하면 사람이 일할 뿐이지만, 사람이 기도하면 하나님이 일하신다."

16.
사랑받는 세포가 치유된다

얼마 전 우연히 지인을 만났다. 그 분의 첫 마디가 “아직도 살아계셨어요? 몰랐어요.”였다. 난생 처음 살아 있는 것이 미안하고 죄송하다는 생각이 들었다. ‘이 분을 위해 지금이라도 죽어야 하나?’ 살짝 고민했다. 그렇다. 내가 생각해봐도 내가 아직까지 살아있다는 사실이 신기하고 놀랍다. 오직 하나님의 은혜라고 밖에는 설명할 방법이 없다. 그래도 굳이 한 가지 이유를 들자면 ‘많은 사랑을 받았기 때문’이라고 말하고 싶다. 이것은 정말 립서비스가 아니다. 지금까지 건강했던 날보다는 건강하지 않았던 날이 더 많았고 약을 먹고 살아온 세월이 더 길었으며 병원과 입원, 그리고 수술이 낯설지 않을 정도로 자연스럽다. 그럼에도 불구하고 내가 이렇게 건강하게 지낼 수 있었던 가장 큰 비결은 가족들의 사랑과 응원이라고 생각한다. 가족 중에 한 사람이 아프면 온 가족들이 영향을 받게 된다. 암울하고 칙칙한 분위기가 가정 전체에 쫙 깔린다.

그러나 감사하게도 내가 질병 때문에 이리저리 흔들리고 아파 쓰러져도 가족들은 전혀 요동하지 않고 자기 자리를 잘 지켜주었다. 그리고 아내는 나에게 신장까지 주면서 내 생명을 연장해 주었고, 자녀들은 늘 나를 응원하고 힘을 주었다. 이런 가족들의 사랑이 지금까지 나를 지탱하게 해 준 원동력이었음을 어느 누구도 부인할 수 없을 것이다. 아울러 투병하는 가운데 나를 진심으로 사랑해 주셨던 고마운 분들이 많았다. 그 중에서도 내 기억에 지금도 오롯이 남아 있는 고마운 분들이 몇 분계시다.

전인 치유를 가르쳐 주신 집사님

먼저는 한의사이자 지금은 고려대학교 교수로 계시는 집사님이다. 그 분은 약 3~4년 동안 매주 토요일마다 자신의 집에서 나에게 침을 놓아 주셨다. 집은 천안에 있었지만, 주 활동 무대는 서울이기에 평소에는 서울에서 지내시다가 토요일만 되면 집에 오셔서 나를 맞이해 주셨다. 집사님 내외분이 따뜻한 차와 다과를 준비해 주셔서 약 1~2시간동안 대화를 나누기도 했다. 그때는 몰랐는데 집사님께서 나에게 여러 가지 건강에 대한 조언을 해주셨는데 지금 생각해보니 집사님께서는 자신이 공부하고 연구한 전인 치유에 대한 가르침을 나에게 전수해 주셨던 것이다. 이때의 경험이 내 무의식속에 전인 치유에 대한 갈망을 심었다고 생각한다.

전인 치유에 대한 대화가 끝나면 침을 놓아주셨다. 이렇게 최소 3시간 이상 소중한 시간을, 그것도 하루나 한 달도 아닌 약 3년 이상을 나를 섬겨 주셨던 것이다. 나는 이런 집사님 내외분의 섬김과 사랑에 힘입어 지금까지 이렇게 존재하고 있었다고 생각한다. 그러니 감사한 마음이야 어떻게 표현할 수 없을 정도이다.

신장을 주겠다는 친구

다음으로 한 친구가 생각난다. 내가 한참 혈액 투석을 받을 때 혈관이 막혀 서울에 있는 대학병원에서 혈관을 뚫는 수술을 하게 되었다. 이때 나는 앞을 잘 보지 못하고 걷는 것도 불편해서 휠체어를 타고 병원 진료를 받고 있었다. 그런데 외국에서 선교사로 사역하다가 잠시 시간을 내어 한국에 들어온 친구가 내 소식을 듣고 사모님과 함께 병원으로 찾아왔다. 그리고 내 휠체어를 끌어주며 종일 나와 함께 병원에 있다가 조용한 장소에서 나에게 이런 말을 했다.

"민홍아! 집사람과 상의했다. 내 신장을 너에게 기증하기로 했다. 아내도 기쁘게 찬성했다. 신장 이식 수술을 받자."

그때 나는 너무 갑작스런 제안이었기에 아무런 말을 하

지 못했다. 마음속으로 눈물만 흘리고 있었다. 정말 기뻤다. 신장 이식 수술을 받게 되어 기쁜 것이 아니라 나에게도 이런 친구가 있었다는 사실이 기뻤다. 친구의 이런 사랑을 받고 보니 신장 이식 수술을 받지 않아도 왠지 건강이 회복된 것 같은 착각이 들 정도로 힘이 생겼다. 나는 친구에게 정중히 거절의 뜻을 밝혔다.

"정말 고마워, 내가 너의 그 마음 기쁘게 받을게, 하지만 신장은 받을 수 없어. 아직은 때가 아닌 것 같다. 아무튼 정말 고마워."

그러자 그 친구는 더 이상 나를 설득하지 못하고 "언제든지 이야기해. 내가 신장 줄게."라는 말을 남기고 가슴 벅찬 이별을 나누었다. 이런 것을 보면 아프긴 했어도 내 자신은 행복한 사람이라는 생각이 든다. 어떻게 아무리 친구라 할지라도 자신의 신장을 주겠다고 할 수 있겠는가? 나는 못할 것 같다. '친구야 미안해'

한쪽 눈을 기증하시겠다는 목사님

한 번은 이런 일도 있었다. 이미 왼쪽 눈을 실명한 상황에서 또 다시 똑같은 질병으로 오른쪽 눈도 실명하게 되어 대학병원에서 수차례 수술을 받았지만 회복이 되지 않아 장님처럼 생활을 하고 있었을 때이다. 하루는 내가 아버님처럼 모시는 김 목사님 교회에서 전화가 와서 지금 큰일이 났다는 것이다. 그래서 왜 그러시냐고 자초지종을 여쭤봤

더니 내용은 이러했다. 두 눈을 상실한 나를 위해 김 목사님께서 한쪽 눈을 빼서 나에게 기증하겠다고 가족들에게 이야기했다는 것이다. 그리고 본인의 결심을 교회 성도들에게도 전했다고 한다. 그래서 김 목사님의 자녀들이 왜 아버지께서 그렇게 하셔야 되냐고 하면서 울고불고 난리가 났고 교회 성도들은 담임 목사님이 하신 결정이니 뭐라고 말도 못하고 그냥 가만히 있었다는 것이다.

이 소식을 듣고 내가 가만히 있을 수 없어 목사님께 곧바로 전화를 드렸다. "목사님, 너무 너무 감사드립니다. 그런데 목사님 눈은 기증하시지 않아도 됩니다. 아니 목사님께서 기증하고 싶어도 할 수 없는 상황입니다."라고 감사의 말씀을 드린 후에 왜 기증할 수 없는지를 자세히 설명해 드렸다. 각막은 이식이 가능하다. 그런데 뇌사자의 각막이 부족해서 외국에서 수입을 해서 이식 수술을 받는다. 하지만 나는 눈 가장 안쪽에 있는 망막에 이상이 있는 질병이었고 망막은 이식 수술이 불가능하다. 하고 싶어도 할 수 없는 장기가 바로 망막이다. 그러므로 김 목사님께서 자식 같은 저를 위해 본인의 한쪽 눈을 희생하면서까지 저에게 눈을 이식해 주고 싶어도 할 수가 없는 것이다.

나는 전화를 끊고 나서 주체 없이 흐르는 눈물을 멈출 수가 없었다. 얼마나 그 사랑이 지극하시면 눈까지 주실 수가 있을까를 생각하니 몸 둘 바를 모르겠고 그냥 감사의 눈물만 흘렸다. 아마 이때 흘린 눈물 때문에 내 몸의 노폐물이 엄청 빠져서 최소 생명이 10년 정도는 연장되었으리라 믿어 의심치 않는다. 나를 낳아 준 부모님도 실천하기가 쉽지 않은 사랑을 이렇게 받았으니 어찌 내가 쓰러질 수 있었겠는가? 그러니 내가 지금까지 살아 있는 게 당연하다.

찐한 엄마의 사랑을 전해주신 사모님

우리 부모님과 나에 대해 너무나 잘 아시는 사모님 한 분이 계셨다. 간혹 전화로 내 사정을 말씀드렸기에 나의 건강 상태에 대해 잘 아시고 늘 기도해 주시던 사모님이셨다. 항상 고맙고 감사한 마음이 있었기에 한 번은 찾아뵙고 인사를 드려야 할 것 같아 사모님께 전화를 드렸다. 그래서 사모님께 "언제 찾아뵈면 될까요?"라고 질문을 드리자 그 사모님의 대답이 충격이었다.

"민홍아! 나 너를 볼 자신이 없다. 너의 망가진 모습을 내가 어떻게 보니? 정말 네 엄마와 아빠가 먼저 돌아가신 게 천만다행이다. 이렇게 투석을 받으면서 앞도 못 보는 네 모습을 엄마와 아빠가 봤으면 어쩔 뻔 했니? 민홍아, 서운하게 생각하지 말고 다음에 건강해지면 보도록 하자. 아무튼 지금은 너를 만나고 싶지 않다."

이렇게 말씀하시고 사모님은 전화를 끊었다. 나는 할 말을 잊었다. 어떻게 보면 그 사모님이 너무나 냉정하고 심한 말을 한 것처럼 느낄 수 있는데, 나는 전혀 그렇지 않았다.

마치 엄마가 살아오셔서 나에게 하시는 말씀처럼 느껴

졌다. 그렇다. 그동안 잊고 살았던 어머니의 사랑을 정말 오랜만에 느낄 수 있었던 시간이었다. 누가 뭐라고 하던 나는 그렇게 느껴졌다. 바로 이런 게 사랑이구나. 나는 그 사모님이 나를 정말 사랑하고 있는 것을 깨달을 수 있었다. 하나님께서는 당신이 사랑하는 자를 누구보다 일찍 그 나라로 데리고 가시는 것 같다. 물론 이 땅에 남아 있는 가족들의 슬픔이야 감히 헤아릴 수 없지만, 하나님께서는 당신이 사랑하는 자를 더 이상 이 세상에 둘 수 없기에 조금 빨리 데리고 가신 것이 아닌가하는 생각이 들었다. 동시에 아직 이 땅에 살아있는 것은 해야 할 사명이 끝나지 않았고, 아울러 회개할 시간을 주기 위해서 잠깐 생명을 연장해 주는 것은 아닌지 스스로 그런 생각을 해 보았다. 사모님의 사랑 앞에서 나의 이런 망가진 모습을 보지 않고 부모님께서 먼저 하늘나라에 가신 것이 참으로 감사한 일이었음을 새삼 깨닫게 되었다.

진정한 하나님 사랑

내가 체험한 하나님의 사랑 가운데 최고는 바로 이 사건이었다. 내가 쓰러져서 중환자실에 입원했을 때이다. 앞도 못보고 온 몸은 퉁퉁 부어서 사람 꼴이 말이 아니었다. 당시 중환자실은 하루에 2번 면회 시간이 있었다. 교회 성도들을 비롯해서 많은 분들이 끊임없이 면회를 오셨다. 감사한 일이었다. 그러던 어느 날 아내가 면회를 와서는 "오늘 김 목사님께서 면회 오신 것 알아요?"라고 묻는 것이다. 당연히 나는 알지 못했다. 그래서 이게 어찌 된 일이냐고 아내에게 물었더니 아내가 이런 말을 했다. 당시 중환자실은 면회가 한 명씩만 가능했는데 누군가 면회를 오면 아내와 교대를 해서 면회를 하는 식이었다. 그래서 그 날도 김 목사님이 면회를 오셨기에 아내는 김 목사님을 중환자실로 인도한 다음 본인은 중환자실을 나와 유리창으로 김 목사님의 모습을 보았다는 것이다.

그런데 이상한 것은 목사님께서 내 침대 옆으로 오셔서 내 모습을 물끄러미 쳐다보시더니 곧바로 내 침대 바로 옆에 있는 창문가로 가셔서 창문 너머만 한없이 쳐다보다가 그냥 나오셨다는 것이다. 아내의 말을 듣는 순간, 나에게 김 목사님의 마음이 찐하게 전해져 오는 것을 느꼈다. 김 목사님께서 왜 그러셨는지 그 마음을 조금은 알 것 같았다. 그래서 그런지 더욱 내 마음이 아팠다. 그리고 김 목사님의 사랑이 정말 진실하게 다가왔다. 목사님은 나에게 오셔서 위로의 말 한마디도 건네지 않으셨고 기도조차 하지 않으셨다. 심지어 내 손 조차도 잡아주지 않으셨다. 목사님은 오셔서 앞을 보지 못하는 내 모습만 보고 그냥 가버리셨다. 어찌 보면 너무 냉정한 모습으로 비춰질 수 있었다.

하지만 나는 다른 사람들의 그 어떤 위로와 격려보다 목사님을 통해 더 진한 위로와 격려를 받았다. 왜냐하면 나는 그 목사님이 나를 얼마나 사랑하고 있는지 알고 있었기 때문이다. 그 목사님의 진실된 사랑이 나에게 전해져 왔기 때문이다. 이런 목사님의 사랑이 전해져오니 나는 중환자실에 가만히 있을 수가 없었다. 빨리 일어나 목사님을 찾아뵈어야 할 것 같았다. 하지만 나에게는 그럴만한 힘이 없었다. 그래서 목사님의 사랑을 다시금 느끼면서 이때의 상황을 내 나름대로 상상해 보았다. 나를 보러 면회를 오신 목사님, 하지만 목사님을 전혀 알아보지 못하는 나, 너무나 불쌍하기도 하고 뭐라도 해 주고 싶은 말이 있었지만 도저히 말문이 열리지 않는 목사님, 이런 목사님이 침대 옆까지 왔는데도 멍하게 천장만 바라보는 나, 조용히 내 침대를 지나 창문 앞으로 가서 주체할 수 없는 눈물만 흘리셨을 목사님, 도저히 뭐라고 기도해야 할지 모르기에 그냥 내 얼굴만 빤히 쳐다보시고 그냥 가버린 목사님, 그런데 이런 모든 사실을 전혀 알지 못하고 누워만 있는 나…….

이런 장면들이 내 머릿속에서 그려지는데 얼마나 마음이 뜨거워지던지. 견딜 수가 없었다. 지금 당장이라도 목사님을 찾아뵙고 괜찮다고 말씀을 드려야 할 것 같은데 몸은 움직이지 않고……. 나는 비로소 깨달았다. 이것이 바로 진정한 사랑이라는 것을. 어떤 이들은 이런 말을 한다. "사랑은 표현해야 사랑이지, 표현하지 않는 사랑은 사랑이 아니다." 물론 맞는 말이고 나도 공감한다. 사랑은 말과 행동으로 표현해야 상대방이 알 수 있고 그 사랑이 전해진다.

하지만 때로는 말을 하지 않아도, 그 어떤 행동을 하지 않아도, 마음에서 마음으로 전해지는 진정한 사랑이 있다. 이런 사랑은 설명이 필요 없다. 누가 알아주지 않아도 괜찮다. 사랑하는 사람이 알고 사랑받는 사람만이 아는 사랑이기 때문이다. 사랑을 주고받을 때 우리 몸 안에 평안이 찾아온다. 뿌듯함이 있다. 이런 뿌듯함이 우리의 부교감신경을 활성화시킨다. 활성화된 부교감신경은 엔도르핀, 도파민, 옥시토신 등 우리 몸의 통증을 완화시키고 우리 몸에 회복을 가져다주는 다양한 호르몬의 분비를 촉진시킨다. 아울러 백혈구의 운동을 왕성하게 유지시켜서 NK세포, T세포들이 활동하여 암 세포를 잡아먹고 염증을 사라지게 만드는 것이다. 그동안 병 들었던 세포들이 깊은 잠에서 깨어나 벌떡 일어나게 된다.

그리고 세포들이 각성을 한다. '내가 왜 지금까지 이렇게 일어나지 않고 잠만 자면서 병들어 있었을까?', '내가 이렇게 많은 사랑을 받고 있으니 이제라도 정신 차리고 일어나 이 사랑에 보답해야 되지 않겠는가?'하면서 자가 치유를 시작하는 것이다. 이렇게 세포가 깨어나면 병 들었던 세포가 알아서 도망가고, 암 세포는 사랑의 열정으로 녹아 없어지며, 막혔던 혈관은 스스로 구멍을 뚫고, 상처 난 부위는 백혈구들이 장렬하게 전사함으로 완전히 덮어버리고, 피는 정수기가 작동하듯이 깨끗이 정화되며, 림프액까지 덩달아 집안 청소를 하게 되는 것이다. 그리하여 내 몸 안에 있는 자생력이 극대화되어 내 몸을 치유하고 회복시키는 역사가 일어나는 것이다.

사랑받는 세포가 치유된다

그래서 사랑받는 세포가 치유되는 것이다. 사랑을 받으면 세포들이 좋아서 난리가 난다. 얼마나 흥분하는지 없던 힘과 열정이 생기는 것이다. 결혼 전에 나는 경기도 양지에 있는 신학대학원에 다니며 기숙사 생활을 했다. 아내는 서울 충무로에 있는 병원에서 근무하고 있었다. 사랑하니까 보고 싶어서 나는 경기도 양지에서 서울로 올라오고 아내는 밤새 근무를 하고서 잠도 안자고 데이트를 즐겼다. 사랑의 힘으로 세포들이 좋아서 난리가 났기에 가능한 일이었다. 한마디로 미친 짓이다. 미치지 않고서야 그럴 수 없다. 지금은 내 방에서 부엌에 있는 아내를 보러 가지도 않는다. 너무 멀다. 부엌까지 가는 게 너무 힘들다. 왜 그럴까? 아는 사람만 알 것이다. 사랑을 주고받으면 사람이 미친다. 불가능해 보이는 기적도 일어난다. 그 어떤 질병이라도 사랑을 받고 그 사랑에 감격하여 감사함으로 보답하면 질병들이 화가 나 딴 집으로 이사 간다.

질병들도 주인이 자기를 알아줘야 그 몸에서 떠나지 않는다. 그런데 자꾸 자기는 챙기지도 않고 다른 사람과 사랑을 주고받으면 질병도 자존심이 있어서 가출해 버린다. 그럼 이때 내 몸에 평화가 찾아오고 건강이라는 선물이 퀵 서비스로 도착하게 된다. 그러므로 사랑을 하면 치유가 일어난다. 반면 사랑을 많이 받지 못하고 사랑에 굶주리면 허기져서 아프다. 아픈 아내들의 80%는 남편 책임이라고 나는 생각한다. (따라서 내가 아픈 것도 사실은?) 나는 사랑의 빚진 자이다. 평생 그 사랑을 다 갚으려면 최소한 모세만큼은 살아야 한다고 강력하게 생각한다. 이 사랑이 나를 살렸다. 이 사랑이 지금의 나를 있게 한 원동력이다. 이 사랑을 나누고 전하고 싶다. 사랑의 묘약이 만병통치약임을 알리고 싶다. 그래서 함께 사랑을 나누고 회복하고 건강해져서 사랑의 전파자가 될 수 있다면 정말 기쁠 것 같다.

"나와 함께 이 사랑을 나눌 사람은 어디 있는 것일까?"

17.
스트레스에는 원인이 있다

나는 맛을 잘 모른다. 내가 집중해서 신경 쓰지 않는 한, 이 음식이 짠지 싱거운지 잘 모른다. 그리고 먹는 것에 크게 연연하지 않기 때문에 어떤 음식이든 고기만 빼고 잘 먹는 편이다. 그래서 음식이 짜면 이 음식이 원래 짠 음식이라고 생각하고 싱거우면 원래 싱거운 음식인가보다 생각한다. 하지만 내가 예민하게 반찬에 신경 쓰는 게 한 가지가 있다. 식사할 때 이 반찬이 없으면 화가 나고 짜증이 난다. 바로 김이다. 식탁 위에 김이 없으면 반찬이 없는 것이다. 김을 먹어야 식사한 것이다. 물론 외식을 할 때는 어쩔 수 없이 김이 없어도 밥을 먹는다. 하지만 집에서 먹을 때는 반드시, 꼭, 필히 김이 있어야 한다. 맛있는 조미김이 아니어도 된다. 생김이라도 맛있게 먹는다. 무조건 김만 있으면 된다.

그래서 우리 집 식탁에서 김이 떨어진 적은 거의 없다. 결혼한 이후로 식탁 위에는 항상 김이 있었다. 어떤 분들은 이런 나를 보고 이해하지 못하는 분도 있을 것이다. 신기하다고 하실 분도 있을 것이다. 그러나 어쩌겠는가? 나는 식사할 때 김을 먹어야 하니. 이런 내 자신을 보면 이 세상에는 내 상식으로 이해가 안 되는 사람이나 일, 그리고 행동들이 너무나 많다. 별로 음식 맛도 모르는 내가 김에 집착한다는 사실을 어느 누구가 이해할 수 있겠는가? 사실 다른 사람의 겉모습만 보고 그 사람을 판단하는 것은 정말 위험한 일이다. 왜냐하면 다 그럴만한 사정이 있기 때문이다. 따라서 그 사람의 사정을 알기 전에 함부로 그 사람을 판단하고 낙인을 찍는 것은 참으로 무모한 짓이다.

김을 사랑하게 된 사연

내가 이렇게 김에 집착하는 데는 나름의 사연이 있다. 어린 시절 아버지에 대한 내 기억은 늘 아프신 모습이셨다. 젊은 시절에 걸린 당뇨병과 합병증으로 자주 쓰러지고 입원하셨다. 어머니는 이런 아버지를 위해 지극정성으로 간호하셨다. 특히 어머니는 요리에 일가견이 있으셨다. 아버지는 영화사를 운영하셨기에 늘 주변에 사람이 많았는데 아버지께서 갑자기 한번에 30명 정도의 손님을 모시고 집에 와도 어머니 혼자서 이 분들의 식사 대접을 다 하실 수 있을 정도였다. 내가 이런 어머니의 음식을 먹다가 결혼했으니 얼마나 힘들게 살아왔을지는 가히 짐작하고도 남을 것이다. 고난의 시간이요, 역경의 세월이었다. 어머니는 특히 아버님의 식사 준비에 최선을 다하셨는데 어머니께서 하시던 반찬 중에 으뜸은 소고기로 만든 동그랑땡과 김이었다. 나는 고기를 아예 안 먹었기에 소고기로 만든 동그랑땡에 대해서는 전혀 관심이 없었다. 그러나 김은 그렇지 않았다.

이 당시에는 지금처럼 조미김이 없었다. 다 생김뿐이었다. 그러면 어머니께서는 김에 기름을 바르시고 그 위에 약간의 소금을 뿌리셨다. 당시에는 가스레인지가 없었기에 석유풍로 위에 프라이팬을 놓고 김을 살짝 구우셨다. 그러면 그 냄새가 아주 죽여준다. 십리 밖에서 놀다가도 이 냄새가 나서 집으로 돌아올 정도였다. 어머니는 밥상 한 가운데 하얀 접시를 놓고 구운 김을 먹기 좋게 썰어서 올려놓는다. 그리고 김이 옆으로 쓰러지지 않도록 이쑤시개 같은 것을 꽂아놓는다. 그러면 온 식구가 다함께 모여 식사를 한다. 자유 민주주의 사회에서 자유롭게 먹고 싶은 반찬을 맘껏 먹으면 정말 좋으련만 공산주의도 아닌데 어머니의 배급이 시작된다. 세 아들에게 공평하게 김을 3장 정도만 나눠주고 하얀 접시위의 김은 절대로 손도 못 대게 하셨다. 이 김은 오직 아버지를 위한 김이었다. 그러니 3장의 김은

3번의 숟가락질과 함께 사라지는, 마치 안개와도 같은 김이었다. 입안에 들어오자마자 고소한 향만 남기고 사라지는 김이니 식사 때마다 감질나고 미칠 지경이었다. 그렇다고 감히 아버지의 김에는 손을 댈 수가 없었다. 몸이 아프셔서 입맛이 별로인 아버지가 드셔야 할 반찬인데 이것을 먹을 용기가 나지 않았다.

그래서 이때 내가 결심한 것이 두 가지였다. 첫째는 나도 빨리 결혼해서 김을 구워주는 아내를 만나야겠다는 것이고 둘째는 나도 결혼하면 매일 저 김을 먹어야겠다는 것이다. 그래서 정말 이때의 결심대로 대학원에 다니던, 26살이라는 적은 나이에 내가 아니면 죽을 지도 모르는 한 여자를 살리려고 일찍 결혼을 했다. 그리고 결심대로 지금까지 30년 넘게 밥을 먹을 때마다 열심히 김을 먹고 있다. 이렇게 오랜 세월이 지났는데도 워낙 김을 잘 먹으니까 하루는 아내가 나에게 이런 질문을 한 적도 있다. "아니 그토록 오랜 시간 김을 먹었는데 질리지 않느냐? 아마도 당신 속은 하도 김을 먹어서 새카맣게 되어 있을 것이다." 그때마다 내가 하는 대답이 있다. "나는 지금 김을 먹고 있는 게 아니야. 나는 지금 김을 먹으며 내적 치유를 하고 있는 거야. 김은 나에게 반찬이 아니고 내 상처를 치유하는 약이야, 약!" 나도 간혹 이렇게 열심히 김을 먹는 내 자신을 보면서 '어린 시절 먹고 싶었던 김을 먹지 못해 생겼던 상처 아닌 상처가 이렇게 평생을 갈 수도 있구나.'하는 생각이 든다. 그러니 살아오면서 어린 시절이나 결혼한 이후에 원치 않는 일로 받은 마음의 상처가 있다면 이것이 평생 갈수도 있다는 생각이 들었다. 그래서 이런 말도 있지 않는가?

'30초 동안 받은 마음의 상처가 30년 이상 갈 수 있다'

젊은 시절 당뇨병에 걸린 이유

우리는 이런 마음의 상처를 스트레스라고 말한다. 스트레스는 과거의 일로 지금까지 영향을 받는 일도 있지만, 지금 이 순간에도 받을 수 있는 것이다. 그런데 스트레스를 받는 것은 아주 쉬운데 없애기는 너무 힘들고 고통스러운 시간이 필요하다. 간혹 어떤 분들이 나에게 이런 질문을 한다. '어떻게 젊은 시절부터 아프셨습니까? 그 이유가 뭡니까?' 나도 한 동안은 이 질문의 답을 알 수 없었다. 물론 내가 대학교 2학년 때 당뇨병에 걸리면서 투병 생활이 시작된 것은 맞지만 왜 그렇게 젊은 나이에 당뇨병이 걸렸는지는 도대체 알 수가 없었다.

나는 단 것을 좋아하지 않았다. 살면서 과음, 과식, 과로한 것도 아니다. 말그대로 평범했다. 그러나 훗날 내가 내적 치유를 공부하고 상처 입은 나의 내면을 직면하면서 내가 왜 젊은 나이에 당뇨병이 걸리고 이런 저런 질병에 노출되게 되었는지 알게 되었다. 내가 찾은 이유는 바로 '스트레스'였다. 스트레스 때문에 당뇨병에 걸린 것이다. 보통 사람들은 단 것을 많이 먹으면 당뇨에 걸린다고 생각하는데 물론 맞는 이야기다. 하지만 당뇨병에 걸리는데 단 것보다 더 위험한 요인은 바로 스트레스이다. 지속적인 스트레스에 노출되면 사람마다 약간의 차이가 있겠지만 당뇨병에 걸릴 확률이 높아진다. 그럼 '젊은 나이에 무슨 스트레스를 받았다고 당뇨병에 걸릴 정도이냐?'라고 반문할 수 있을 것이다. 하지만 나는 나만의 사연이 있었다. 물론 다른 사람들이 볼 때는 공감하지 못할 수도 있는데 내 기준에서는 어릴 적부터 받아온 스트레스가 있었다고 생각한다. 여기에는 나만의 가슴 아픈 사연이 있다.

나는 삼형제 중 첫째로 태어났다. 나와 둘째는 3살 차이가 나고, 막내는 7살 차이가 난다. 그런데 막내가 걸작이었다. 이름은 영호였는데 귀엽게 생겼고 예쁜 짓을 해서 부모님의 사랑을 독차지했다. 형인 내가 봐도 인정할 수밖에 없을 정도였다. 하지만 막내는 나에게 아픈 손가락이기도 했다. 영호가 5살 때 일이다. 당시에 영호는 장난꾸러기였는데 옆집에서 목욕을 하려고 마당에서 큰 들통에 물을 끓이고 있었는데, 어떻게 해서 그렇게 되었는지 모르지만 동생이 그 들통에 빠지게 되었다. 전신에 2도 이상의 화상을 당한 것이다. 그래서 급하게 화상 전문 병원으로 이송되어 그곳에서 치료를 받게 되었다. 아마도 가족 중에 화상을 당한 사람이 있는 분들은 이해하시겠지만 화상을 당한 고통은 말로 다 표현할 수 없다. 특히 화상 당한 피부를 재생하기 위해서는 날마다 생리 식염수로 피부를 소독하고 죽은 피부를 잘라내든지 긁어내야 하는데 이때가 그야말로 죽음 그 자체이다. 생살을 칼로 도려내는 아픔이라고 보면 된다.

동생은 피부를 소독할 시간만 되면 울부짖었다. 온 병원이 떠나 갈 정도로, 그 작은 체구에서 어떻게 저렇게 큰 소리가 나올 수 있을까 싶을 정도로 "가기 싫어! 아파! 아파!" 하면서 엄마 아빠를 쳐다보고 나를 쳐다보았다. 그러나 부모님도 나도 이런 동생의 손을 잡아 줄 수 없었다. 뭐라도 해 줄 수 있는 것도 없었다. 특히 그 무시무시한 치료 장소에 동생 혼자 보내는 것이 너무나 미안하고 미안했지만 어쩔 수 없었다. 단지 고개를 돌리고 외면할 수밖에 없었다. '치료를 위해서는 어쩔 수 없는 고통이다'라고 스스로 위로해 보았지만 아무런 도움이 되지 못했다. 형인 나도 이렇게 고통스러운데 부모님의 마음이야 오죽했겠는가?

동생을 치료실에 보내놓고 부모님은 어찌할 바를 몰라 안절부절 하셨다. 아무 것도 하지 못하셨다. 심지어 식사도 제대로 하지 못하셨다. 동생의 울부짖음이 치료실 밖까지 들려올 때면 우리 가족은 지옥 그 자체를 경험하는 듯했다. 완전히 실신한 상태로 병실에 들어오는 동생을 보는 것은 말로 다 할 수 없는 고통이었다. 어느 누구도 한 마디 말을 할 수 없었다. 이런 고통의 시간을 하루하루 견디며 동생은 1년 이상의 치료를 받았다. 그리고 회복되긴 했지만 온 몸 전체에 울긋불긋한 흉터를 안고 퇴원했다. 동생이 집에 왔음에도 부모님의 애간장은 이미 완전히 녹아버렸다. 그리고 자연스럽게 우리 집에는 웃음이 사라졌다. 웃을 일이 전혀 없었다. 나도 그렇고 둘째도 그렇고 매사에 모든 것이 막내를 중심으로 움직일 수밖에 없었다. 그래서 막내 동생은 내 아픈 손가락이다.

평생의 스트레스가 된 막내 동생의 죽음

그런데 이것은 전초전에 불과했다. 아무도 모르는 가운데 더 큰 폭풍우가 우리 가정에 조금씩 몰려오고 있었다. 이 폭풍우는 마침내 막내 동생 영호가 7살 때 찾아왔다. 이때 나는 중학교 1학년이었는데 여름 방학을 맞아 전주에 있는 외할머니 댁에 놀러가기로 했다. 막내는 화상을 입은 지 얼마 안 되었기에 나와 둘째만 가기로 하고 미리 기차표도 끊어놓았다. 그런데 외갓집에 가기 며칠 전에 둘째가 집 앞에서 놀다가 허벅지가 찢어져 10바늘 이상 꿰매는 사고를 당했다. 이미 끊어놓은 기차표가 있었기에 어쩔 수 없이 아버지께서 나에게 막내를 데리고 외갓집에 가라고 하셨다. 그런데 웬일인지 어머니가 반대를 하셨다. 꿈자리가 뒤숭숭하다고 하시면서 나에게 혼자만 가든지 아니면 가지 말라고 하셨다. 당연히 막내는 가고 싶다고 울면서 칭얼거렸고 어머니는 가지 말라고 혼을 내셨다. 이 일로 부모님이 다투기까지 했다. 당연히 그렇듯 싸움은 언제나 아버지가 이기셨다. 아니 어머니께서 이번에도 져주셨다. 이때 어머니의 양보가 훗날 감당할 수 없는 결과로 나타나리라고는 어느 누구도 예상하지 못했다.

전주 외갓집에 도착한 나는 동생을 데리고 외할머니와 이종사촌 동생들과 함께 집에서 가까운 곳으로 물놀이를 갔다. 신나게 물놀이를 하는데 갑자기 비가 왔다. 그래서 재빨리 할머니를 모시고 동생들과 함께 기찻길 아래 사람들이 다니는 터널 같은 곳에 비를 피하게 대피시켜 놓고 내가 빨리 집에 가서 우산을 가져오겠다고 했다. 기찻길로 가면 외갓집에 빨리 갈 수 있기에 나는 기찻길로 열심히 뛰어가고 있었다. 그런데 뒤에서 막내가 나를 부르는 소리가 들렸다. "형, 같이 가!"하는 동생의 소리에 "영호야, 빨리 돌아가서 할머니와 같이 있어. 형이 빨리 갔다 올게."하고 길을 재촉했다. 그런데 이것이 동생의 마지막 목소리가 될 줄은 전혀 몰랐다.

바로 그 때였다. 뒤에서 기차의 경적 소리가 요란하게 들려왔다. 그러면서 어떤 물체가 기차에 빨려 들어가더니 곧바로 튕겨져 나왔다. 동시에 기차는 요란한 소리와 함께 멈추었다. 그리고 이내 기차는 다시 출발해 떠나갔다. 그런데 바로 그곳에서 사람들의 웅성거리는 소리가 크게 들렸다. 나도 궁금해서 비가 오는지도 모른 채 설마 하는 마음으로 사람들이 모인 곳에 가 보았다. 거기에는 기차 레일 옆에 피가 흥건하게 묻어 있는 것이 보였다. 그리고 신발 한 짝이 놓여 있었다. 영호의 신발이었다. 내 동생 영호가 기차에 치인 것이다. 그 순간 조금 전에 기차 옆으로 빨려 들어

갔다가 튕겨져 나온 물체가 다름 아닌 내 동생이었다는 것을 알게 되었다. 결국 동생의 사고 현장을 목격한 유일한 사람이 내가 된 것이다. 아울러 사랑하는 동생의 마지막 가는 모습을 지켜 본 유일한 사람이 내가 되었으며, 내 눈앞에서 벌어지는 상황에서 동생을 지키지 못한 죄인이 되었다. 이런 생각을 하게 되니 한순간에 눈이 뒤집히는데 눈이 뒤집힌다는 것이 무엇인지 이때 비로소 알게 되었다.

내가 어찌할 바를 몰라 하니까 어떤 할아버지 한 분이 나에게 오셔서 말씀을 하셨다. "혹시 기차에 치인 아이가 자네 동생인가? 안타깝구먼. 매년 이곳에서 한 명씩 아이가 기차에 치이는 사고가 일어나네. 빨리 전북대병원으로 가보게. 여기서 기차 사고가 나면 다 그곳으로 가네."라고 하는 것이었다. 그 뒤로는 기억이 없다. 분명히 외갓집에도 소식을 전했을 것이고 부모님께도 연락을 드렸을 것인데 이 모든 일들이 지금도 기억이 나지 않는다. 다만 어떻게 갔는지 모르겠지만 나 혼자 전북대병원 응급실에 찾아갔다. 동생이 응급실에 있었지만 치료 중이라고 하면서 면회를 시켜주지 않았다. 부모님이 오시면 그때 들어오라고 하였다.

부모님이 언제 오실지 모르기에 나는 병원 응급실 앞에 있는 잔디밭에 털썩 주저앉았다. 그리고 할 수 있는 것이라고는 기도 밖에 없었다. 나는 그 당시 열심히 교회를 다니고 있었다. 초등학교 6학년 담임선생님께서 학교 수업이 끝나면 성경 이야기를 해주시며 전도하셨기에 나도 이때부터 교회를 다녔던 것이다. 그리고 주일에 선생님이 출석하는 교회에 가면 선생님께서 짜장면을 사 주셨기에 나는 신정동에서 노량진까지 먼 거리를 열심히 다녔다. 나는 하나님께 예배를 드리러 간 것이 아니라 오직 짜장면 한 그릇을 먹겠다는 신념 하나로 거의 2년 동안을 열심히 교회에 다닌 것이다. 그때 나는 교회에서 배운 것이 한 가지 있었다. '기도하면 하나님께서 들어주신다'라는 것이다. 그래서 이 기억만을 가지고 그 잔디밭에서 동생 영호를 위해 울부짖으며 기도했다. 잔디를 쥐어뜯으며 얼마나 간절히 기도했는지 모른다.

이때 내가 한 기도가 지금도 생생히 기억이 난다.

"하나님, 하나님을 믿으면 만사형통한다고 배웠어요. 기도하면 다 들어주신다면서요. 동생을 살려주세요. 살려주셔야만 해요. 만약 제 동생이 잘못되면 하나님은 거짓말쟁이입니다. 하나님은 이 세상에 없는 가짜 신입니다. 제 동생이 잘못되면 나는 평생 하나님을 믿지 않을 것입니다. 그리고 하나님을 믿는 사람이 있으면 내가 어떻게든 가만 두지 않을 것입니다."

이렇게 협박성의 기도를 드린 지 얼마의 시간이 지났는지 모르겠지만 사색이 되어 부모님이 오셨고, 나도 그 잔디밭에서 일어났다. 그리고 곧바로 전해진 소식은 동생의 사망 소식이었다. 기차에 치이면서 그 충격으로 머리 뒤쪽이 함몰되어 즉사했던 것이다. 동생의 모습을 보고 나온 어머니는 그 자리에서 실신하셨다. 아버지도 제 정신이 아니었다. 그야말로 지옥의 모습을 네 눈으로 목격하는 것 같았다. 어린 아이가 죽으면 장례를 치르지도 않고 무덤을 만들지도 않는다고 한다. 그런데 아버지는 막내 동생을 너무나 사랑하셨기에 집안 어른들의 반대에도 불구하고 3일장을 치르고 집안 선산의 할아버지들 무덤 바로 밑에 아담한 무덤을 만들어 주셨다.

동생의 죽음으로 생긴 죄책감

동생의 장례를 치르고 나서 서울 집으로 오자마자 어머니는 또 다시 실신하여 병원에 오랜 시간 입원하셨다. 아버지도 당뇨가 심하셔서 병원에 입원하셨다. 집에 단 둘이 남은 나와 동생은 동생을 잃은 슬픔에 잠길 겨를이 없었다. 울 시간도 없었다. 나도 슬픔에 잠기고 싶었지만 왠지 모르게 동생을 지키지 못했다는 죄책감이 나를 옥죄어 오는 것을 느낄 수 있었다. 그나마 그때가 여름방학 기간이어서 시간이 날 때마다 병원에 찾아가서 부모님을 간호할 수 있었다. 두 분 모두 너무나 힘들어 하셨다. 이렇게 힘들어 하시는 부모님을 뵐 때마다 나에게 찾아오는 것은 '그때 내가 나를 부르는 동생에게 돌아갔으면 동생이 이런 사고를 당하지 않았을 텐데'라는 후회와 탄식이었다. 부모님도 그렇고 일가친척 어느 누구도 나에게 "네가 동생을 지키지 못했다."라고 책망하시는 분은 한 분도 없었다. 하지만 내 마음속에 있는 또 다른 내가 내게 "너 때문이야!"라고 계속 정죄하는 것 같아 너무나 괴로웠다.

원래 내성적인 나는 이 사건으로 말미암아 더욱 의기소침했고 동생의 죽음으로 괴로워하는 부모님을 뵐 때마다 내 안에서 물밀 듯이 일어나는 죄책감에 어찌할 바를 몰랐다. 나는 이때 자식을 먼저 보낸 부모님의 삶이 얼마나 고통스럽고 피폐해지는지 여실히 목격할 수 있었다. 이것은 인간의 삶이 아니었다. 하루하루 사는 것이 고통의 연속이었다. 부모님께서 퇴원을 하시고 어느 정도 몸을 추스를 수 있게 되자, 우리는 곧바로 이사를 했다. 6년 동안 살았던, 동생의 체취가 남아 있는 신정동에서 도저히 살 수 없어 그곳을 떠나 신촌으로 이사했다. 이사를 하면서 친하게 지냈던 친구에게 인사도 하지 못했다. 내가 좋아하던 여자 아이도 있었지만 아무런 소식을 전할 수 없었다. 심지어 동네 사람들도 모르게 한밤중에 도주하듯이 신촌으로 이사를 했다. 이때가 중학교 2학년 때 일이다. 사춘기가 시작되는 나이였지만, 나는 사춘기가 없었다. 그것은 사치였다. 이때부터 나는 나대로, 부모님은 부모님대로 방황이 시작되었다.

18.
착하게
살지 말자

간혹 동생의 죽음에 대해 여러 사람과 이야기를 나누게 되면 꼭 이런 반응이 나온다. “목사님, 사실은 제 동생도 어린 나이에 천국에 갔어요.”, “목사님, 저도 제 자식을 가슴에 묻었습니다.” 당황스러웠다. 평소에 늘 평안하게 생활하셔서 아무런 근심 걱정 없이 사신 분인 줄 알고 있었는데, 이런 고백을 들으니 이분 또한 가슴속에 숯덩어리를 한 아름씩 품고 사셨던 것을 알게 되었다. 부모로서 자식을 먼저 보내는 것은 가슴에 대못을 박는 것보다 더 아프고 처절하다. 이 대못은 시간이 지나도 절대 빠지지 않는다. 그리고 시간이 지날수록 대못이 박힌 가슴에 염증이 생겨 고름이 철철 넘치고 통증은 사라지지 않는다. 이런 염증이나 고름에는 약이 없다. 수술로 제거할 수도 없다. 진통제도 효과가 없다. 무조건 이 고통을 참고 견뎌야 한다. 결국 이 아픔이 살아있는 다른 자녀들에게 전이되고 영향을 줄 수밖에 없다. 따라서 먼저 보낸 동생 때문에 다른 형제들 또한 깊은 상처를 받게 된다. 부모님과 함께 똑같이 가슴속에 염증이 생기고 통증을 느끼게 된다. 그런데 부모님이 아파하는 동안에는 형제들은 절대로 슬픈 기색을 드러낼 수 없다. 죄인처럼 아무 말도 못하고, 아무런 표현도 못한 채 울지도, 웃을 수도 없는 신세가 된다.

따라서 가족 중에 한 사람이 먼저 천국에 가게 되면 남아있는 가족에게 남는 것은 엄청난 스트레스 밖에는 없다. 때로는 살아 있다는 사실이 죄송스러울 때도 있다. 그래서 이런 스트레스 때문에 우리 주위에 아픈 사람이 많은 것 같다. 내 주변에서 '이 사람은 정말 건강하다'라고 인정할 사람이 없다. 결국 우리는 다 아픈 사람들이다. 서로가 그 아픔을 보듬어 주지 않으면 해결되지 않는 스트레스가 계속해서 새로운 질병을 몰고 오는 것이다. 나는 내 동생의 죽음으로 쑥대밭이 돼버린 우리 가정에서 장남의 역할을 찾아야 했다. 또한 동생의 죽음을 막지 못했다는 죄책감에서 내 나름대로 죄값을 치루기 위해서라도 내가 해야 할 일이 있을 것이라 생각했다. 그래서 두 가지를 결심했다. 첫째는 내 동생을 살려주지 못한 무능한 하나님은 절대로 믿지 말자는 것이고 둘째는 앞으로 나로 인해 부모님의 마음을 상하게 하거나 부모님의 눈에 눈물 흘리는 일은 절대로 하지 말자는 것이었다. 조금 기력을 회복하신 부모님은 곧바로 신촌으로 이사했다. 하루라도 동생이 살았던 신정동에서 살 수가 없었던 것이다. 그래서 빚진 사람이 야밤에 도주하듯 조용히 신촌으로 이사했다.

종교적인 방황

나는 전북대병원 응급실 앞에서 결심한 대로 동생도 살리지 못하는 무기력한 하나님은 믿지 않기로 다짐했다. 그래서 나를 전도하셨던 초등학교 6학년 담임선생님과 2년 동안 다니던 교회를 과감하게 끊었다. '다시는 교회에 안 간다'라고 결심하고 또 결심했다. 신촌으로 이사한 집은 그림 같은 3층 양옥집이었다. 아이러니하게도 동생의 죽음과 함께 아버지의 사업이 대박을 맞은 것이다. '천국에 간 동생이 부모님께 죄송해서 아버지의 사업을 도와준 것이 아닐까?' 라는 생각이 들 정도로 큰돈을 벌었고 큰 집으로 이사할 수 있었다. 당시에는 거의 없었던 주차장이 있는 집이었고 마당에는 대추나무, 배나무, 앵두나무를 비롯한 각종 유실수가, 집 안에는 요즘에도 없는 식모 방이 있을 정도로 넓고 좋은 집이었다. 하지만 부모님은 별로 기뻐하지 않으셨다. 아니 기쁨과 즐거움을 잊으셨다. 그냥 멍하니 계실 뿐이었다. 식사 시간이 되면 밥을 드시고 주무실 시간이 되면 그냥 주무셨다. 그리고 정신적인 방황이 계속되었다. 죽은 영호가 너무나 보고 싶고 그리워서 부모님은 부천에 있는 절에서 동생의 49제를 드렸다. 그리고 우리 집안이 원래 가톨릭 집안이기에 연미사, 즉 죽은 자를 위한 미사를 드리기도 하였다. 미사를 드리기 위해서는 가족이 함께 교리 공부를 해야 한다고 해서 나도 1주일에 몇 번씩 성당에 나가 수녀님께 교리를 배우기도 했다.

하루는 부모님께서 나에게 어디를 가자고 해서 함께 갔더니 시골에 있는 어느 무당집에 들어가셨다. 오전에는 49제를 드린 절에 가서 예불을 올리고, 저녁에는 연미사를 드린 성당에 가서 교리를 공부하더니 이제는 무당집까지 찾아가는 것이 정말 혼란스럽기 그지없었다. 그 무당은 죽은 자의 혼을 부르는 능력이 있다고 소문이 나서 부모님이 찾아가신 것이었다. 동생이 기차 사고로 갑자기 죽었기 때문에 분명 무언가 하고 싶은 말이 있을 것이라고 생각하시고 그 말을 듣고 싶어서 이렇게 혼을 부르는 무당까지 찾아간 것이다. 물론 부모님이 오죽했으면 이러실까 이해도 되지만 한편으로는 '이게 뭔가? 너무 심하지 않나?'라는 생각도 들었다. 그런데 참 신기한 것은 그 무당이 귀신처럼 우리 동생에 대해 정확히 이야기하는 것이었다. 처음 보는 사람이고 무슨 이유로 왔는지 우리가 말도 안 했는데 우리 가족을 유심히 지켜보더니 갑자기 접신이 되어 아기 목소리를 내면서 "뒤통수를 다쳤는데 할아버지들이 어루만져줘서 다 나았다."라는 것이다. 정말 깜짝 놀랐다. 기차에 치어

뒤통수를 다쳐 죽었고 할아버지 몇 분의 무덤이 있는 선산에 동생의 무덤을 만들었으니 말그대로 귀신 곡할 노릇이었다. 그러면서 부모님께 여러 가지 이야기를 더 했는데 지금은 기억이 나지 않는다. 아무튼 부모님은 큰 위로를 받는 것 같았다.

그러고 나서 무당이 여기에서 끝냈으면 좋았는데 나를 뻔히 쳐다보더니 “일찍 죽을 수 있으니 자기를 수양어머니로 모시면 오래 살 수 있다.”라는 것이 아닌가? 그리고 자기를 수양어머니로 모시려면 한복 한 벌과 금가락지를 해줘야 자신이 나를 위해 기도도 해준다는 것이다. 정말 어이가 없고 기가 막힐 노릇이었다. 부모님은 내가 일찍 죽을 수 있다는 말에 곧바로 한복과 금가락지에 해당하는 큰 돈을 주시고 나의 수양어머니로 삼으셨다. 물론 그 이후론 무당을 만난 적은 한번도 없다. 부모님도 더는 그 무당에게 가지 않으셨다. 아무튼 이 일로 나는 전 세계적으로도 찾아볼 수 없는 무당을 수양어머니로 둔 목사가 되었다. 내가 종교 다원주의를 믿는 것도 아닌데 절과 성당, 그리고 무당까지 두루 섭렵하는 은혜를 입게 되었다. 이런 종교적인 혼란이 나에게는 심적 부담과 스트레스로 작용했던 것은 분명하다.

모범생 콤플렉스

이런 부모님을 곁에서 지켜보면서 나는 정말 착한 모범

생이 되기로 작정했다. 그래서 부모님께 그 어떤 잔소리나 지시도 듣지 않을 정도로 내 생활은 내가 책임지기로 다짐했다. 그래서 부모님께 공부해라, 일어나라, 씻어라, 밥 먹어라, 일찍 들어와라, 청소해라 등 그 어떤 잔소리나 꾸지람을 들어본 적이 없다. 철저하게 이 모든 것을 다 알아서 했다. 부모님이 나에게 부탁하는 일이 있으면 그 어떤 일이 있어도 다 말씀대로 순종했다. 아무리 하기 싫은 일이라 할지라도 부모님께 '노(No)'라고 대답해본 적이 없었다. 그런데 사실 나는 모범생이 아니다. 그냥 철부지 중·고등학생이었다. 놀고 싶고, 게으름도 피우고 싶고, 불량 학생처럼 다니고도 싶었다. 친구들이 먹는 술이며 담배, 심지어 본드를 흡입하는 친구를 보면서 호기심도 가졌다. 하지만 내가 결심한 것이 있었고 부모님을 생각하면 그 어떤 것도 할 수가 없었다.

지금 생각해보면 나는 그때 '모범생 콤플렉스'에 걸렸던 것 같다. 마음속으로는 하기 싫은 일이었고 하고 싶지도 않았지만, 부모님께 모범생으로 보여야 했기에 억지로, 어쩔 수 없이 가면을 쓰고 착한 모범생처럼 행동할 수밖에 없었다. 이것은 시간이 지나면 지날수록 내게 큰 부담감으로 다가왔다. 그렇다고 이제 와서 본색을 드러내 내가 하고 싶은 대로 하며 살 수는 없었다. 결국 이 모든 것이 나에게는 엄청난 스트레스가 되었다. 나만이 알고, 나만이 견뎌야 하는 운명 같은 스트레스였다.

목사님과의 운명적인 만남

이런 와중에 다시 아버님께서 당뇨병으로 쓰러지셔서 병원에 입원하셨다. 병원에 입원 중인 상황에서도 아버님은 사업을 위해 신문에 광고지를 냈다. 그런데 이 광고지를 들고 어떤 분이 병원에 찾아오셨다. 그분의 방문은 내 가정은 물론이거니와 내 인생에 있어서 가장 획기적인 사건의 발단이 되었다. 물론 그 당시에는 가히 짐작조차 할 수가 없었다. 광고지를 들고 찾아온 분은 젊은 시절에 아버님과 의형제를 맺을 정도로 친한 친구셨다. 가족도 없이 정말 외롭게 혼자 살아오신 분이신데 아버지를 만나 우리 집안 분들과 친분을 쌓은 분이셨다. 그런데 내가 어렸을 때 예기치 않은 일로 두 분이 헤어져 서로의 생사를 모르고 지내다가 신문에 난 광고지를 보고 이 분이 찾아오신 것이다.

그 광고지에는 아버지의 이름이 기록되어 있었는데, 광고지와 아버지의 이름을 본 순간 이것은 분명 내가 찾던 친구라는 것을 직감하고 광고지에 나와 있는 전화번호를 보고 아버지 사무실에 전화를 걸어 아버지가 입원해 계신 병원까지 찾아오셨다. 오랜만에 재회한 두 분은 서로 정말 반가워하고 기뻐하셨다. 그런데 놀라운 사실은 친구 분이 목사님이 되어 나타나신 것이다. 그리고 목사님이 되신 후에 가장 먼저 우리 아버지가 생각나서 늘 기도하면서 찾으시려고 노력했지만 찾지 못하고 계시다가 어느 날 우연히 본 신문 속의 광고지를 보고 우리 아버지를 찾게 된 것이다.

목사님은 우리 아버지가 퇴원하자마자 강제로 우리 가족 모두를 자신이 목회하시는 교회로 끌고 가셨다. 나는 절대로 교회는 가지 않겠다고 결심하고 또 결심했는데 아버지께서 가자고 하니 모범생인지라 거절할 수 없어서 그냥 따라갈 수밖에 없었다.

돌아온 탕자

내 기억으로는 그 날은 토요일 오후였는데, 교회에서 중고등부 예배를 드리고 있었다. 목사님이 강제적으로 나를 예배드리는 곳으로 끌고 가셔서 어쩔 수 없이 중고등부 예배실 문을 확 여는 순간 아뿔싸! 이게 웬일인가? 그곳에서 7명의 중학생이 예배를 드리고 있었는데 감사하게도 전부 다 여학생들 뿐이었다. 그때 나는 직감했다. '바로 여기가 내가 있어야 할 곳이구나!' 1년 전까지만 해도 절대로 교회에 안 가겠다고 결심하고 또 결심했는데 여학생들을 보는 순간, 그 결심이 한순간에 무너지는 것을 보면서 내가 여자분들을 좋아한다는 것을 확신하게 되었다.

그래서 이때부터 이 7명의 공주님을 지키기 위해 지금까지 병원에 입원한 날을 제외하고는 주일예배를 빠진 적이 한 번도 없었다. 그 열정으로 끝내는 목사가 되었다. 이런 것을 보면 내 자신이 참 웃긴 놈이라고 생각한다. 그리고 교회를 다니면서 한 가지 놀라운 사실을 알게 되었는데, 내가 초등학교 6학년 때 담임선생님 때문에 2년 동안 열심히 다니던 교회가 '형제교'라는, 미국에서 들어온 이단이라는 사실을 알게 되었다. 동생의 죽음으로 내가 교회를 다니지 않게 된 것을 계기로 내가 이단에서 나올 수 있게 된 것이다. '동생이 나를 위해 준비한 선물이 아니었겠는가?'라는 생각이 들었다. 그리고 또 감사한 것은 3형제 중 유일하게 죽기 전까지 동네에 있는 교회 유치부에 다녔던 사람이 바로 죽은 동생뿐이었다는 것이다. 아무튼 이렇게 아버지의 친구 목사님의 인도로 우리 가족 모두가 교회를 다니게 되면서 우리 가정은 종교적인 혼란 속에서 어느 정도 벗어날 수 있었다. 절에 다니는 것도, 성당에 다니는 것도, 그리고 무당을 찾아다니는 것도 깨끗이 정리할 수 있었다. 물론 모범생 콤플렉스에 빠져 있던 내가 유일하게 피할 수 있었던 안식처는 교회밖에 없었다. 그래서 그야말로 미친 듯이 교회를 다녔다. 집과 학교, 그리고 교회가 내 삶의 전부였다.

부모님의 싸움

이렇게 교회를 다니면서 조금이나마 안정을 찾는 듯하였으나 이것이 그리 오래가지 않았다. 새로운 문제가 터졌는데 바로 돈 문제였다. 영화사를 하시던 아버지의 사업이 한순간에 무너지게 되었다. 그것은 아버지께서 친한 동생을 믿고 여러모로 도와주었는데 그 동생 분이 배신을 한 것이었다. 동생 분은 아무도 모르게 두 집 살림을 하고 있었다. 그러니 얼마나 많은 돈이 필요했겠는가? 자연히 아버지의 재산이 조용히 그 동생 분의 두 집 살림의 밑천으로 몰래 다 들어가게 되었다. 돈 문제가 발생하자 자연히 따라오는 문제가 부모님의 갈등과 싸움이었다. 돈이 있으면 모든 것을 용서할 수 있고 화해할 수 있다. 하지만 돈이 없으면 안 싸워도 될 일인데 싸우게 되고 마음의 여유가 사라지니 쉽게 분노하고 말이 험악해지는 것이다. 그래서 부모님은 자주 부부 싸움을 하셨다.

이런 와중에 어머니께서도 아주 가까운 지인에게 사기를 당하게 되었다. 당시에는 돈을 모으는 가장 흔한 방법이 곗돈을 부어 모으는 것인데 계주가 도망을 간 것이다. 어머님께서 정말 믿었던 사람이고 나도 잘 아는 사람이었는데 그런 일이 생겼다. 내가 고등학교 3학년 때였다. 내가 고등학교를 다닐 때는 교복이 사라지고 두발 자유화가 되었으며 학원이나 자율학습이 금지되어 학교 수업이 끝나면 곧바로 집으로 갈 수 있었다.

그러나 집에 가봤자 연일 계속되는 돈 문제와 부부 싸움, 그리고 한 번씩 바람을 피우시다 들키시는 아버지의 초라한 모습을 보면서 어디에도 마음을 둘 수 없었다. 그렇다고 모범생인 내가 반항할 수도, 곁길로 나갈 수도 없었다. 다만 어느 날 노량진에서 아버지가 어느 아줌마랑 데이트하는 모습을 보고, 그 날 저녁에 아버지께 딱 한 마디만 드렸다. "아버지, 이제 그만 하시죠." 학교에서 돌아오면 어머니는 나를 붙잡고 우시기도 하시고 이것저것 하소연을 하셨다. 그리고 그때마다 꼭 죽은 영호의 이름을 부르시곤 하셨다. 그때마다 내가 할 수 있는 일은 교회를 찾아가는 일 밖에 없었다. 내가 살던 집은 신촌이었고 교회는 사당동에 있었다. 버스를 타도 최소 한 시간 이상 걸리는 거리였다. 지금도 기억난다. 그 88번 버스가.

그래서 나는 고등학교 시절에는 집에 있었던 시간보다 교회에 있었던 시간이 더 많았던 것 같다. 방학 때가 되면 교회에서 아예 살았다. 그리고 시간이 나면 교인들과 함께 청계산 기도원에 다니며 철야 기도를 엄청나게 했고, 추운 겨울에도 눈 위에 스티로폼을 깔고 열심히 기도했다. 그때는 많은 사람이 나를 광신도라고 놀려댔다. 심지어 고등학교 때 담임선생님은 내가 교회에서 자고 학교에 가는 날이면 "정신 상태가 해이해졌다."라고 하시며 아이스하키 스틱으로 엉덩이를 때리기도 했다. 그러나 나는 교회라도 가지 않았으면 답답해서 미칠 지경이었다. 기도원에 가서 미치도록 외치며 기도하지 않으면 내가 돌아버릴 것 같았다. 나는 모범생이 되기 싫었다. 착하게 살고 싶지 않았다. 그러나 부모님은 내가 모범생이기를 바라셨다. 그런 와중에 학력고사 시험을 보게 되었다. 이 당시에는 수능 시험을 학력고사라고 불렀다. 부모님은 나에 대한 기대가 크셨다. 늘 요구하던 학과가 있었고 바라시던 직업이 있으셨다. 하지만 나는 이미 고등학교 2학년 때 목사가 될 것을 결심했다.

총신대에 들어가기로 마음을 먹었던 것이다. 학력고사 시험을 마치고 시험 성적표를 기다리던 때였다. 약 한 달 정도의 시간적인 여유가 있었는데 이때는 정말 편안 시간이었다. 그러던 어느 날 운명의 장난은 또 시작되었다.

스트레스는 가랑비에 옷 젖듯이 서서히 내 몸을 잠식해 가는 무서운 바이러스와 같다. 적당한 스트레스는 내 건강에 유익할 수 있지만, 사람을 통해 오는 스트레스는 아주 치명적이다. 특히 가족을 통해 받는 스트레스는 금방 해결되지도 않고 다른 사람들에게 숨길 수밖에 없기에 더욱 위험하다. 나는 모범생 콤플렉스에 사로잡혀 착하게 살려고 하다보니 엄청난 스트레스를 받았다. 사람은 생긴 대로 사는 것이 최고인 것 같다. 남에게 인정받고 좋은 사람으로 평가받고 싶은 마음이 지나고 나서 보면 별것 아닌데 그때는 그것을 왜 알지 못했나 후회가 된다. 그래서 지금은 늘 생각하고 또 생각한다.

"착하게 살지 말자! 내 맘대로 살자! 절대로 착하게 살지 말자!"

19.
스트레스가 만병의 근원이다

나는 대학생 시절부터 당뇨병과 함께 살아왔다. 내가 경험한 거의 모든 병의 원인은 당뇨병으로부터 시작되었다. 그렇다면 당뇨병이 대학생 시절부터 생긴 이유는 무엇일까? 그것은 어린 시절에 받은 스트레스 때문이라고 판단하고 있다. 앞선 글에서도 밝혔듯이 내가 받은 스트레스의 원인은 동생의 죽음과 이를 막지 못한 죄책감, 그리고 동생의 죽음으로 괴로워하는 부모님을 위해 모범생으로 살아야만 했던 모범생 콤플렉스가 결정적이었다고 생각한다.

이와 함께 나에게 엄청난 스트레스를 준 또 하나의 사건이 있었다. 대학 입학을 위한 학력고사를 보고, 시험 결과를 기다리던 고3 시절의 12월 초순이었는데 하루는 잠을 자는데 꿈속에서 갑자기 '일어나라'라는 음성이 들리는 듯 해서 깜짝 놀라 일어나보니 정확히 새벽 4시였다. 시험 성적 때문에 예민해서 이런 꿈을 꾼 것 같아 다시 잠을 청했다. 그런데 다음날도 전날과 똑같이 꿈에서 '일어나라'라는 음성을 듣고 일어나보니 똑같이 새벽 4시였다. 같은 경험을 두 번씩이나 하니 좀 이상했다. 하지만 그냥 꿈이라고 생각하며 무시하고 또 잠자리에 들었다. 그런데 신기하게도 사흘째가 되는 날, 똑같은 시간에, 똑같은 꿈을 꾸고 또 일어났다. 그러자 이번에는 왠지 무섭다는 생각이 들었다. 그래서 아침 일찍 목사님께 전화를 드려 3일 동안 나에게 일어났던 일들을 자세히 말씀드렸다. 그러자 목사님께서는 다른 말씀은 일체 하지 않으시고 "민홍아, 교회에 와서 철야기도를 해라."라고만 말씀하셨다. 그래서 나는 그날 저녁 곧바로 교회에 가서 철야기도를 하며 교회에서 지냈다.

자살을 시도한 어머니

그 후 며칠이 지나고 갑자기 교회로 나를 찾는 전화가 왔다. 어머니였다. 그동안 한 번도 교회에 있는 나에게 전화를 하지 않았던 어머니였기에 조금 어색하기는 했지만, 어머니는 평소와 다름없이 따뜻한 목소리로 나의 안부를 물으셨다. "저녁은 먹었니? 조금만 기도하고 자, 감기 조심하고."라고 하시며 특별한 말씀 없이 전화를 끊었다. 그런데 어머니와 통화를 할 때는 몰랐는데, 전화를 끊고나니 괜히 이상한 생각이 들었다. '왜 어머니가 나에게 전화를 했지? 별말씀도 없으시면서.' 그날 밤 어머니와의 통화를 끝내고 기도를 하는데 이상하게 기도가 되지 않았다. 괜히 불안한 마음이 들었다. 기도를 끝내고 잠을 자려고 하는데 잠도 오지 않았다. 그래서 안 되겠다 싶어 새벽 기도회가 끝나자마자 첫 버스를 타고 집에 갔다.

그 당시 부모님은 여러 가지 문제로 크게 싸우셔서 따로 주무셨고 특히 아버지는 그때도 건강이 좋지 않은 가운데 1층 방에서, 어머니는 3층 방에서 주무셨다. 먼저 아버님 방을 들여다보니 잘 주무시고 있었다. 그래서 곧바로 3층 어머니 방으로 가봤다. 그런데 이상하게 방문을 열려고 하니까 잠겨 있는 것이다. 이전에는 이런 일이 없었기에 이상하다고 생각하는 찰나, 이상한 냄새가 코를 찔렀다. 연탄가스 냄새였다. 순간 '아차!' 하는 생각과 함께 방문을 열려고 했지만 열리지 않았고 문을 두드려도 기척이 없었다. 그래서 할 수 없이 방문 고리를 부수고 방문을 여는 순간 나는 뒤로 자빠져 죽을 뻔했다. 방안에는 뿌연 연기가 가득 차있고 어머니의 입에는 거품을 머금은 체 구토를 한 흔적이 보였다. 그리고 방 한가운데에 스테인리스로 된 세숫대야 안에 연탄 2개가 들어가는 화덕이 있었다. 그 안에 있는 연탄에서 일산화탄소가 배출되고 있었다. 어머니는 연탄가스에 중독되어 아무런 의식이 없었다. 어머니께서는 연탄가스로 목숨을 끊고자 한 것이다.

나는 아프신 아버지를 깨울 수가 없어서 일단 어머니를 거실로 옮긴 후에 가까운 지인에게 전화를 드려 도움을 요청했고 그분이 차를 가지고 오는 동안 정말 간절하게 하나님께 기도드렸다. 그런데 신기하게도 어머니를 살려 달라고 기도를 하려고 하는데 그 기도는 나오지 않고 나의 죄에 대한 회개 기도만 나오는 것이 아닌가? 왠지 내 죄 때문에 어머니께서 이렇게 되셨다는 생각이 강하게 밀려왔던 것이다. 나는 그 자리에서 어머니 몸에 손을 얹고 얼마나 간절하게 회개 기도를 했는지 모른다. 얼마의 시간이 흘렀을까 지인분이 자동차를 가지고 와서 어머니를 모시고 산소통이 있는 병원으로 가서 응급처치를 받았다. 다행히 산소통에 들어가신 어머니는 얼마 후에 정신을 차리시고 적절한 치료를 통해 위기를 넘기시게 되었다.

침대에 누워 있다가 내가 옆에 있는 것을 알아보신 어머니는 내 손을 잡으시고 하염없이 우시기만 하셨다. "민홍아, 미안하다. 정말 미안하다. 못난 어미를 용서해라." 그러시면서 "민홍아 너 때문에 내가 살았다. 너 때문에 내가 살았어." 그래서 어머니께 "왜 그런 말씀을 하시는 거예요." 라고 말씀을 드리자, 어머니께서 놀라운 말씀을 전해 주셨다. 어머니께서는 주변에서 일어나는 너무나 힘들고 가슴 아픈 일들 때문에 더는 이 세상에 살고 싶은 마음이 전혀 없으셨다. 그래서 죽기를 각오하시고 방 한가운데 연탄불을 피우셨던 것이다. 방안 가득히 찬 연탄가스 때문에 정신이 차츰 흐려지면서 '이렇게 죽는구나.'라고 생각하는 순간, 갑자기 배가 너무 아프셨다. 그래서 어머니께서는 어쩔 수 없이 화장실에 가셨고 그동안 어느 정도 정신을 차리셨다. 그리고 다시 방에 들어오신 어머니는 다시 연탄가스에 정신이 혼미해지는 가운데 이번에는 꼭 죽어야지 생각했는데, 이번에도 어이없이 배가 너무 아파 다시 화장실을 갔다 오셨다는 것이다. 그래서 다시금 방에 오신 어머니는 정신을 차리고 이제는 죽어야지 마음을 먹고 있다가 자신도 모르게 의식을 잃었다는 것이다. 그리고 얼마의 시간이 흐른 지 모르지만 깨어나 보니 병원이었고 내가 어머니 옆에 있었다.

그러면서 네 기도 덕분에 내가 한순간 잘못된 생각을 했지만 이렇게 살아나게 됐다고 어머니께서 말씀하시면서 연거푸 나에게 고맙다고 하셨다. 어머니는 자살은 시도했지만 진짜 마음은 살고 싶었던 것이다.

자살 시도가 가족에게 주는 상처

어머니는 며칠 더 입원하시고 집으로 돌아오셨다. 그리고 아무 일도 없으셨던 것처럼 어머니는 평소대로 생활하셨다. 하지만 나는 그렇지 못했다. 물론 어머니께서 살아나신 것을 생각하면 하나님께 정말 감사했다. 그러나 이미 내 머리에는 어머니께서 자살을 시도했다는 사실 자체가 너무나 충격적이었다. 어머니를 볼 때마다 의식을 잃어버리고 쓰러져계신 어머님의 모습이 떠나지 않았다. 그리고 이상하게 자꾸 내 머릿속에서 떠나지 않는 생각은 '어머니가 나를 버리고 떠나실 수도 있구나.'라는 생각이었다. '어머니가 얼마나 힘드셨으면 이런 선택을 하셨을까?' 이해하는 마음도 있지만 다른 한편에서는 '힘들다고 혼자만 떠나면 되는 것인가?'라는 생각과 함께 어머니가 너무 이기적이라는 생각도 들었다.

이런 생각이 갑자기 들기 시작하면 괜히 화가 나고 짜증이 났다. 누군가에게 분풀이하고 싶었다. 하지만 내가 누군가? 우리 부모님께서 그토록 인정하는 모범생이 아니던가? 결국 나는 나 자신에게 화풀이할 수밖에 없었다. 이것이 시간이 지날수록 엄청난 스트레스로 나에게 다가왔다. 하지만 이 스트레스를 풀 곳이 없었다. 그냥 참는 게 다였다. 참는 것밖에 할 줄 아는 게 없었다. 나는 지금도 이 날의 기억이 생생하다. 자살은 가족에게 엄청난 상처와 스트레스를 주게 된다. 그래서 자살은 혼자만 죽는 게 아니다. 남은 가족들을 말려 죽이는 살인 행위와 똑같다.

어머니의 자살 소동 이후 아버님께서도 큰 충격을 받으셨는지, 두 분의 관계가 오히려 좋아지셨다. 하지만 이미 기울어진 집안 경제는 어찌할 수 없었다. 아버지 사업은 결국 부도를 맞았다. 한순간에 그 좋고 넓었던 집이 다른 사람의 손에 넘어갔다. 그래서 우리 집은 신촌에서 개화동으로 이사했고 얼마 후에 다시 김포 북변리로 이사했다. 이때 나는 총신대 신학과에 입학한 상황이었는데 이사 간 김포 집은 가히 상상 초월이었다. 지금도 또렷하게 기억이 나는데 보증금 30만원에 월세 4만원 짜리 단칸방이었다. 방 크기는 5평도 안 되는 것 같았다. 부모님 두 분이 누우시면 앉을 자리가 없을 정도로 비좁은 방이었다. 그리고 신기하게도 벽과 지붕이 붙어있지 않았다. 그래서 방에 누우면 그 틈새로 하늘이 보일 정도였다. 그야말로 누우면 하늘이 보이는 전원주택과도 같았다. 나는 동생에게 이야기했다. "우리 집을 떠나야겠다. 어떻게 이곳에서 우리가 부모님과 함께 살 수 있겠니? 나는 내가 알아서 살아갈테니 너도 네가 알아서 살길을 찾아봐라."

허락받고 행한 가출

그리하여 그 날로 나와 동생은 부모님의 허락을 받아 당당하게 가출했다. 그리고 감사하게도 나는 친구 어머니의 허락으로 친구 집에 머물게 되었다. 하나님은 이렇게 때마다 나에게 필요한 좋은 분들을 만나게 해주시는 축복을 주셨다. 그 친구는 가정 형편상 군대를 먼저 가게 되었다. 그래서 내가 그 친구대신 큰아들 노릇을 하게 되었다. 친구에게는 여동생 한 명과 남동생 한 명이 있었다. 나는 이때부터 기생충 영화에서 나올 법한, 요즘 말로 빈대가 되어 그 친구 집에서 생활하게 되었다. 친구의 가족들은 나를 친가족 이상으로 잘해 주셨다. 지금 생각해도 그 고마움은 말로

다 표현할 수 없을 정도이다. 정말 한 가족처럼 생각하고 살았다. 이렇게 숙식 문제는 해결되었지만, 대학교의 등록금과 책값, 그리고 식사비 등 공부하고 생활하는데 필요한 돈은 마련할 방법이 없었다. 간신히 첫 학기 등록금은 해결했지만 2학기 등록금부터는 도저히 낼 수가 없었다. 그래도 감사한 것은 그 당시 대학교에서 늦게 등록금을 내도 양해해 주셨다는 것이다.

그래서 나는 대학 생활에 낭만이 없다. 친구들과의 추억도 없다. 그 흔한 미팅이나 MT, 그리고 수학여행과 졸업여행을 대학교 때도, 대학원 때도 한 번도 간 적이 없다. 하루 한 끼를 먹고 사는 생존의 문제가 걸려 있는데 친구를 만나 커피를 마시며 캠퍼스의 낭만을 즐길 여유가 전혀 없었다. 학교에서 점심 식사는 친구들에게 빈대를 쳐서 얻어먹거나 굶었다. 간혹 교회나 지인분 가운데 내 사정을 아시고 한 번씩 용돈을 주면 그 돈으로 차비를 내거나 식사를 할 수 있었다. 그야말로 거지처럼 대학 생활을 했다. 그래서 지금도 대학 동기를 만나면 나를 모르는 동기들이 있다. 지나친 가난은 사람을 위축시켰다. 매사에 자신감이 없었고 더욱 내성적인 사람으로 변해갔다. 그래서 내가 유일하게 할 수 있었던 것은 학교 수업이 끝나면 곧바로 도서관에 가는 일이었다. 물론 공부할 것도 있고 과제도 많았기에 도서관에 갈 수밖에 없었지만 더 큰 이유는 친구 집에 일찍 들어가는 것도 죄송스럽기 때문이었다. 그리고 학교에서 특별히 만날 친구도 없었기에 그냥 도서관에서 있었던 것이다.

아울러 벼룩도 낯짝이 있지 아무리 친구 어머님과 동생들이 잘해 준다고 할지라도 스스로 지키고 조심해야 할 것들이 있었다. 빈대 생활에도 나름대로 규칙이 있는 것이다. 그래서 되도록 늦게 집에 들어가려고 항상 학교 도서관에 늦게까지 있었다. 훗날 내가 결혼을 해서 아들을 낳자 아버지께서 집안 항렬에 따라 아들 이름을 '영빈'이라고 직접 지어 주셨다. 빛날 영과 빛날 빈을 써서 영빈이라는 뜻이었다. 하지만 나는 그 이름을 딱 듣는 순간, 내가 약 5년 동안 친구 집에서 빈대처럼 살았던 기억과 함께 '영원한 빈대'라는 단어가 떠올랐다. 내가 빈대 생활을 해보니까 영원히 빈대 생활을 하는 것도 그리 나쁘지 않다는 생각이 들었다. 어차피 우리의 영원한 집은 천국에 있는 것이니까 '이 땅에 사는 우리는 이 세상에서 빈대로 살아가는 것 아닌가?'라는 생각도 들었다.

학비를 벌려고 시작한 장사

대학 생활 2년 동안 너무나 가난했기에 더는 버틸 힘이 없었다. 그래서 2학년을 마치자마자 피신처로 군대를 생각하고 휴학을 했다. 하지만 아뿔싸! 이때 당뇨병을 발견하게 되어 군대를 면제 받았다. 군대에서 오지 말라는 것이다. 곧바로 나는 복학할 것이 걱정이었다. 어디서 학비를 구해야 하나 걱정이 앞섰다. 그래서 휴학하는 동안 학비를 벌어야겠다는 생각에 장사를 하기로 결심했다. 그 당시에는 길거리에 노점상들이 많았다. 물론 낮에는 단속이 있어서 장사하기가 힘들었지만 공무원들이 퇴근하는 저녁 6시 이후부터는 자유롭게 장사를 할 수 있었다.

나는 자본이 없었기에 적은 돈으로 할 수 있는 장사를 찾았다. 그래서 처음에는 족보 책 장사로 시작해서 신발 장사도 해보고, 무조건 천 원 하는 상품을 팔기도 했다. 내가 주로 장사했던 곳은 서울 신촌 주변이었는데 처음에는 연세대학교 정문 옆 버스 정류장 앞에서 장사를 했다. 그리고 간혹 연남동에 있는 성산회관 식당 앞 버스 정류장 앞에서도 했다. 그리고 마지막에는 나름대로 내 자리로 인정받았던 북가좌동 모래내 시장 앞 육교 밑에서도 장사를 했다. 장사가 끝나면 물건들을 손수레에 싣고 수레 자체를 보관소에 맡겼다. 그 당시에는 시장 주변에 반드시 수레 보관소가 있었다. 인근 주변에서 장사하는 모든 수레가 모이는 주차장인 셈이다. 보관료는 하루에 700원이었다. 장사하는데 가장 중요한 것은 불인데, 이때는 전깃불을 사용할 수 없었기 때문에 카바이트를 사용해서 불을 밝혔다. 이런 카바이트를 수레 주차장에서 다 구할 수 있었다. 저녁 6시에서 밤 12시까지 장사하면 하루 평균 3만원이 남는다. 그런데 신기한 것은 한 달 정산을 해보면 내 손에 남는 돈이 별로 없다는 것이다. 누군가 내 돈을 훔쳐 가지 않고서야 이렇게 적은 돈이 남는다는 것은 있을 수 없는 일이었다.

상처만 남긴 장사

드디어 내 인생에 있어서 영원히 잊을 수 없는 운명의 날이 다가왔다. 11월 중순이었다. 날씨는 제법 쌀쌀했고 내가 연세대학교 정문 앞 버스 정류장에서 장사하던 때였다. 그날따라 용무가 있어 김포에 계신 어머니께 부탁을 드려 잠시만 장사를 봐달라고 했다. 그리고 일을 마치고 내가 장사하는 곳으로 가는데 연세대학교 버스 정류장 앞에 많은 사람이 둥그렇게 모여서 웅성웅성하고 있었다. 웬일인가 싶어 그곳에 가보니 낯익은 여성분이 쓰러져 계셨다. 어머니였다. 어머니께서 누군가에게 심하게 구타를 당해 얼굴에 멍이 들고 쓰러져 계신 것이 아닌가? 너무 놀랐지만 일단 마음을 진정시키고 어머니를 부축해 쉴 만한 곳으로 옮겼다. 그리고 어떻게 된 일인지 나와 같이 손수레로 장사를 하는 분께 여쭤보았다. 사정은 이러했다. 연세대학교 정문 앞에 지하보도가 하나 있다. 그 지하보도 한가운데에 담뱃가게를 하는 할아버지 한 분이 계시는데 간혹 장사가 안 되는 날이면 학교 앞에서 장사하는 사람들 때문이라고 생각하시고 특히 장사하는 분 가운데 여성분이 있으면 아무 이유 없이 폭력을 휘두른다고 한다.

자기 성질을 참지 못하고 연약한 여성분만 골라 폭력을 행사한 것이다. 그리고 연세가 70세가 넘으셔서 경찰관이 와도 잡아가지 못하고 늘 훈방만 하고 풀어주기 때문에 이렇게 습관적으로 폭력을 행사했다는 것이다. 나는 태어나서 처음으로 '눈이 뒤집힌다'라는 말이 무슨 말인지 실감할 수 있었다. 나는 곧바로 지하보도로 가서 담뱃가게 할아버지에게 찾아갔다. 그리고 아무런 말도 하지 않고 그 할아버지를 째려보았다. 그리고 나도 모르게 별 생각이 다 떠올랐다. '가게에 휘발유를 뿌려서 불로 태워 죽일까?', '아니면 퇴근하는 할아버지 뒤를 조용히 따라가서 칼로 찔러 죽일까?', '아니면 나도 할아버지가 우리 어머니에게 했던 것처럼 주먹으로 때려죽일까?', '어떻게 죽이면 어머니의 복수를 시원하게 할 수 있을까?'만 생각하게 되었다.

신학대학을 다니면서 앞으로 목사가 되어 죽어가는 영혼들을 살리겠다고 서원한 나였지만 전혀 그런 생각이 들지 않고 '어떻게 하면 죽일 수 있을까?'만 생각하며 미움과 분노가 가득 차 있었다. 어느 정도 시간이 흘렀을까? 어머니를 빨리 집으로 모셔야 할 것 같아 일단 그 자리를 떠나 어머니를 모시고 김포로 왔다. 버스를 타고 연세대에서 김포로 가는 동안 수많은 생각이 머리를 스쳐 지나갔다. '이게 무슨 꼴인가?', '정말 이런 세상에 계속 살아야 되나?' 등 다른 것은 몰라도 가난 때문에 조금이라도 돈을 벌겠다고 길을 나섰는데 이렇게 나 때문에 어머니께서 폭력을 당하는 꼴을 보니 괜히 화가 나고 분통이 터져서 내가 먼저 죽을 것 같았다. 이런 더러운 세상에서 내가 계속해서 살아야 한다는 것이 원망스럽고 괴로웠다. 아무튼 도무지 흥분된 마음이 가라앉지 않았다.

다음날 나는 장사를 접고 그 할아버지 가게에 갔다. 그리고 멀찌감치 서서 그 할아버지만 째려보면서 '어떻게 저 할아버지를 죽일까?'만 골몰하게 되었다. 내가 볼 때 그 할아버지는 내가 누군지, 그리고 내가 왜 여기에 왔는지 어느 정도 감을 잡은 것 같았다. 나와 눈을 마주치지 않으려 하고 나에게 왜 여기서 나를 쳐다보느냐고 전혀 묻지 않았다. 나는 다음날도 장사를 하지 않고 그 할아버지 가게로 출근했다. 정말 미치도록 그 할아버지를 죽이고 싶었다. 주먹으로 때리는 것으로는 성에 차지 않았다. 죽여야만 어머니도, 나도 마음이 편해질 것 같았다. 그러나 결국 나는 그 할아버지 몸에 손끝 하나 대지 못했다. 죽이지 못했다. 내가 목사될 놈이라서가 아니다. 내가 착해서도 아니다. 내가 윤리적이고 도덕적인 사람이어서도 아니다. 이유는 오직 하나, 용기가 없었다. 그 할아버지를 죽인 뒤에 벌어질 일들을 생각해보면 감히 그 할아버지를 죽일 용기가 나지 않았다. 그래서 결국 며칠 만에 그 할아버지 가게로 출근하는 일을 멈추었다. 이때 용기가 없는 내가 얼마나 밉고 싫었는지 모른다. 어머니께 너무나 죄송했다. 아들이 되어서 아무런 복수도 하지 못했으니 어머니를 뵐 면목이 없었다. 지금까지는 그 할아버지가 미웠는데 할아버지를 죽이려는 계획을 포기한 그 순간부터는 이렇게 용기 없는 나 자신이 너무나 밉고 또 미웠다. 나는 이때 경험했다.

"미움이나 분노만큼 강력한 스트레스는 없다."

내 몸을 공격하는 스트레스

바로 이런 미움에서 비롯된 스트레스가 결국은 내 몸의 세포를 공격하게 되었고, 나를 대학생 시절부터 몸과 마음을 깊이 병들게 했다는 것을 알게 되었다. 내가 경험해 보니 스트레스는 나에게 병도 주고 약도 준다. 적당한 스트레스는 내 삶의 긴장감을 높여 무엇이든 할 수 있고, 도전하게 한다. 이런 점에서 스트레스는 약이 되기도 한다. 하지만 스트레스가 심하면 내 몸에서 아드레날린이라는 호르몬이 과다 배출되어 교감신경을 흥분시킨다. 이렇게 되면 일단 잠을 잘 수 없다. 스트레스가 내 머릿속에서 각성하면서 그 생각 때문에 잠을 이룰 수 없다. 그러면 자연히 그만큼 면역력이 떨어져서 결국에는 내 몸의 가장 약한 부분에서 큰 탈이 나고 병이 깊어지게 되는 것이다. 스트레스는 마치 사계절과 같다고 생각한다. 비바람이나 폭우가 없는 한, 여름의 날씨가 계속되면 날씨가 좋아 어떤 활동이나 다 할 수 있지만 그 지역은 결국 사막화가 이루어질 것이다. 하지만 비도 오고 강풍도 불고 때로는 눈도 오는 변화무쌍한 날씨가 있어야 과일이 익어가고 곡식이 여물어 가는 것이 아니겠는가? 즉, 스트레스 없이 늘 평안한 날만 계속되면 우리 마음은 사막처럼 황량한 벌판으로 변해 갈 것이다. 하지만 좋은 날도 있고 슬픈 날이나 괴로운 날들이 있어서 간혹 스트레스가 생겨야 이를 통해 사람도 성장하고 성숙해진다고 생각한다.

나는 어머니의 폭력 사건으로 엄청난 스트레스를 받아 내 건강에 치명적인 상처를 입게 되었지만, 이를 계기로 나에게도 좋은 변화가 일어났다. 먼저는 학비를 위해 돈을 벌 것이 아니라 하나님께 모든 것을 맡기기로 작정하고 장사를 때려치우고 복학했다. 그리고 돈을 버는 것보다 공부하는 것이 훨씬 쉽고 편하다는 사실을 확실하게 깨달았다. 그래서 약간 내 자랑을 하자면 복학하면서 폭력을 당한 어머니를 생각하며 얼마나 정신없이 공부했는지 모른다. 그리하여 감사하게도 신학대학원에 진학할 때 성적 우수자가 되어 대학원 진학 시험을 보지 않고 무시험 전형으로 총신대학교 신학대학원에 입학할 수 있었다. 그리고 그동안 전도사 사역을 하지 않으려는 마음을 접고 친구의 권유로 교육전도사가 되기로 했다. 그래서 교육전도사로 부임한 첫 교회에서 감사하게도 지금의 아내를 만나 결혼하게 되었다. 내가 한 여인을 구제해 준 것이다.

이렇게 대학교 2학년 때 당뇨병에 걸리고 심한 당뇨 합병증으로 고생한 이유는 오직 한 가지, 스트레스 때문이었다. 7살 먹은 막내의 죽음, 그리고 유일한 목격자로서 동생의 죽음을 막지 못했다는 죄책감, 이로 인해 부모님께 너무나 죄송해서 모범생으로 살겠다고 결심하면서 나도 모르게 걸린 모범생 콤플렉스, 그리고 어머니의 자살 시도와 대학 시절 친구 집에서 약 5년 동안 빈대 아닌 빈대생활을 하면서 절실하게 느꼈던 가난의 상처들, 마지막으로 학비를 벌려고 시작한 장사 때문에 어머니께서 폭력을 당하고 내 마음속에 용솟음쳤던 죽이고 싶을 만큼의 미움과 분노. 이 모든 것이 스트레스로 다가와서 내 몸을 집어삼켰다. 하지만 다른 한편으로는 이런 스트레스가 나에게 큰 자극을 주어 내 생각을 바꾸고, 내 생활을 변화시키는 계기가 되어 감사한 면도 있다. 어쨌든 스트레스는 적당히 받아야 한다. 과하게 받는다고 생각하면 무슨 수를 써서라도 그 스트레스에게 벗어나야 한다. 이를 위해서는 반드시 착하게 살면 안 된다. 싸울 일이 있으면 싸우고, 성질부릴 일이 있으면 성질부리고, 때로는 욕도 먹고, 욕도 하고, 나쁜 놈이라는 소리도 듣고 살아야 된다고 생각한다.

"스트레스를 날려 버리자. 우리 옆에는 주(?)가 계시지 않는가? 주님도 있고, 금복주도 있고."

20.
자존심을 버리자

목사, 의사, 교사, 변호사 등 뒤에 '사'자가 들어간 사람들의 공통점이 있다. 그것은 남의 말을 죽어라 안 듣는다는 것이다. 물론 모든 사람이 다 그렇다는 것은 아니다. 하지만 대체로 이런 직업을 가진 분들은 늘 말을 하는 것이 일이고 항상 가르치는 습관이 있어서 누군가가 나에게 무슨 말을 하면 잘 들으려고 하지 않는다. 또한 자기 생각이 강하고 이성적으로 이해되지 않는 것에 대해서는 받아들이려고 하지 않는다. 다만 논문에 나오고 책에 나오는 이야기이면 대체로 수긍하고 그제서야 받아들인다. 한마디로 이런 부류의 사람들은 자존심이 강한 분들이다. 물론 세상을 살아가는데 자존심이 필요할 때도 있다. 문제는 몸과 마음이 아플 때이다. 몸과 마음이 아픈데 아직도 자존심을 끌어안고 있으면 본인 혼자만 고생하고 힘들다. 중요한 것은 치료효과도 적게 나타난다.

암 전문의가 이런 말을 하는 것을 들은 적이 있다. '암을 치료하는 과정 중에 제일 힘든 환자가 바로 목사, 의사, 교사, 변호사들이다. 왜냐하면 이분들은 나름의 자존심이 있어서 주치의의 말을 있는 그대로 받아들이는 것이 아니라 조금이라도 이상한 것이 있으면 꼬치꼬치 캐묻고 이것저것 의심하며 매사에 너무 생각이 많기 때문'이라고 한다. 하지만 사실 이런 자존심은 우리 모두에게 다 있다. 얼마나 드러내느냐의 차이만 있을 뿐이다. 그러나 한 가지 분명한 사실은 내가 지금 몸과 마음이 아프다면 이런 자존심은 백해무익하다는 것이다. 자존심을 버려야 산다. 자존심을 엿 바꿔 먹어야 몸의 회복이 빠를 수 있다. '이래봬도 내가 누군데', '지금까지 내가 어떻게 살아왔는데', '내 직업이 무엇인데'라는 생각을 아직도 갖고 있다면 내 생명만 단축시키는 어리석은 행위일 뿐이다.

중환자실의 세상

사실은 자존심 때문에 엄청 고생한 적이 있었기에 이런 말을 자신 있게 할 수 있다. 자존심 때문에 하지 않아도 되는 고생을 사서 했기 때문에 그렇다. 어느 날 우리 집 거실에서 숨을 쉴 수가 없어 "119"라는 말만 남기고 의식을 잃은 적이 있다. 눈을 떠보니 대학병원의 중환자실이었다. 만성 신부전증으로 온몸이 퉁퉁 부어 폐까지 물이 차서 숨을 쉴 수가 없었다. 코에는 산소호흡기가 부착되어 있었고 나도 모르는 사이에 혈액 투석이 진행되고 있었다. 상태가 너무 안 좋은 상황이어서 이틀에 한 번씩만 해도 죽을 지경인데 이런 힘든 혈액 투석을 밤낮으로 하루에 2번씩 하고 있었다. 그런데 혈액 투석보다 나를 더 힘들게 하는 것이 있었다. 나와 함께 중환자실에 입원 동기로 같이 들어온 환자 한 분이 계셨다. 이 아주머니는 밭농사 일을 하다가 피곤해서 집 마당에 있는 박카스 한 병을 마셨는데 그것이 농약이었다. 시골에서는 이런 일들이 종종 일어난다.

지금은 농약을 먹어도 잘 죽지 않지만, 이때는 농약을 먹으면 즉시 죽는 것이 아니라 서서히 온몸이 불에 타들어 가듯이 심한 갈증 속에서 죽어간다. 식도와 위가 농약에 화상을 입은 것처럼 되기에 엄청난 갈증을 느낀다. 그래서 끊임없이 물을 달라고 울부짖는다. 하지만 물을 줄 수가 없다. 물을 마시면 농약이 온몸에 더욱 빠르게 퍼져서 생명이 단축되기 때문이다. 그러니 이 아주머니는 하루 24시간 잠도 자지 못하고 "물! 물! 물을 달란 말이야!"라며 고래고래 소리를 지르고 욕도 하면서 침대에서 난동을 부린다. 그러나 누구도 이 아주머니에게 물을 줄 수 없다. 그런데 참으로 가슴 아픈 것은 하루가 다르게 이 아주머니 목소리에 힘이 떨어져 간다는 것이다. 그리고 며칠 뒤에는 아예 아무 소리도 들리지 않는다. 이때쯤 되면 갑자기 중환자실에 순간적으로 정적이 흐른다. 중환자실에 있는 간호사들의 목소리가 아예 들리지 않는다. 온 천지가 고요해진다. 이때 조용히 중환자실에 둥그렇게 생긴 관의 덮개가 들어온다. 소중한 한 생명이 이 세상을 떠난 것이다.

나는 중환자실에서 이 아주머니의 죽어가는 과정을 눈으로 직접 볼 수는 없었지만, 귀로 생생하게 들을 수 있었다. 그러나 이 아주머니가 며칠 동안 타는 목마름으로 고성을 지르고 끝내는 죽음에 이르는 과정을 지켜보는 것이 쉽지 않은 일이긴 했지만, 이것보다 나를 더 힘들게 하는 일이 있었다. 그것은 의외의 일이었다. 다른 분들이 생각할 때는 말도 안 되고 웃긴 일이라고 말 할 수 있을 것이다. 내가 생각해봐도 어이없는 일이다. 중환자실은 이 세상과는 전혀 다른 또 하나의 세계이다. 한 마디로 혼란 그 자체이자 요지경 같은 세상이다. 지금까지 이 세상을 살아오면서 중환자실에 한 번도 들어와 보지 못한 분들이 계시다면 이런 분들은 세상을 잘못 살아온 것이다. 어떻게 이런 곳을 경험해 보지 못하고 인생을 살았다고 말 할 수 있겠는가? 이렇게 살면 안 된다. 이것은 너무나 불공평한 일이다.

중환자실에 없는 두 가지

일반 병실과 비교해볼 때 중환자실에는 없는 것이 두 가지가 있다. 이것을 아시는 분이면 현명하고 지혜로운 분이다. 인생을 제대로 살고 계신 것이다. 그것은 바로 신발과 화장실이다. 중환자실은 절대로 환자 본인 스스로가 신발을 신고 다닐 수 없다. 몸 상태가 온전치 않은데 혼자 다니다가 쓰러지기라도 하면 큰일이기 때문에 그렇다. 그래서 중환자실에는 환자가 스스로 화장실에 가지 못하도록 아예 화장실도 없다. 그러므로 중환자실에 있는 환자들은 거의 다 기저귀를 차고 있다고 보면 된다. 중환자실에는 두 종류의 환자가 있다. 의식이 있는 환자와 의식이 없는 환자. 그리고 의식이 있는 환자는 또 두 종류로 나뉜다. 밥을 먹을 수 있는 환자와 밥을 먹을 수 없는 환자. 그래서 중환자실에는 평등도, 인권도 없다. 오직 환자만 있다. 간호사의 손길만 기다리는 환자만 있을 뿐이다. 그런데 중환자실이 요지경인 것은 한쪽 침대에서는 생사의 기로에서 힘겹게 싸우는 분이 있는가 하면 옆 침대에서는 주사만 맞고 밥도 못 먹고 천장만 쳐다보는 환자가 있다. 바로 옆 침대에서는 맛있게 밥을 먹는 환자가 있는가 하면 그 앞에서는 독한 냄새를 풍기며 기저귀를 갈고 있는 환자가 있기 때문이다.

문제는 밥을 먹을 수 있는 환자에게서 나타난다. 밥을 먹으면 반드시 싸야 한다. 이것은 인생의 진리다. 먹은 만큼 나와야 한다. 그래서 큰일을 보신 환자분은 스스로 자신의 문제를 해결할 수 없기에 이 문제를 해결하려면 손을 높이 든다. 그러면 쏜살같이 어디에서 나타나는지 간호사가 오셔서 즉각적으로 기저귀를 갈아주고 엉덩이를 닦아준다. 1

초의 망설임도 없이 어떻게 그렇게 빨리 해치우는지 놀라울 따름이다. 그러니 생각해 보시라. 한 침대에서는 죽음과 싸우고 있는데 그 옆 침대에서는 기저귀를 갈고 있다. 그리고 그 앞 침대에서는 그래도 먹고 살겠다고 식사를 하고 있으니 그래서 중환자실을 요지경 세상이라고 하는 것이다.

쓸데없는 자존심

문제는 나였다. 나는 감사하게도 먹을 수 있는 환자였다. 그러니 때가 되매 배출의 신호가 온다. 그러나 지금까지 그 누구에게도 내 하체를 드러내놓고, 그것도 내가 배출한 것을 타인에게 보인 적이 없었다. 어떻게 이런 일이 있을 수 있단 말인가? 지금까지 아내에게도 이런 모습을 보인 적이 없다. 이런 일은 있을 수도 없고, 있어서도 안 되는 일이었다. 그것도 지금까지 평생 단 한 번도 만나보지 못한 젊은 간호사에게 이런 내 모습을 보인다는 것은 도저히 용납되지 않았다. 이것은 죽기보다 더 싫은 일이었다. 그래도 내가 교회의 담임목사인데 그럴 수 없었다.

그래서 심하게 배출의 신호가 왔지만, 손을 들 수가 없었다. '그래 지금부터라도 먹지 말자.'라고 결심했지만 이미 먹어버린 것은 어찌할 수가 없었다. 죽기 살기로 참았다. 엉덩이 근육 운동을 그렇게 열심히 해본 적이 없었다. 나는 막고 애는 자꾸 나오려고 하고. 이러다 죽으면 이것도 순교인가? 살짝 고민도 해봤다. 무엇인가를 참을 때는 1분

1초가 얼마나 긴지 모른다. 심지어 혈액 투석의 고통도 잊어버렸다. 얘랑 싸우느라고 아플 겨를도 없었다. 하지만 이런 싸움은 이미 승패가 결정 난 것이 아닌가? 순교 직전에야 나도 모르게 번쩍 손이 올라갔다. 거의 본능적으로 손을 높이 들어 간절하게 흔들었다. 이미 일은 벌어졌다. 내가 졌다. 그러자 맹수가 어린 양을 향해 돌진하듯이, 어디에서 나타났는지 하얀 가운을 입은 백의 천사가 나타나 나에게 의중도 물어보지 않고 내 바지를 확 벗긴다. 그리고…….

그날 마음속으로 엄청 울었다. 괜히 너무 속상했다. '내가 이 정도밖에는 안 되는 존재인가?'라는 생각이 도무지 떠나지 않았다. '내가 싼 것을 내가 해결하지 못하다니.'라는 생각에 정말 자존심이 상했다. 이 땅에 사는 2,500만 명의 여성 중 치열한 경쟁을 뚫고 어디선가 나타나 서슴없이 내 바지를 벗기고 내 몸을 함부로 만지는, 이 연약한 자매 앞에서 내가 할 수 있는 일은 전혀 없었다. 나는 저항조차 하지 못했다. 내 자존심은 한없이 깊은 나락을 향해 추락하고 말았다. 이후로 나는 아예 밥을 먹지 않았다. 또 간호사의 손에 내 몸을 의탁하느니 차라리 굶는 게 낫다고 판단한 것이다. 그러나 그놈의 자존심 때문에 지금 생각해봐도 너무나 멍청하고 어리석은 행동을 한 것이었다.

중환자실에서 제일 큰 고민

그런데 이런 일이 다시 일어나는 불상사가 벌어졌다. 신장 이식 수술을 하게 된 것이다. 수술을 앞두고 웃긴 이야기이지만, 수술의 성공 여부보다는 대변 문제가 제일 걱정이었다. 수술 이후 중환자실에서 '또 내 하체를 간호사에게 맡겨야 하는가?'라는 걱정이 앞섰다. 역시 신장 이식 수술을 마치고 예상대로 중환자실에 입학했다. 그런데 신장 이식 수술은 정말 장난이 아니었다. 온몸에 주렁주렁 달린 것이 많았고, 아예 조금도 움직이지 못하도록 몸을 침대에 고정시킨 듯했다. 나는 잠을 잘 때 한쪽으로 누워 자는 습관이 있다. 그런데 몸이 전혀 움직이지 못하도록 고정되어 있으니 도무지 잠을 청할 수가 없었다. 그래서 수면제도 처방받아 먹기도 했지만 아무 소용이 없었다. 며칠 동안 잠을 못 자니 눈이 너무 아팠다. 눈을 뜨고 있기가 불편했고 미칠 것 같았다. 아마도 중환자실에 조금만 더 있었으면 정신 이상이 왔을 것이다.

그런데 잠 문제도 심각한 문제였지만, 기저귀를 차고 간호사가 이것을 치워주는 문제 또한 나에게는 더 큰 걱정이었다. 그래서 내가 생각한 것은 결국 그놈의 자존심 때문에 밥을 먹지 않기로 한 것이다. 밥을 안 먹으면 배출할 일도 없으리라 생각했다. 그리고 수액 주사를 계속해서 맞고 있었기 때문에 배도 고프지 않았다. 그래서 이 세상 살아가는데 아무런 쓸모가 없는 자존심 때문에 약 일주일을 금식하게 되었다. 그러니 이것이 얼마나 무식하고 무모한 짓인가? 왜 밥을 안 먹느냐는 간호사에게는 '잠을 못 자 입맛이 없다'라는 핑계를 대며 하루하루 버텼다. 그리하여 내가 바라던 대로 중환자실에 있는 동안 누구도 내 몸에 손을 대지 못했다. 내가 이긴 것이다. 그러나 그 후유증은 생각했던 것보다 더 컸다. 후회는 금방 찾아왔다. 신장 이식 수술을 받기 전에는 이뇨 작용이 원활하지 않아 부종이 심했던 것도 있었지만 몸무게가 70kg 정도 나갔는데 일주일 동안 잠도 못 자고 밥도 굶은 결과 몸무게가 48kg까지 줄었다. 열흘 동안에 몸무게가 22kg 정도 줄어든 것이다. 의도치 않은 다이어트를 했다.

자존심의 결과

이로 인해 수술을 마치고 나서 한동안 힘이 없어 걸을 수 없었다. 서 있는 것조차 힘들었다. 그리고 다른 이식 환자보다 회복 속도가 엄청 느렸다. 이유는 간단했다. 그놈의 자존심 때문에 하체를 보이기 싫어서 멍청한 짓을 했기 때문이다. 일주일 동안 굶었던 것이 내 건강 회복에 엄청난 악영향을 끼쳤다. 자존심의 여파는 길고 컸다. 병원에서 퇴원한 이후에도 그 대가를 혹독하게 치렀다. 한동안 말도 하기 힘들었고 걷는 것도 쉽지 않았다. 그제야 정신을 차리게 되었다. '정말 어이없는 짓을 했구나' 이렇게 자존심을 부려봤자 본인만 손해다. 아무도 알아주지 않는다. 혼자만 죽도록 고생한다. 그러니 아직도 자존심이 남아 있다면 하루빨리 갖다 버리는 게 내 신상에 유익하다.

간혹 환자를 만나다 보면 몸은 다 망가졌는데도 자아가 왕성하게 살아계신 분들이 있다. 여전히 자기 생각을 주장하고, 자신의 방법만을 고수하는 분들이 계시다. 그러면 나 또한 이런 분들에게는 그 어떤 조언이나 방법을 말하지 않는다. 말해봤자 내 입만 아프기 때문이다. 아무리 좋은 방법을 말씀드려도 안 지킬 것이 뻔하기에 굳이 말씀드릴 필요를 느끼지 못하기 때문이다. 내가 만나는 환자분들 가운데 제일 불쌍한 분은 '끝까지 자기 자신을 오픈하지 않는 사람'이다. 자존심 때문에 나에게 이런 병을 가져온 스트레스 제공자에 대해 말하기 싫어한다. 그리고 자존심 때문에 그 미움의 대상과 관계를 회복하는 것 또한 원하지 않는다. 죽을 때까지 미움과 원망을 마음에 품고 저세상에 가는 것이다. 그러니 얼마나 안타까운 일인가? 죽음 앞에서는 못할 일이 없다. 죽음이 서서히 내 눈앞에 보이는데 용서 못할 것이 어디 있고, 이해 못할 사람이 어디 있겠는가? 사실 이런 것들은 죽음 앞에서 아무것도 아니다. 왜냐하면 생명보다 더 소중한 것은 없기 때문이다.

질병은 공평하다. 누구에게나 편애 없이 다 찾아온다. 하지만 그 질병 앞에서 나 자신을 되돌아보는 기회로 삼는 것은 본인의 선택이다. 질병 앞에서 자신의 연약함을 깨닫고, 나도 누군가의 도움이 필요하다는 사실을 인정하게 되면 치료는 놀라울 정도로 빠르게 진행된다. 내가 믿고 있는 진리 중 하나는 '그놈이 그놈이다'라는 것이다. 별것 없다. 아무리 사회적 신분이 뛰어나도 별것 없다. 사회적으로 성공했고 큰돈을 벌었다 할지라도 그놈이 다 그놈이다. 그러니 폼잡지 말자. 별것 없는 인생살이인데 내가 약하고 아무것도 아닌 존재라는 것이 밝혀진다고 큰 문제가 아니다. 이 세상 모든 사람은 사실 아무것도 아니다. 아플 때는 어린아이가 되는 것이 최고다. 아프면 아프다고 말하고, 배고프면 밥 달라고 하고, 울고 싶으면 막 울고, 욕하고 싶으면 욕을 하는 게 최고다. 이렇게 할 수 있는 사람이 솔직하고 순수하다. 이런 사람들에게 놀라운 치유의 기적이 일어난다.

내가 경험해보니 겉으로는 온갖 폼을 다 잡아도 목사 중에 믿음이 없는 분들이 있고, 의사가 건강 염려증이 더 많은 것 같다. 간호사가 주사 맞는 것을 제일 무서워하고, 교사가 수업 듣는 것을 제일 싫어한다. 겁은 변호사가 제일 많은 것 같다. 그러니 얼마나 웃긴 세상인가? 이제라도 내가 입고 있는 옷을 벗어 던지자. 목욕탕에 가보면 다 똑같다. '내가 그래도 이런 사람'이라는 자존심은 아무 쓸모가 없다. 자존심은 하루빨리 갖다 버리는 게 상책이다. 건강의 지름길이다. 아직도 자존심을 못 버리겠으면 나와 함께 중환자실에 입원하자. 그리고 거기서 간호사님에게 간절하게 두 손을 들어보면 자존심이고 뭐고 아무 소용이 없다는 것을 체감하게 될 것이다. 자 갑시다, 중환자실로. 선착순입니다.

21.
이왕 할 거라면 즐겁게 하자

두 분의 환자가 있다. 한 분은 매일 정확한 시간에 똑같은 코스로 1시간씩 걷기 운동을 한다. 정해진 목표 지점까지 도달하기 위해 곁눈질도 하지 않고 오직 걷는 것에만 집중한다. 반면 또 다른 환자는 매일 1시간씩 걷기를 하되 걷는 운동 자체에 신경을 쓰는 것이 아니라 걷다가 꽃이 보이면 꽃도 보고, 벌레가 보이면 벌레를 가지고 놀기도 하고, 개울에 물고기가 놀고 있으면 돌을 던져 물고기에게 장난도 치면서 즐겁게 산책을 하고 돌아온다. 한 사람은 열심히 운동하고 다른 한 사람은 즐겁게 운동한다. 그럼 이 두 사람 중 어떤 사람이 더 빨리 회복되고 운동 효과가 더 잘 나타날까? 물론 사람마다 관점의 차이가 있어서 의견이 다를 수 있지만, 내 경험으로는 두 번째 사람, 즉 즐겁게 운동하는 사람에게 치료 효과가 더 잘 나타나는 것 같다.

열심히 운동하는 것 자체에만 너무 몰입하는 것은 그리 좋지 않다고 본다. 이런 분들은 운동을 해야만 내가 좋아질 수 있다는 일종의 강박 관념이 강하신 분들이다. 다른 말로 해서 열심히 운동해서 내가 빨리 치료되고 건강해야겠다는 집착이 강하신 것이다. 이런 집착이 때로는 역효과를 낼 때가 있다. 반면 운동은 그리 심하게 하지 않고 마치 운동을 하는 것인지 놀러 나온 것인지 모를 정도로 길을 걸으며 이것저것 다 보고, 느끼고, 참견할 것 다 참견하면서 산책하듯이 운동하는 사람은 그 마음속에 집착이나 강박관념이 없이 모든 것을 즐기고 있다. 바로 이런 환자들에게 빠른 회복이 나타나는 것을 많이 봤다.

치료에도 시간이 필요하다

급성 질환을 제외한 질병은 많은 시간과 세월 속에서 진행되어 어느 날 나에게 찾아온다. 그러나 질병은 절대로 갑자기 찾아오지 않는다. 이미 여러 차례 나에게 자신이 찾아올 것이라고 사인을 주었지만, 단지 그것을 무시하고 외면했을 뿐이다. 따라서 한 번 찾아온 질병이라는 손님은 갈 때도 금방 가지 않고 시간을 끈다. 나에게 찾아오기까지 걸린 시간만큼 갈 때도 버티다 간다. 그래서 조급하게 치료하려고 해서는 안 된다. 만병통치약을 찾으려고 해서도 안 되고 비법이라는 것도 찾을 필요가 없다. 시간이 필요하다. 그러니 여유 있는 치료의 시간을 가져야 한다. 문제는 이 시간을 잘 버티는지에 따라 치유되느냐, 질병에 질질 끌려 다니느냐가 결정된다.

따라서 이왕 할 투병생활이라면 즐겁게 하는 것이 좋지 않겠는가? 나도 처음에는 이런 사실을 몰랐다. 어느 누구도 나에게 말해주지 않았다. 예전에 누군가가 나에게 이런 가르침을 주었다면 지금처럼 수많은 시행착오는 겪지 않았을 것이다. 지금까지 무조건 열심히만 하면 되는 줄로만 알았다. 투병생활에 있어서 중요한 것은 열심히 하는 것보다 즐겁게 하는 것이 유익하다. 이런 깨달음을 얻고 나름대로 즐겁게 투병생활을 할 수 있었던 비결에는 두 분의 은인이 있었기 때문이다. 이 분들을 통해 이왕 할 투병생활이라면 즐겁게 하는 것이 좋다는 것을 알게 되었다.

혈액 투석이 힘든 이유

내가 경험했던 투병 생활 중에서 힘들었던 시기를 꼽으라고 한다면 10년 동안의 혈액 투석 기간이라고 할 수 있다. 혈액 투석이 힘든 이유는 투석 자체가 너무나 힘들기 때문이다. 그리고 투석을 할 때 두 개의 주사 바늘을 꽂게 되는데 약간 과장되게 말하자면 그 바늘 두께가 볼펜심만 하다. 그러니 어느 간호사가 주사를 꽂느냐에 따라 엄청 아프기도, 괜찮기도 하다. 그리고 투석이 끝나면 온 몸에 기운이 하나도 없고 내 몸이 바람에 휘날리는 비닐봉지처럼 어찌해야 될지 모를 정도로, 말로는 표현할 수 없는 괴로움이 있다. 그러나 이런 어려움보다 혈액 투석이 고통스러운 이유는 다른 곳에 있다. 그것은 희망이 없다는 사실이다. 뇌사자나 타인의 신장을 이식 받지 않는 한, 죽을 때까지 투석을 계속 해야 하고 평생 투석실에서 벗어날 수 없다는 사실이 육체적인 고통보다 더 큰 마음의 절망감으로 다가온다.

나는 병원에서 만성 신부전증이라는 진단을 받고 빨리 혈액 투석을 하자고 제안 받았지만 무슨 배짱이었는지 1년 동안 버텼다. 그러니 의식을 잃고 쓰러지는 것은 당연한 결과였다. 정신을 차렸을 때는 중환자실이었다. 그리고 나도 모르는 사이에 내 목에 구멍을 뚫어 혈액 투석이 진행되고 있었다. 이때 나는 앞도 못 보는 상태였기에 혈액 투석이 진행되고 있는지도 몰랐다. 그런데 내 옆에 누군가가 있었다. 혈액 투석실에서 나온 간호사였다. 나에게 투석을 해주고 나의 상태를 지켜보기 위해 오신 간호사였다. 나는 그 간호사의 얼굴을 볼 수 없어 누군지 잘 모르지만 친절하게 말을 건네주었던 것만큼은 기억이 난다.

간호사가 나에게 해주는 말들이 내 마음을 편하게 해 주었다. 알지 못하는 깜깜한 터널을 지나는 사람에게 한줄기 빛을 비추듯이 이 간호사는 나에게 그런 존재로 다가왔다. 그 후 매일 다른 간호사들이 중환자실로 와서 나에게 투석을 해 주었다. 나는 그 간호사의 부드러운 목소리는 기억할 수 있었기에 간호사들이 올 때마다 목소리를 유심히 들어 봤지만 내가 생각한 간호사는 아니었다. 그렇게 시간이 흘러 중환자실에서 퇴원해서 본격적인 혈액 투석이 시작되었다. 앞을 보지 못했던 나를 위해 아내는 병원까지 데려다 주고 투석이 끝나면 나를 집까지 안전하게 데려다 주었다.

나의 첫 사랑 김 간호사님

병원에 있는 인공 신장실에서 투석을 하면서 나의 관심은 그 간호사를 찾는 것이었다. 병원에는 투석을 할 수 있는 침대가 30개 정도 있었고, 하루에 세 번 투석을 했기에 간호사들도 3교대로 바뀌었다. 그래서 나에게 바늘을 꽂는 간호사가 늘 바뀔 수밖에 없었다. 그러던 어느 날, 드디어 귀에 익숙한 목소리가 들렸다. 바로 내가 찾던 그 간호사님이었다. 너무나 반가웠다. 첫 사랑을 만나는 설렘 같은 것이 있었다. 그러나 아직 확신할 수는 없었다. 그래서 내가 조용히 그 간호사님에게 물었다. "혹시 제가 중환자실에 있을 때 내 인생에 있어서 첫 번째 투석을 해 주신 간호사님이 아닙니까? 그때 제가 볼 수 없는 상황이어서 목소리만 기억하고 있기에 여쭤 보는 것입니다." 그러자 빙고! "예, 저예요."라고 대답하는 것이 아닌가? 첫 사랑을 찾았다. 평생 처음으로 시작하는 혈액 투석을 이 간호사님께서 수많은 간호사들과의 경쟁을 뚫고 나에게 해 준 것이다. 바로 이런 간호사님을 드디어 만난 것이다. 그러니 그 간호사님 입장에서 나 같은 사람에게 투석을 해 주었으니 얼마나 큰 영광이었겠는가?

그래서 찾고 싶었던 간호사님을 이제야 찾게 되었다는 기쁨에 나도 모르게 해서는 안 되는 말을 하고 말았다. "간호사님은 저에게 처음으로 투석을 해 주신 분이십니다. 저의 첫 사랑입니다. 이제 저는 간호사님을 저의 첫 사랑으로 모시겠습니다." 그러자 간호사님이 말도 안 되는 내 주장에 하도 어이가 없어서 그랬는지 약간 웃기만 하고 그 자리를 떠났다. 집에 오자마자 아내에게 신나게 말했다. 내가 오늘 나에게 첫 번째 투석을 해 주신 첫 사랑을 만났다고. 그리고 자녀들에게도 말했다. "아빠가 오늘 첫 사랑을 만났어." 나는 그 날부터 이틀에 한 번 투석을 받으러 가는 길이 즐거웠다. 첫 사랑을 만나러 가니 신나는 일이 아니겠는가? 그때 나는 그 간호사님의 이름도 몰랐다. 나이도 모르고 어디서 사는 지도 몰랐다. 어떤 취미가 있고, 무슨 음식을 좋아하는 지도 전혀 몰랐다. 내가 아는 것은 오직 하나, 투석실 간호사라는 사실 뿐이었다.

그러나 이런 것은 전혀 상관없었다. 내가 그 간호사님과 연애를 하겠다는 것이 아니기 때문이다. 단지 나는 그 간호사님을 내 첫 사랑으로 알고 혼자서 짝사랑 하는 것을 즐기고자 한 것뿐이었다. 그러면 내 삶의 활력소가 될 것이라는 막연한 기대 심리가 있었던 것이다. 그래서 병원에 가서 간혹 어쩌다 그 간호사님을 만나면 내가 조용히 낮은 톤의 목소리로 이야기를 한다. "내 첫 사랑 간호사님, 안녕하세요." 그러면 그 간호사님은 웃음으로 대답을 대신하였다. 싫어하지 않는 눈치였다. 심지어 아내가 손자를 데리고 병원에 왔을 때 정식으로 첫 사랑 간호사님을 아내에게 소개까지 했다. 그리고 어느 정도 시간이 지나자 감사하게도 그 간호사님이 나에게 먼저 이야기를 걸어오기 시작했다. 더 기쁜 것은 교회를 다니는 자매라는 사실이었고, 내가 목사인지도 벌써 알고 있었다는 것이다.

그 후 간호사님은 나에게 자신의 고민거리를 자연스럽게 이야기 하면서 상담 아닌 상담도 했다. 그리고 병원에서 눈빛 교환만으로도 무슨 생각을 하고 있는지 알 수 있는 그런 친밀한 관계까지 되었다. 그리고 투석을 하면서 때로 이해가 안 되는 일이 있으면 간호사님의 도움을 받았고, 농담도 주고받으며 그나마 투석하는 고통을 잠시라도 잊을 수가 있었다. 비밀 연애가 10년 동안 지속되면서 간호사님은 결혼을 했고, 서로 그 어떤 이야기라도 할 수 있는 좋은 관계를 유지했다. 드디어 10년 만에 아내로부터 신장을 기증받게 되어 신장 이식 수술을 받으러 가게 되었을 때 내 첫 사랑 간호사님과의 이별의 시간이 코앞에 다가왔다. 기쁨과 설렘이 반이라면 간호사님과의 이별이 주는 슬픔으로 나머지 반을 채웠다. 마지막 투석을 하는 날, 간호사님과 특별한 인사를 나누지 못했다. 할 말이 없었다. 단지 너무나 고마울 뿐이었다. 간호사님과의 만남이 없었다면 혈액 투석을 하는 동안 엄청 고생했을 것이다. 그러나 첫 사랑과 데이트를 하며 투석을 하였으니 어머 어마한 10년이라는 시간을 그나마 잘 버틸 수가 있었던 것이다.

"내 첫 사랑, 김 간호사님 정말 감사합니다!"

벙어리 김씨 할머니와의 데이트

10년 동안 투석을 하는 기간을 잘 버티게 해 준 또 하나의 은인이 있는데 그 분은 바로 김씨 할머니이셨다. 처음으로 혈액 투석실에 온 날, 나는 문화적인 충격을 받았다. 어디선가 짐승이 울부짖는 소리가 들리는 것이 아니겠는가? 분명 이곳에 짐승이 없으니 사람의 목소리인데 마치 늑대가 울부짖는 소리 같았다. 그 소리의 주인공이 바로 김씨 할머니였다. 이 분은 60대 중반의 할머니로 벙어리이고 소리도 듣지 못하는 장애인이셨다. 그래서 할머니는 할 말이 있으면 말을 못하시니까 이렇게 늑대의 울음소리 마냥 울부짖었다. 이 분의 집은 병원에서 한 시간 정도 걸리는 시골이었는데, 이른 아침에 버스를 두 번 갈아타고 먼 거리를 걸어서 병원까지 오셨다. 오랜 시간이 지나 내가 앞을 볼 수 있게 되었을 때, 비로소 이 할머니와 인사를 나누게 되었다. 내 침대의 맞은편 대각선으로 가장 끝에 있는 침대를 사용하셨다. 지금은 투석실에 가보면 침대 당 1대의 TV가 설치되어 있지만, 당시에는 4~5명이 한 대의 TV를 같이 보아야 했다.

투석을 하면 준비 시간이 30분, 투석 하는 시간이 4시간, 투석 이후 지혈하는데 30분. 총 5시간이 걸린다. 정말 지루한 시간이다. 그래서 투석을 할 때 할 수 있는 일은 딱 두 가지이다. 자거나 TV를 보거나. 그러니 중요한 것은 '누가 리모컨을 쥐고 있느냐?'라는 것이다. 리모컨은 딱 한 개만 있기 때문에 리모컨을 가지고 있는 사람이 자기 마음대로 보고 싶은 것을 보면 된다. 결국 리모컨을 가지고 있는 사람이 짱이다. 누가 짱이 되느냐는 나이순이 아니다. 먼저 투석실에 온 최고참이 짱이 되는 것이다. 그런데 내 침대 맞은편의 짱은 그 할머니셨다. 내 침대 쪽에는 5명의 환자가 있었기에 5명이 한 대의 TV를 봐야 되는데, 감사하게도 내 옆의 환자들은 침대에 누워 투석이 시작되면 곧바로 잠을 잤다.

결국 내가 제일 늦게 투석실에 들어 온 신참이었지만 리모컨은 내 것이었다. 내가 짱이 된 것이다. 나는 지금까지 살아오면서 짱이 된 적이 한 번도 없었다. 초등학교에서 신대원에 다닐 때까지 반장을 한 번도 한 적이 없었다. 당연히 공부도 1등을 해본 적이 없었다. 그래서 몇 년 전, 대학원에 다시 입학하여 석사 과정 공부를 할 때, 내가 그 반에서 반장을 했다. 얼마나 기쁘고 영광이었는지 모른다. 그때 나는 석사 과정을 함께 공부하는 선생님들에게 힘주어 외쳤다. "나는 이제부터 영원한 반장입니다!" 그러니 내가 투석실에서 리모컨을 잡음으로써 짱이 되었으니 얼마나 가슴 설레는 일이겠는가? 그래서 그때부터 할머니와 나는 각각 다른 TV로 봤지만 같은 프로그램을 보았다.

아침을 여유롭게 가정에서 지내시는 분들은 아시겠지만 아침 드라마가 정말 재미있다. 순서가 정확하지 않지만 KBS 드라마가 끝나면 곧바로 SBS 드라마가 시작된다. 그리고 뒤이어 MBC 드라마가 시작된다. 이렇게 3개의 방송사에서 연이어 드라마가 방영되니까 이것을 보면 1시간 30분이 훌쩍 지나간다. 그런데 재미있는 것은 그 드라마를 할머니와 함께 보면서 시작되었다. 드라마를 보면서 할머니는 말을 못하니까 어떤 괴성을 지르며 손짓을 하는데 시간이 지날수록 할머니가 무슨 말을 하려고 하는지 이해가 되는 것이다. 그래서 나도 대충 손짓을 하고 다양한 얼굴 표정과 몸짓을 하면 할머니도 내가 말하고자 하는 것을 알아듣는 것 같았다. 물론 서로가 이해하는 것이 맞는지는 모른다. 그래도 아무 상관없었다. 서로 엉뚱한 이야기를 한들, 그리고 서로가 말하고자 하는 것을 제대로 이해하지 못한다고 한들 크게 문제 될 일은 아니었다. 중요한 것은 할머니와 이틀에 한 번씩 만나 함께 드라마를 보면서 소통을 한다는 것 자체가 좋았다. 시간이 지나자 간호사들도 그렇고 주변에 계신 환자분들도 신기해했다. 그리고 궁금해 했다. 서로 진짜 말이 통하는 것이냐고. 그런데 스스로 평가해 볼 때 50% 정도는 소통이 되는 것 같았다. 같이 드라마를 보고 함께 대화를 나누다 보니 서로 수화를 배우지 않았고 공통의 관심사가 없어도 얼굴과 표정, 그리고 손짓만 봐도 무엇을 이야기하는지 어느 정도는 알 수 있었다.

한 번은 이런 일도 있었다. 새로운 의사 선생님이 오셔서 할머니와 대화를 해야 되는데 도무지 소통할 방법이 없었다. 그러자 간호사님들이 나에게 통역을 요청했다. 그래서 한 번 해보자는 마음으로 의사 선생님의 말을 할머니에게 전해 주고, 할머니의 대답을 의사 선생님에게 전해 주었다. 그런데 놀랍게도 어느 정도는 소통이 되었다. 수화도 모르는 내가 나름 정확한 동시통역을 한 것이었다. 그러자 그 이후 의료진들이 할머니에게 할 말이 있으면 나에게 부탁했다. 그리고 한 번은 할머니의 며느리가 병원에 온 적이 있었다. 그래서 이번에도 내가 할머니의 병원 생활과 요즘 컨디션에 대해 상세히 설명해 드렸다. 이런 일이 몇 번 더 생기자 며느리는 할머니가 자기에게 어떻게 시집살이를 시키는지 고자질까지 할 정도였다. 이런 일이 빈번하게 일어나자 간호사님들도 그렇고 주변 환자분들이 나에게 신기하다고 이야기를 하셨다. 어떻게 벙어리이자 귀도 들리지 않는 할머니와 소통할 수 있느냐고.

그러나 나에게 어떤 특별한 능력이 있는 것은 아니다. 단지 할머니와 눈을 맞추며 표정과 손짓을 하다 보니 할머니의 마음이 나에게 전해져 왔다. 할머니가 지금 무슨 말을 하려고 하는지 그냥 이해가 되었다. 그러니 이런 마음을 어떻게 설명할 수 있겠는가? 그러다가 내가 시력을 회복하여 운전을 할 수 있을 때에 함께 투석을 끝내고 할머니를 집까지 모셔다 드린 적도 있었다. 이런 날이면 할머니도 기분이 좋으셨는지 나와 함께 말도 안 되는 짐승 같은 괴성을 지르며 데이트를 했다. 그래서 투석하는 10년 동안 할머니와 만나면서 즐거운 추억들을 쌓을 수 있었다. 투석하는 긴 10년 동안의 생활을 버틸 수 있는 힘을 할머니가 허락해 주었다. 다만 아쉬운 것은 그 할머니의 이름을 알지 못했다. 그리고 전화번호도 알지 못했다. 집까지 차로 데려다 주었을 뿐 주소도 정확히 알지 못했다. 어쩌면 할머니와 헤어질 일이 없으리라고 생각했기에 이것을 알려고도 하지 않았던 것 같다.

하지만 이별의 순간은 갑자기 한순간에 찾아 왔다. 이식 수술을 앞두고 마지막으로 병원에서 함께 투석을 받던 날, 나는 할머니에게 이제 만나기 어렵다는 말을 도저히 할 수 없었다. 아무런 소망이 없는 할머니에게 이식 수술을 받게 되었다고 자랑하는 것은 너무 가혹한 일이라고 생각했기 때문이다. 정말 고마운 할머니였지만 투석을 끝내고 평소와 다름없이 인사를 하고 마지막 이별을 나 혼자 감당했다. 그리고 나는 이식 수술을 받았다. 그 후 정신없는 시간들을 보내면서 할머니는 내 기억 속에서 잊히고 있었다. 그러다가 어떤 우연한 계기로 나의 첫 사랑이신 김 간호사님과 통화를 할 수 있었다. 그때 내가 제일 먼저 할머니에 대해 물어 보았다. 궁금했다. 지금도 투석을 잘 받고 계신지, 건강 상태는 어떠한 지 걱정이 되었다. 이것저것 물어볼 것이 너무 많았다. 그런데 전화기 너머로 들려오는 간호사님의 대답은 간단했다. “그 할머니, 병원을 옮기셨어요.” 할 말을 잃었다. 순간 걱정이 태산처럼 밀려왔다. 설마 그럴 일은 없겠지만 혹시라도 건강이 더 나빠진 것은 아닌지 불안했다. 그러나 어쩌겠는가? 이 이상 할머니의 소식을 알 수 없었다. 이후 지금까지도 할머니에 대한 소식은 전혀 모르고 있다.

투병 생활은 즐겁게

혈액 투석이라는 길고 긴 터널을 지나는데 큰 버팀목이 되어 준 고마운 두 분을 기억 속으로 소환해 보았다. 이 두 분과의 만남이 때때로 신선한 기쁨을 안겨 주었고, 이런 기쁨이 있었기에 그래도 투병 생활을 그나마 지금까지 지속할 수 있었다고 믿는다. 만약 두 분을 만나지 않고 혼자 쓸쓸히 투석을 받았다면 10년 이라는 시간을 버티지 못하고 분명 잘못되었을 것이다. 그러나 두 분을 만나면서 이왕 죽을 때까지 해야 하는 투석이라면 즐겁게 하자는 생각이 들었고, 이 생각이 지금의 나를 있게 했다고 확신한다.

그렇다. 이왕 나 혼자 해야 하는 투병 생활이라면 하루라도 즐겁게 할 수 있다면 좋겠다. 내 대신 병치레를 해줄 사람도 없고 오랜 시간이 걸리는 투병 생활이라면 무엇인가 즐거움이 될 만한 기쁨을 찾는 것이 지혜로운 환자의 모습일 것이다. 따라서 투병생활은 열심히, 그리고 철두철미하게 계획대로 완벽하게 하는 것이 중요하다고 생각하지 않는다. 오히려 치유의 기간을 길게 보고 여유 있게 무엇인가 즐길 거리를 찾으면서 노는 것처럼 운동하고 생활하는 것이 좋을 것 같다. 아니면 나처럼 첫 사랑을 만들어 연애를 하거나, 이것도 안 되면 김씨 할머니와 같은 분을 만나 좋은 대화의 짝을 만나는 것도 투병생활을 슬기롭게 할 수 있는 비결이라고 믿는다. 이때 건강의 회복은 반드시 덤으로 찾아오게 될 것이다.

22.
내일 일은
아무도 모른다

암 환자에게 있어서 가장 피하고 싶은 순간은 담당 의사로부터 시한부 판정을 받는 일이다. 이제 나에게 한 달, 3개월, 아니 6개월의 시간밖에 남지 않았다는 소식을 들을 때 그야말로 하늘이 무너지는 암담함을 느끼게 된다. 이때의 참담함은 경험해보지 못한 사람은 도저히 알 수 없을 것이다. 그런 점에서 나도 온전히 이해하지 못한다. 의사가 시한부 판정을 내릴 때는 나름대로의 의학적 판단을 가지고 검사 결과와 환자의 상태, 그리고 임상 경험 등을 고려해서 내리게 된다. 특별한 경우가 아니라면 의사의 판단대로 환자가 하늘나라로 가는 경우가 많다. 하지만 이렇게 의사가 시한부 판정을 내리는 것에 대해 강력하게 반론을 제기하고 싶다. 즉, 의사가 환자에게 시한부 판정만 내리지 않았다면 환자의 생명이 더 연장될 수 있었을 것으로 판단되기 때문이다.

의사가 시한부 판정을 내리면 어떤 환자라도 절망에 이르게 된다. 이런 마음의 절망이 육체의 질병을 더욱 가속화함으로써 남은 생명마저도 단축시키게 된다. 어떤 사람이 실수로 영하 20도의 냉동실에 갇혀 몇 시간 만에 숨을 거두고 말았다. 하지만 그 냉동실은 기계 고장으로 작동되지 않았다. 바깥 기온과 별 차이가 없었다. 그런데 이 사람이 죽은 이유는 먼저 마음에서 절망을 했기 때문이다. '나는 냉동실에 갇혔으니까 얼마 안 있으면 저체온증으로 얼어 죽겠지.'라는 생각이 자신의 생명을 앗아간 것이다.

생명의 주관자이신 하나님

사람의 생명은 하나님 손에 달려 있다. 생명의 주관자이신 하나님께서 허락하셔야 천국에 갈 수 있다. 따라서 죽고 싶어도 하나님이 도장을 안 찍어 주면 천국에 갈 수 없다. 반면 내가 아무리 이 세상에 오래 살고 싶어서 만병통치약을 먹고 최고의 의료 기관에서 최고의 치료를 받는다 할지라도 하나님이 부르시면 곧바로 이삿짐 챙겨서 올라가야 한다. 이것이 인간의 수명이자 한계이다. 그런데 아무리 의사라 할지라도 타인의 생명에 대해 어찌하여 함부로 기간을 정해 줄 수 있는가? 하나님께 이런 허락을 받고 시한부 판정을 내리는 것인지 궁금하다. 우리의 생명은 신의 영역이자 하나님 주권에 달려 있다. 인간은 신의 영역에 침범해서는 안 된다. 침범할 수도 없다.

그리고 중요한 것은 아무리 건강한 사람이라 할지라도 주어진 시간은 오늘, 현재밖에 없다. 내일이라는 시간은 가봐야 알 수 있다. 오늘밤 이 사람에게 어떤 일이 벌어질 지 아무도 모른다. 따라서 설령 시한부 판정을 받은 환자라 할지라도 그 사람에게 주어진 시간은 하루이고, 아무리 건강한 사람이라 할지라도 그 사람에게 주어진 시간도 오늘 하루이다. 하루라는 시간은 이 세상의 모든 사람에게 공평하게 주어진 시간일 뿐이다. 내일 무슨 일이 일어날지 장담할 수 있는 사람은 아무도 없다. 내일이 정말 나에게 올 수 있을지 확신할 수 있는 근거는 어디에도 없기 때문이다.

얼마 전 잘 아는 목사님 한 분이 천국에 가셨다. 몇 년 전 내가 건강이 안 좋아 어려울 때 나를 위로해 주셨던 목사님이셨다, 물론 건강하셨다. 나는 그때 목사님의 건강이 정말 부러웠다. 그런데 이번에 그 분께서 먼저 천국에 가셨다. 이게 우리 인생이다. 사람의 팔자가 어떻게 될지 모른다는 말씀이 딱 맞다. 따라서 오늘 시한부 판정을 받았다고 해서 그렇게 절망할 것도 없고, 지금 건강이 정말 좋다고 의기양양할 필요도 없다. 내일 어떻게 될지 아무도 모르기 때문이다. 단지 오늘 하루 진정으로 최선을 다하고 감사하는 생활을 해야 할 것이다.

사랑하는 나의 어머니

어머니께서는 일찍 결혼을 하셨다. 그래서 나를 19살에 낳으셨다. 다시 말해 나와 19살 차이이다. 예전에 자녀들을 많이 낳았던 시절에는 장남과 막내의 차이가 20년이 넘는 것은 보통이었다. 그러니 19살 차이라면 어떤 집에서는 큰 누나와 막내아들의 나이 차이라 할 수 있다. 그래서 간혹 어머니와 같이 다니면서 어머니를 큰 누나라 부르며 장난치기도 했다. 그러면 대다수의 사람이 믿었다. 특히 어머니께서 나이보다 더 젊게 보이셨기 때문에 더욱 믿었다. 이렇게 어머니는 나에게 큰 누나로 불릴 정도로 건강하셨다. 평생 큰 병에 걸리신 적이 없으셨다. 그래서 때때로 "엄마가 너무 젊고 건강하셔서 내가 장가가면 내 색시가 힘들 것 같아."라며 농담을 해도 어머니는 잘 받아 주셨다.

어머니는 정말 현모양처였다. 그래서 "우리 아버지는 아내를 너무나 잘 만난 것 같은데 어머니는 남편을 엄청 잘못 만난 것 같아."라고 말씀드릴 정도였다. 이 정도로 어머니는 아버지께 최선을 다해 아내의 도리를 다 하셨다. 또한 어머니는 요리도 잘 하셨다. 갑자기 우리 집에 아무리 많은 손님이 찾아와도 전혀 당황하지 않고 맛있게 식사를 대접할 정도였다. 어머니의 음식 맛을 한 번 보신 분들은 어떻게든 우리 집에 다시 오고 싶어 하셨다. 나 또한 어머니의 음식 가운데 '궁중 전골' 음식을 잊을 수가 없다. 지금으로 보자면 해물탕 같은 음식인데, 신선로를 이용하여 각종 해물을 넣어 만든 궁중 전골 요리는 베스트 중에 베스트였다.

그리고 환자들을 지극 정성으로 간호하는데 특별한 은사가 있으셨다. 주변에 누군가 아픈 사람이 있으면 가만히 보지 못하셨다. 직접 찾아가셔서 회복될 때까지 간호하시는데 내가 봐도 환자들을 정말 잘 섬겨주셨다. 그래서 주변에 어머니를 좋아하는 분들이 많으셨다. 이런 어머니였기에 아버지의 간호도 지극정성으로 하셨다. 아버지는 젊은 시절부터 당뇨 합병증으로 많은 고생을 하셨다. 그래서 병원에 자주 입원하셨다. 그때마다 어머니의 간호에 힘입어 아버지께서 다시 회복하기를 반복하셨다. 그래서 어린 나이였지만 내 머릿속에는 '아버지는 일찍 돌아가실 것 같고 그래도 어머니는 장수하실 것이다.'라는 막연한 생각이 있었다.

일찍 결혼한 이유

일찍 결혼한 어머니를 따라 나도 일찍 결혼했다. 총신대학원 1학년 때, 26살이라는 이른 나이에 동갑내기 아내를 만나 학교 앞 사당동 지하 단칸방에서 신혼살림을 시작했다. 당시 나는 친구 집에서 몇 년 동안 신세를 지고 있었다. 요즘 말로 말하자면 빈대 생활을 하고 있었다. 친구 어머님과 그 가족들의 사랑에 힘입어 몇 년 동안 그렇게 잘 지낼 수 있었다는 것이 어찌 보면 특별한 은혜이자 하나님의 사랑이었다. 하지만 그래도 내 소망은 딱 한 가지가 있었다. 그것은 '내 방을 갖고 싶다'라는 간절한 바람이었다. 그래서 기도할 때마다 하나님께 간구했지만 쉽게 응답되지 않았다. 도대체 방을 주시지 않는 것이다. 방 문고리라도 보여주시면 좋으련만 하나님은 침묵하셨다. 그러나 어느 날 갑자기 하나님께서 내 기도에 응답해 주셨는데 그것은 바로 결혼이었다. 확실하게 방을 합법적으로 얻을 수 있는 최고의 방법이었다. 병원에 근무하는 아내를 만남으로 아내가 그동안 모은 돈으로 월세 방을 얻어 결혼 생활을 시작한 것이다. 그러니까 그동안은 친구 집에서 빈대 생활을 했다면 이제는 아내에게 빌붙어서 빈대 생활을, 그것도 당당하게 할 수 있게 된 것이다.

당연히 아내는 하나님의 아들인 내가 공부할 수 있는 신대원 학비까지도 해결해 주었다. 확실히 하나님께서는 우리의 기도에 풍성하게 응답하시는 분이시다. 나는 방을 위해서만 기도했는데 하나님께서는 신대원 학비까지도 더불어 해결해 주신 것이다. 그러니 얼마나 좋으신 하나님인가? 아내는 결혼과 동시에 임신을 했다. 가정에 큰 경사였다. 내가 이제 아빠가 된다는 사실이 믿어지지 않을 만큼 엄청 기쁘고 감사한 일이었다. 하지만 곧바로 고민이 시작되었다. 새로 태어날 아기의 양육 문제 때문이었다. 아내는 생활비와 내 학비를 벌어야 하기에 계속해서 병원에 출근

해야 하는 상황이고 나는 신대원에 다니는 신학생이자 교육 전도사 신분이어서 아기를 볼 수 있는 여건이 되지 못했다. 결국 자연스럽게 어머니께서 우리 아기를 봐 주시기로 했다. 이때 어머니는 아버님의 사업 실패로 오랜 시간동안 물질적으로 고생하다가 아버님 지인의 도움으로 부천 세종병원 근처에서 분식집을 하고 계셨다. 하루하루 일한 만큼 돈을 벌 수 있다는 것이 재미있다고 하시면서 즐겁게 일하고 계셨다. 그런데 이제는 태어날 손주를 양육하려면 먼저 분식집을 그만 두어야 하기에 처음에는 당황하셨지만 그래도 손주를 보는 기쁨에 마음을 정리하시고 곧 태어날 아기만을 기다리면서 그때까지 분식집을 계속 운영하기로 하셨다.

평생에 가장 길고 긴 하루

드디어 역사적인 4월 8일이 도래했다. 내 평생 지금도 잊을 수 없는 가장 길고도 긴 하루가 시작되었다. 아내는 병원으로 출근했고, 나는 경기도 양지에 있는 신대원에서 공부하고 집에 왔다. 이때 아내는 병원에서 야간 근무를 하게 되었다. 이렇게 아내가 야근을 하게 되면 반드시 우리 집에 오는 정말 친한 친구가 있었다. 이 친구는 현재 미국으로 이민을 간 박 장로님이었다. 그래서 그 친구가 우리 집에 와서 함께 저녁을 먹고 쉬는데 전화가 왔다. 큰 아버지였다. "민홍아, 어머니께서 교통사고를 당하셨다. 조금 다

치셨다고 하니 빨리 부천에 있는 세종병원 응급실로 가봐라."라고 하셨다. 어떻게 큰 아버지께서 어머니의 교통사고를 알게 되었는지 그 경위는 모르겠지만 일단 친구 장로님과 정신없이 부천 세종병원에 갔다. 조금만 다치셨다고 하셨기에 '괜찮겠지'라고 생각하며 병원에 도착했다. 그래도 가슴 한편에서는 두근두근 거리고 갈수록 다리에 힘이 빠져갔다. 간신히 떨리는 마음을 억지로 진정시키며 응급실에 도착하자 어머니는 그곳에 계시지 않았다.

그런데 이게 웬일인가? 오랫동안 기다렸다는 듯이 병원 관계자 한 분이 나에게 오더니 어디를 같이 가자고 하는 것이 아닌가? 순간 등골이 오싹해지는 기분이 들었다. 병원 관계자분은 나를 병원 지하실로 안내했다. 나는 설마, 설마 했다. 왠지 모를 두려움에 '이게 아닐 거야, 이게 아닐 거야' 라고 마음을 다지고 또 다지는데 아뿔싸! 그 분이 나를 인도한 곳은 영안실 입구였다. 영안실에 들어서자 한 가운데에 침대 하나가 외롭게 있었고 그것은 하얀 천으로 덮여 있었다. 나는 여기서 시간이 멈추기를 간절히 바랐다. 이 상황을 직면하기가 정말 정말 두렵고 무서웠다. 아니 세상의 종말이 빨리 왔으면 좋겠다는 생각을 그 짧은 시간에 기도하고 또 기도했다. 병원 관계자 분이 그 천을 거두고 한 번 확인해 보라고 했다. 꿈이길 바랐다. 어떻게 내가 그 하얀 천을 거둘 수가 있겠는가? 하얀 천을 잡을 힘이 없었다. 아니 하얀 천이 그토록 무거운지 그때 처음 알았다. 하얀 천을 잡느니 차라리 어디론가 도망가고 싶었다.

그러자 병원 관계자 분이 내가 할 수 없다는 것을 직감하시고 곧바로 하얀 천을 내려 주었다. 그리고 거기에는 아니나 다를까 인자하신 어머니께서 누워 계셨다. 왜 어머니가 여기에 누워 계신지 도무지 이해할 수 없었다. 또 다시 꿈이기를 간절히 바랐다. 그러나 현실이었다. 어머니께서 이 세상을 떠나신 것이다. 이제 몇 개월만 있으면 그토록 보고 싶어 하셨던 손주가 태어날 텐데 그 기간을 참지 못하고 먼 길을 떠나신 것이다. 아마도 13년 전에 먼저 떠난 막내아들이 너무나 보고 싶어서 그러셨던 것 같다.

그 날 저녁 9시 30분 경, 어머니는 분식 가게 일을 마치시고 김포에 있는 집을 향해 길을 나섰다. 버스를 타려면 횡단보도를 건너야 하기에 신호등이 바뀌기만을 기다리셨다. 부천 세종병원 앞 도로는 당시로서는 꽤 넓은 다차선 도로였다. 초록 신호등이 켜져서 어머니는 바쁜 걸음으로 횡단보도를 건너고 있는데 아뿔싸, 신호등을 무시한 하나의 자동차가 무섭게 어머니를 향해 달려들었다. 그리고 그 차는 속도를 줄이기도 전에 어머니를 먼저……. 차에 치인 어머니는 충격으로 옆 차선으로 튕겨져 나갔는데 안타깝게도 옆 차선에도 똑같이 달려오는 또 하나의 자동차가 있었던 것이다. 결국 두 대의 자동차에 연속으로 치어서 어머니는 의식을 잃었다. 지금 생각해보면 두 대의 자동차 모두 보행 신호 앞에서도 속도를 줄이지 않은 것으로 봐서 음주

운전이 아니었을까 추측이 된다. 큰 굉음과 함께 두 자동차가 어머니를 치고 급정거를 했기에 그 소리는 대단했다. 그래서 소리에 놀라 길가에 있던 가게 주인들과 손님들이 다 나왔다. 그리고 누군가가 어머니를 바로 가까이에 있는 세종병원 응급실로 모셔 온 것이다. 모든 사건 경위는 병원에 온 경찰관을 통해 들은 이야기였다. 그리고 어머니를 친 그 자동차는 은색 소타나였다고 주민들이 이야기를 해 주어 알게 되었다. 그런데 안타깝게도 그 두 대의 자동차는 곧바로 뺑소니를 쳤다.

포기할 수 밖에 없었던 뺑소니 사고

어머니의 장례를 마치고 사고가 난 지점 주위에 있는 모든 가게를 찾아다니며 뺑소니 차량에 대한 어떤 정보라도 얻으려고 동분서주했다. 혹시 뺑소니 차량의 번호 중 한 개의 번호라도 알아내기 위해 그랬다. 그러나 작은 정보조차도 얻을 수 없었다. 시간대가 늦은 저녁 시간이고 어두운 상황이어서 차량 번호를 볼 수 없었다는 것이다. 결국 오랜 시간 다니며 부탁도 하고 하소연도 했지만, 뺑소니 차량에 대한 정보를 전혀 알 수 없었다. 그래서 내가 절망 속에 있으니 어떤 아저씨가 나에게 오셔서 이런 말을 해 주었다. "젊은이, 이곳에서는 간혹 교통사고가 일어나는데 목격자가 있어도 웬만하면 이야기하지 않을 걸세. 혹시라도 이야기하면 경찰관들이 수시로 가게에 찾아오고 때로는 경찰

서에서 부르기도 하지. 그러면 가게 사장들은 가게 영업에 지장이 많거든. 그러니 알아도 웬만하면 가르쳐주지 않을 걸세. 포기하는 게 나을 거야." 당시에는 길에 CCTV가 있었던 것도 아니고 차량에 블랙박스도 없던 시절이어서 뺑소니 차량을 잡기가 쉽지 않았던 것이 현실이었다. 이런 상황에서 그 아저씨의 말은 나로 하여금 절망에 빠지게 했다. 세상에 대해서, 그리고 사람들에 대해서 다시금 생각하게 되었다. 그러나 어찌 하겠는가? 뺑소니 차량이 은색 소나타라는 사실은 알았지만 그 이상은 더 알 수 없었다. 어머니께는 너무나 죄송하고 죄송했지만 뺑소니의 범인을 잡는 것은 포기할 수밖에 없었다.

어머니 장례를 치르고 집에 오니 정말 모든 것이 너무나 허망했다. 그렇게 건강하셨던 어머니였는데, 어제 까지도 함께 통화하고 이야기를 나누던 어머니였는데. 이때 어머니 나이가 46살이었다. 46년이라는 정말 짧은 세월로 이 세상을 정리하신 것이다. 그때까지도 나는 어머니의 나이가 실감나지 않았다. 그렇게 젊은 나이였는지 몰랐다. 그런데 내가 11년 전에 46살을 경험해보니 46살은 너무나 젊고 한창이었다. 죽기에는 너무 아까운 나이였다. 46살이면 청춘 아닌가? 46살, 나는 이 나이에 우리 아들의 뛰어난 능력 덕분에 손주를 보았다. 어머니도 몇 달만 계셨으면 손녀를 품에 안으시고 활짝 웃으셨을 것이다. 그러나 어머니는 그 나이에 손녀도 못보고 한평생 걱정만 끼쳤던 병든 남편을 두고 도저히 감기지 않았을 눈을 감으셨다. 어머니는 병원에 오신 지 10분 만에 숨을 거두셨다고 했다. 나는 이 사실 때문에 너무나 괴로웠다. '그 10분 동안 어머니는 얼마나 무섭고 외로우셨을까? 지금까지 한 번도 가보지 않은 그 길을 혼자서 가시려고 할 때에 눈에 밟히는 자식들 때문에 얼마나 몸부림 치셨을까?'를 생각하면 흐르는 눈물을 주체할 수 없었다.

그나마 위로가 되는 것은 어머니의 평안한 얼굴이었다. 교통사고로 숨진 분이라고 하기는 너무나 얼굴이 깨끗하셨다. 찡그린 표정도 아니었고, 주무시다가 좋은 꿈을 꾸시고 약간 미소를 띈 바로 그 얼굴이셨다. 분명 어머니는 자신을 마중 나오신 주님의 얼굴을 보셨을 것이다. 그래서 한 순간에 46년 동안 짊어지고 계셨던 모든 짐들을 다 내려 놓으셨을 것이다. 그러니 저런 평안한 표정과 미소를 띄고 이 세상의 마지막을 장식하셨으리라 믿어 의심치 않는다. 내 동생도 그렇고 어머님도 그렇고 하나님께서는 사랑하는 자를 먼저 천국으로 부르시는 것 같다. 아직 지은 죄가 많아 회개할 것이 많은 사람들에게는 회개의 기회를 주기 위해 이 세상에 남겨 두시는 것 같다. 이런 것을 보면 아직까지 이 세상에 살아 있는 사람들이 불쌍하고, 먼저 천국에 가신 분들이 행복한 분이라는 생각이 든다.

장례 절차를 모두 마치고 어머니의 무덤 앞에서 갑자기 이런 생각이 들었다. '어머니, 정말 말씀대로 아들이 목사

되는 것을 못 보시고 눈에 흙이 들어가셨네요.' 고등학교 2학년 때 총신대에 입학해서 목사가 되겠다고 말씀드리자 그때 어머니께서 나에게 이런 말씀을 하시면서 극렬하게 반대하셨다. '민홍아, 나는 내 눈에 흙이 들어가지 않는 한, 네가 목사 되는 꼴은 절대로 볼 수 없다.' 이렇게 어머니께서는 자신의 말씀대로 내가 목사가 되기도 전인 1991년 4월 8일, 신학대학원 2학년 학생이자 전도사로 사역할 때, 전혀 예상할 수 없었던 불의의 사고로 천국에 급히 들어가셨다. 그래서 정말 내일 일은 아무도 모른다고 말하는 것이다. 어제까지도 건강하셨던 어머니께서 오늘 이런 일을 당하실 줄 누가 알았겠는가?

오늘 하루만 버티자

우리 모두에게는 오직 오늘이라는 단 하루만 주어졌다. 내일은 내일 가봐야 알 수 있다. 이것은 우리가 질병과 싸울 때도 똑같다. 내가 내일 당장 천국에 갈지, 살아있을지는 내일 가봐야 알 수 있다. 따라서 우리가 투병생활을 할 때 너무 먼 미래까지 생각하면서 '앞으로도 계속해서 내가 이런 치료를 받아야 하고, 이런 통증을 견뎌야 되는가?'를 생각하면 너무 우울하고 밥맛이 사라진다. 나도 하루에 3~4번 인슐린 주사를 맞는다. 정말 맞기 싫다. 가끔씩 너무 아플 때가 있기 때문이다. 그런데 이런 주사를 평생 맞아야 한다고 생각하면 우울증에 걸릴 것 같다. 그래서 매일 주사

를 맞을 때마다 그런 생각을 한다. '오늘 하루만 주사 맞자.'

요즘도 간혹 원인 모를 통증에 고생할 때가 있다. 당뇨 합병증으로 인한 말초 신경통인지 아니면 면역 억제제 부작용으로 인한 통증인지 정확히는 모르지만 간혹 찾아오는 통증으로 2~3일 정도 고생한다. 10초 간격으로 송곳에 콕콕 찔리듯이 통증이 오면 정신을 차릴 수 없다. 목사지만 기도할 염두도 안나고 성경 말씀도 기억나지 않는다. 가족도 생각나지 않는다. 오직 어떻게 하면 이 통증에서 벗어날 수 있을까만 생각하게 된다. 이런 통증과 밤새 씨름하다보면 때로는 차라리 죽는 게 더 낫겠다는 생각이 자연스럽게 든다. 이때도 내가 나를 지키는 생각은 오직 하나이다. '이 밤만 버티자.' 물론 특별한 경우가 아니라면 내일은 또 온다. 내일이 오늘이라는 이름으로 다가오면 어제처럼 또 인슐린 주사를 맞고 통증과 씨름한다. 그리고 또 생각한다. '오늘만 주사 맞자. 오늘만 버티자.' 따라서 투병생활을 할 때 너무 먼 미래까지 생각하면 견딜 수 없다. 버틸 수가 없다. 그러므로 오늘만 생각하자. 내일 일은 내일이 닥치면 그때 가서 고민해도 되지 않을까?

중요한 것은 두 가지이다. 생명의 주관자는 하나님이라는 사실, 그래서 하나님이 허락하지 않으면 그 어떤 것도 내 생명을 어떻게 할 수 없다는 것이다. 다음으로 중요한 것이 마음이다. 마음으로 포기하고 절망하면 내 몸이 먼저 알아버린다. 그러면 내 몸은 어찌할 바를 모른다. 아무리 좋은 약을 사용해도 내 몸이 이것을 받아들이지 않는다. 따라서 내 마음이 죽고 싶어 하면 내 몸이 알아서 죽을 준비를 한다. 반대로 내 마음이 살아야겠다고 다짐하면 내 몸도 용기를 얻어 몸에 있는 모든 에너지와 호르몬을 총동원해서 살 길을 찾아준다. 그러니 절대로 미리 포기할 필요가 없다. 미리 겁먹지 말자. 의사 말을 무시하자. 의사가 나에게 무슨 말을 해도 현혹되지 말고 지금 내 마음과 내 몸이 나에게 들려주는 이야기에 집중하자. 내 몸은 내가 주인이고 내가 가장 잘 알기 때문이다. 오늘도 힘겹게 하루하루, 일분일초를 견디는 환우 분들이 이 글을 보고 계시다면 우리 모두 파이팅 하기를 간절히 바란다. 내가 포기하지 않으면 하나님도 포기하지 않으신다. 내 몸도 함께 파이팅할 것이다. 한 번 천국에 가면 영원히 살아야 할 텐데 미리 힘쓰고 애써서 빨리 천국에 갈 필요는 없지 않는가? 이 세상에서도 건강하게 사는 것이 무엇인지 한 번 누려보고 때가 되면 폼 나게 가는 것이 좋을 것 같다.

23.
삶의 목표를 찾아야 한다

하나님께서는 절대로 손해 보는 장사를 안 하신다. 하나님께서 나를 저 천국으로 부르시지 않고 아직도 이 땅에 살게 하시는 데에는 나름대로 뜻이 있다는 말이다. 내가 아직 살아 있는 것은 이 땅에서 해야 할 일이 있다는 증거이다. 내가 이 땅에서 해야 할 일이 끝났다면 곧바로 부르셨을 것이다. 비록 극심한 고통 중에 있다고 할지라도 하나님께서 나를 부르지 않았을 때에는 우리가 알지 못하는 계획과 뜻이 있기 때문이다. 따라서 너무 힘들지만 그래도 버티고 견뎌야만 하는 것이 내 운명이자 주어진 사명일 수 있다. 그런데 간혹 이 사명 때문에 놀라운 기적이 일어나기도 한다. 죽을 수밖에 없는 상황인데도 놀라운 치유가 일어난다. 나는 이 사실을 실제로 경험했기에 자신 있게 고백할 수 있다.

기적은 특별한 사람에게만 일어나는 것이 아니다. 누구에게나 일어날 수 있다. 단 조건이 있다. 간절해야 한다. 그리고 포기하지 말아야 한다. 물론 기적은 신의 영역이자 하나님이 하시는 일이다. 하지만 간절함을 가지고 포기하지 않을 때, 기적의 주인공이 될 수 있다. 이런 점에서 어느 누구도 자포자기해서는 절대로 안 될 것이다. 지금 당장 기적이 일어나지 않아 날마다 고통 속에 있다고 할지라도 내가 모르는 상황가운데 나를 통해 하나님의 뜻이 이루어지고 있음을 기억해야 한다. 쉽게 말해서 투병 생활을 잘 해야 한다는 것이다. 내 투병 생활을 가깝게는 가족에게, 멀게는 어느 누군가에게 영향을 미칠 수 있기 때문이다.

아버지를 존경하게 된 이유

당뇨병으로 고생한 지 벌써 35년이 지났고, 장님처럼 2년을 살았으며, 10년 동안 혈액 투석을 받았다. 그리고 지금은 신장 이식 수술까지 받았다. 이런 세월을 지내면서 내가 버틸 수 있었던 이유는 아버지의 영향력 때문이라고 생각한다. 평생 아프셨던 아버지였지만 그래도 치열하게 투병생활을 하셨다. 물론 마지막에 가서는 끝까지 견디지 못하고 몇 번이고 자살을 시도하셨고 그때마다 내가 발견해서 아버지를 살릴 수 있었다. 응급실에서 깨워난 아버지는 그때마다 나를 수없이 원망하셨다. 그리고 이렇게 말씀하셨다. "야! 왜 나를 살렸냐? 너도 나처럼 아파봐라 내 마음을 이해할거다." 비록 이렇게 삶의 마지막에 가서는 마음이 약해지셨지만 그래도 아버지의 투병생활은 대단하셨다. 삶의 의지가 대단하셨다. 질병에서 일어나려는 아버지의 노력은 지금도 내 눈에 선하다. 그러므로 나 또한 그 어떤 질병에서도 쓰러지지 않으려고 안간힘을 썼던 것 같다.

특히 아버지를 존경하게 된 것은 나름대로 이유가 있다. 큰 영화사를 하시던 아버지께서 부도가 나서 완전히 망했다. 그래서 하루아침에 큰 집에서 살던 분이 김포에 있는 보증금 30만원에 월 3만 원짜리 집에서 살게 되었다. 부자로 살다가 이렇게 한순간에 거지처럼 밑바닥으로 떨어지게 되면 대부분은 실망하고 좌절하여 폐인처럼 되는 것이 정상이다. 그런데 아버지는 그렇지 않으셨다. 실망하고 좌절하기 보다는 그 상황에서 벗어날 수 있는 나름대로의 방안을 찾으셨다. 먹고는 살아야 되는데 돈이 없으니까 자본금이 없어도 할 수 있는 노점상을 하셨다. 처음에는 이 말을 듣고 충격이었다. 도저히 믿어지지 않았다. 평소의 아버지 모습을 떠올리면 도저히 있을 수 없는 일이었기 때문이다. 그래서 하루는 날을 잡아 늦은 저녁 시간에 아버지께서 노점상을 하신다는 장소에 가봤다. 정말 아버지께서 길에서 물건을 팔고 있었다. 서글펐다. 감히 아버지 앞에 나설 용기가 나지 않았다. 창피하기도 했다. 그래서 그냥 내가 지내던 친구 집으로 돌아왔다. 하지만 다음날도 자석에 이끌리듯이 그 장소에 내가 또 서 있었다. '오죽 하셨으면 저러실까?'라는 생각이 순간적으로 들었다. 가만히 있을 수가 없었다. 조용히 아버지에게 찾아갔다. 오랜만에 나를 보신 아버지는 짐짓 놀라시는 것 같았다. 아버지는 내가 모르고 있는 줄 아셨던 것 같았다.

아버지와 별 대화는 없었다. 할 말도 없었다. 그냥 아버지 옆에 서서 아버지가 장사하는 모습을 지켜만 보았다. 장사가 마무리되고 아버지는 김포로 가시고 나는 친구 집으로 돌아왔다. 이때의 감정은 뭐라고 표현할 수 없지만, 그냥 온 몸에 힘이 다 빠져나간 것 같았다. 그 날 밤 잠을 이루지 못했다. 그래서 생각하고 또 생각했다. 객관적인 입장에서 아버지의 마음을 이해해 보려고 노력했다. 그리고 정리가 되었다. '이것은 용기다. 용기가 없고서는 아버지께서 이렇게 하실 수가 없다.' 나는 이 날부터 진심으로 아버지를 존경하기로 결심했다. 물론 보기에는 흠도 있고 약점이 많으신 아버지였지만 이 모든 것을 다 잊기로 했다. 가족을 위해 영화사 사장님이 하루아침에 노점상을 하실 수 있는 그런 분이시라면 얼마든지 존경받기에 합당하다고 생각했다. 그래서 이때부터 지금까지 아버지를 존경한다.

아버지의 영향력

얼마 후, 대학 등록금이 없이 군대를 가려고 했지만 당뇨병 때문에 면제를 받아 내년이면 복학을 해야 할 상황이 되었다. 이때 나도 조금의 망설임도 없이 등록금을 벌기 위해 연세대학교 정문에서 노점상을 할 수 있었다. 아버지의 영향 때문이었다. 아버지에게 보고 배운 것이다. 이처럼 그 어떤 질병 앞에서도 고통 때문에 좌절하고 낙심하게 된다면 이런 나의 모습을 지켜 본 가족들은 좌절하고 낙심하는 것만 배우게 된다. 특히 자녀들이 부모님의 이런 모습을 보게 된다면 훗날 그 자녀들도 이런 어려움에 처하게 되었을 때 보고 배운 대로 좌절하고 낙심할 것이 뻔하다. 아픈 사람이 가족이나 자녀에게 물려 줄 유산은 돈이 아니다. 집도 아니다. 투병 의지이다. 아무리 질병의 고통 속에서 힘들다 할지라도 웃을 수 있는 여유, 참고 견디는 인내력, 끝까지 소망을 붙잡는 믿음이 가족과 자녀에게 줄 수 있는 최고의 유산이다. 그래서 비록 힘들고 고통스럽지만 오늘도 참고 견디는 것이 내게 주어진 사명이다. 이 사명을 완전히 완수하게 될 그 날이 되면 하나님께서는 나를 불러 주실 것이다.

따라서 아직도 살아 있다면 '내게 주어진 사명이 무엇인가?'를 늘 고민해야 한다. 그리고 회복되어 수많은 환우 분에게 용기와 소망을 주어야 될 사명이 있는 분은 반드시 치료되고 치유되어 멋지게 회복될 것이다. 나 역시도 한때 끝없는 질병 앞에서 낙심하고 절망했던 적이 있다. 물론 지금도 때때로 잡고 있는 모든 것을 다 놓고 싶은 유혹이 찾아오기도 한다. 하지만 이런 유혹은 잠시일 뿐, 환자분들과 웃고 떠드는 자신이 정말 좋다. 내 나름대로의 사명을 찾았다고 생각한다. 그리고 이 사명 때문에 하나님께서 내 생명을 연장해 주셨다고 확실히 믿고 있다. 그러나 지난 과거를 돌이켜보면 나 또한 사명을 잃고 방황하며 지냈던 적이 있다. 지금 생각해봐도 육체의 고통 그 이상의 몸부림이 있었던 시기라고 생각한다. 하지만 이런 진통을 경험했기에 오늘의 내가 존재한다고 생각한다. 의미 있는 시간이었다. 그래서 확실하게 내 사명을 발견하게 된 계기가 되기도 했다.

잘못된 이사

신학대학원 1학년을 다니면서 결혼을 했다. 이듬해에는 아내가 임신을 하고 출산을 앞두고 있는 시점에서 어머니께서 갑작스런 교통사고로 천국에 가셨다. 어머니의 빈자리는 상상 이상으로 컸다. 살아남은 자가 져야 할 짐은 어느 누구도 대신 감당할 수 없는 슬픔이요 고통이었다. 특히 아버님이 걱정이었다. 홀로 되신 아버지를 그냥 둘 수가 없어 아버지를 모시기 위해 이사를 할 수 밖에 없었다. 그런데 보증금이 3백만 원 밖에 없는 상황에서 방 2개짜리 집을, 그것도 서울에서 얻기란 하늘의 별 따기였다. 또한 아기가 태어나면 돌아가신 어머니를 대신해서 우리 아기를 돌봐줄 사람이 필요했다. 아내는 직장을 다녀야만 했기 때문이다. 그런데 감사하게도 예전에 내가 교육 전도사로 사역하던 교회의 심방 전도사님께서 우리 아기를 돌봐주시겠다고 하셔서 그 전도사님이 사시는 구의동으로 이사를 하게 되었다.

돈은 없고 빨리 이사는 해야 되서 너무 급하게 집을 구하다보니 말도 안 되는 집으로 이사를 했다. 이 집은 일반 주택 건물 뒤편에 있는 창고 같은 건물이었다. 몇 개의 계단을 내려가야 현관이 나오는 희한한 집이었다. 그나마 방은 2개여서 좋았지만, 부엌 같지도 않은 부엌에 수도는 마당 한 가운데 공동으로 사용할 수 있어서 세수는 할 수 있으나 샤워는 할 수 없었다. 그때가 초여름이 시작하는 시점이기에 더워서 샤워 시설이 필요했다. 결국 내가 사는 건물 뒤편에 천막을 쳐서 임시 샤워 시설을 만들었다. 하지만 문제는 수도도 없었지만 물이 빠질 하수도도 없었다. 샤워를 하면 그 물이 그대로 땅속으로 스며드는 상황이었다. 이것이 결국 화근이 되었다. 아니 이렇게 화근이 될 줄 몰랐다. 샤워한 물이 땅 속으로 스며들면서 어느 정도 시간이 지나자 우리가 사는 방에 습기가 차기 시작했다. 이 습기는 무서운 속도로 곰팡이로 변해 갔다.

처음에는 한쪽 구석에서 시작한 곰팡이가 한쪽 벽을 차지하더니 곧바로 방 전체로 퍼졌다. 그리고 곰팡이는 우리 방뿐만이 아니라 아버님이 쓰시는 방까지 다 점령했다. 이렇게 되기까지 딱 한 달이 걸렸다. 방 4면은 물론이거니와 지붕까지 완전히 곰팡이 천지가 되었다. 처음에는 할 수 있는 모든 방법을 다 동원해 청소를 했지만 역부족이었다. 곰팡이의 번식력을 이길 수가 없었다. 문제는 8월이면 아내가 출산을 해야 하는데 이런 상황에서 어떻게 아기를 키울 수 있을지 심히 걱정이 되었다. 사실 불가능했다. 그러나 문제는 아기가 아니었다. 평소 당뇨 합병증으로 생긴 기관지 확장증과 폐 질환으로 고생하던 아버지께서 쓰러지고 말았다. 곰팡이 균이 아버지에게는 치명적이었다. 이제 곧 손주를 보게 될 텐데 손주는커녕 장례식이 먼저 일어날 상황이었다. 곧바로 아버님을 병원에 입원시켰다. 그리고 이제 이사 온지 두 달밖에 안됐지만 무조건 다시 이사를 해야 할 상황이었다. 집 주인이 교회에 열심히 다니시는 집사님이어서 충분히 양해가 될 줄 믿고 곰팡이로 가득찬 집을 보여주며 수리를 해주시던지 아니면 이사를 갈 수 있도록 보증금을 달라고 부탁드렸다.

그러나 뜻밖에도 집 주인의 태도는 단호했다. 이사 온 지 두 달 밖에 안 되었기 때문에 보증금을 줄 수도 없고, 수리도 해 줄 수 없다는 것이다. 물론 곰팡이로 가득찬 방이기에 자신이 도배지는 사줄 수 있지만 도배하는 일은 할 수 없다고 했다. 따라서 직접 도배를 하든지, 이 방이 빠질 때까지 이사를 가도 1년 동안은 월세를 주어야 한다는 것이다. 따라서 보증금도 줄 수 없다고 했다. 미치고 환장할 뻔했다. 자기 집에서 세 들어 사는 7가구의 월세를 받으시는, 그야말로 부자인 집사님께서 이렇게 나올지는 꿈에도 상상 못했다. 몇 번 통사정을 했지만 아무 소용이 없었다. 이때 결심했다.

"다음에는 교회 다니는 사람 집에는 절대로 이사 가지 말자."

기적같이 생긴 보증금

방법이 없었다. 어디서 돈을 빌릴 곳도 없고, 그렇다고 은행을 털 수도 없었다. 하나님께서 이 집주인을 잡아 가실 것 같지도 않고 번개로 내리쳐서 회개하도록 하실 것 같지도 않았다. 답답한 것은 오롯이 내 몫이었다. 아내는 큰 근심 걱정에 빠졌다. 특히 곧 태어날 아기를 생각하면 아내의 걱정은 이만저만이 아니었다. 이런 상황에서 나까지 근심 걱정에 빠져 실망할 겨를이 없었다. 그래서 아내에게 자신 있게 말했다. "걱정하지 마, 곧 이사 갈 테니까 마음 편하게 먹고 있어, 뱃속의 아기만 신경 써."라고 자신 있게 뻥을 쳤지만 나로서는 걱정이 태산이었다. 이럴 때 우리 주님께서 재림하시면 모든 걱정이 끝날 텐데 참으로 아쉬웠다. 우리가 사는 집 근처에 큰 처형이 살고 계셨기에 큰 처형과 함께 그날부터 주변에 있는 방을 보러 다녔다. 무조건 땅 위에 있는 집이면 다 된다는 마음으로 방을 찾아 다녔다.

드디어 마음에 드는 방을 찾았다. 새로 지은 지 얼마 안 되는 다세대 주택이었는데 무엇보다 1층이어서 마음에 들었다. 하지만 문제는 보증금 천만 원에 월세가 26만원이었다는 사실이다. 이때 내가 가지고 있었던 보증금이 3백만 원이었는데 그것도 주인집에서 안주니 내 돈이 아니었다. 그리고 당시에 내가 교회에서 받았던 월급은 25만원이었다. 이것은 아무리 생각해도 계산이 안 맞았다. 월급보다 많은 월세를 내면서 살아야 하는 상황이었다. 100% 마이너스 가정 경제가 될 것이 뻔했다. 한마디로 이런 집으로 이사하는 것은 미친 짓이었다. 하지만 곧 우리 집에 공주가 태어날 상황이었기에 선택의 여지가 없었다. 일단 계약을 했다. 그리고 이런 비상시국에 할 수 있는 가장 좋은 방법은 무릎을 꿇는 길 외에는 달리 방법이 없었다. 하나님께서 도와주시지 않는다면 어찌할 도리가 없었다.

병원에 입원중인 아버님은 아버님대로, 아내는 아내대로 걱정을 태산같이 했지만 나에게 정말 이사를 갈 수 있는지에 대해서는 전혀 물어보지 않았다. 달리 방법이 없다는 것을 잘 알고 있었기 때문이었다. 그렇게 시간만 흘렀다. 이때 내 기도는 간단했다. "하나님, 돈을 주시던지 아니면 하나님이 오시던지 알아서 하세요." 가슴을 졸이며 무작정 기다리던 어느 날, 예전에 내가 교육 전도사로 사역하던 교회의 집사님 한 분이 나에게 찾아오셨다. 그리고 뜻밖의 말씀을 하셨다. "전도사님, 이사해야 한다는 소식을 들었습니다. 저에게 지금 오백만원이 있는데 빌려 드릴게요. 아무때나 갚으시면 됩니다. 단 제 언니에게는 절대로 제가 돈 빌려 주었다는 말씀은 하지 마세요." 이 말씀을 하시고 아무런 조건 없이 오백만원을 빌려 주고 가셨다. 집사님은 언니와 함께 같은 교회를 다니고 있었다. 그야말로 할렐루야였다. 이제 오백만원이 해결되었다. 나머지 오백만원만 준비하면 된다.

얼마의 시간이 지났을까 또 한 분의 손님이 나에게 찾아왔다. 나에게 오백만원을 빌려 주셨던 그 집사님의 언니였다. 이 분도 집사님이셨는데 나에게 하시는 말씀이 "전도사님, 돈이 필요하다면서요. 오백만원입니다. 언제든지 갚으시면 됩니다. 단 제 동생한테는 말씀하지 마세요." 말씀을 마치시고 오백만원을 두고 가셨다. 천만 원이 며칠 사이에 해결된 것이다. 그것도 신기하게 두 자매로부터 돈을 빌리게 되었다는 사실이다. 역시 하나님은 짱이셨다. 하나님 보시기에도 답답하고 황당한 상황이라고 여기셨던 모양이다. 그러니 이렇게 뜻밖의 방법으로 도와 주셨던 것이라고 생각한다. 나는 두 개의 봉투를 들고 조용한 곳에 가서 흐느껴 울 수밖에 없었다. 어떻게 이런 일이 일어날 수 있는지 감히 상상도 못할 하나님의 은혜였다. 그리고 입이 근질근질했다. 두 자매 집사님에게 말씀드리고 싶어서 순교할 뻔했다. 이렇게 해서 두 달 만에 곰팡이 집에서 탈출해 새 집으로 이사했다. 아내는 예쁜 딸을 순산했고, 병원에 입원하셨던 아버지도 퇴원하셔서 한 집에서 함께 생활하게 되었다.

가난 속에서도 품고 있던 비전

그러나 이제부터가 문제였다. 아내의 월급과 교회에서 받는 25만원으로는 방세와 생활비, 아버지의 약 값, 딸 양육비, 그리고 갚아야 할 빚을 계산해보면 도저히 답이 나오지 않았다. 이때 다시금 아버님께로 부터 배운 노점상 정신이 스멀스멀 올라오기 시작했다. 그래서 낮에는 경기도 양지에 있는 신학대학원에 가서 수업을 듣고 집에 돌아와서는 초등학교 2학년부터 고등학교 3학년까지 과외를 시작했다. 그리고 시간이 나면 틈틈이 원고를 쓰는 아르바이트도 했다. 물론 수요일과 주일은 교육 전도사로서의 사역에 매진했다. 말그대로 1분 1초도 쉴 시간이 없었다. 조금이라도 쉬면 그만큼 가정 경제는 마이너스가 되기 때문이었다. 이런 와중에 신학대학원 3학년이 되었다. 이때 연로하신 할머니께서 혼자 사셨는데 건강이 안 좋아져서 어쩔 수 없이 아버님께서 할머니와 함께 생활하게 되었다. 결국 나는 두 집 살림살이를 하게 되었다.

이렇게 정신없이 생활하는 가운데에서도 나름대로 하나의 소망이 있었다. 그것은 신학대학원을 졸업하면 유학을 가는 것이었다. 생활에 지쳐 탈진이 올 것 같으면 재빨리 유학 갈 생각을 하며 용기를 얻곤 했다. 사실 나는 유학을 갈 정도의 돈도 없었고, 실력도 없었다. 영어도 잘 못한다. 물론 어떻게 유학을 갈 수 있는지 그 방법도 몰랐다. 그런데 참으로 감사한 것은 아버님의 둘도 없는 친구 분 중에 미국 교포이신 분이 계셨는데 이 분이 한국에 오셔서 여의도에 유학원을 차려서 사업을 하고 계신 것이다. 이 분이 나를 친구 아들로 생각하신 것이 아니라 친아들처럼 여겨주셨다. 그래서 내가 신학대학원을 졸업하면 유학을 갈 수 있도록 길을 열어주셨다. 따라서 내 삶의 목표이자 기쁨은 오직 유학이었다. 유학을 가서 무슨 공부를 하겠다는 계획보다는 그냥 한국을 떠나고 싶었다. 알게 모르게 많이 지쳐 있었던 것이다. 그냥 지금의 현실로부터 떠나고만 싶었다. 죄송스럽게도 아버지의 건강이 좋지 않다는 것도 잘 알았지만 그렇게 크게 신경 쓰이지 않았다.

하지만 아버지는 어머니가 안 계시자 몰라보게 건강이 약해지고 있었다. 아버지에게는 아내의 빈자리가 너무나 크게 여겨진 것이다. 자식이 아무리 잘해 드려도 어머니의 빈자리를 대신 채울 수는 없었다. 아니 그 정도로 어머니의 빈자리가 아버지에게는 치명적이라는 사실을 전혀 알지 못했다. 불효자였다. 아버님의 속사정을 전혀 모르는 나는 나름대로 살고자 오직 유학만을 바라보며 신학대학원 졸업을 손꼽아 기다렸다. 그래서 유학을 떠나면 지금 살고 있는 살림살이들이 문제이기에 경주에 계신 장모님께 말씀드리고 장모님 댁에 보관하기로 허락도 받았다. 드디어 그토록 기다렸던 신학대학원 졸업이 다가왔다. 아버지는 그런대로 할머니와 잘 지내고 계셨고, 아버지의 친구 분의 도움으로 유학은 계획대로 잘 진행되었다. 그래서 2월에 졸업을 하면 짐 정리를 하고 3월에 유학을 떠나면 되었다. 그런데 졸업을 앞둔 시점에서 한 통의 전화가 왔다. 결과적으로 이 전화 때문에 유학을 포기할 수밖에 없었다. 그토록 몇 년 동안 염원하던 유학을, 아니 내 꿈과 비전을 포기할 수밖에 없었다. 그리고 그 후 이 충격에서 벗어나지 못하고 목사가 되는 것도 포기하고 직장에 취직했다. 신학대학원 동기 분들이 졸업을 하고 강도사 시험을 치룬 후, 목사 안수를 받을 때 나는 직장에 다니며 돈을 벌고 있었다. 이때 하나님을 엄청 원망했다. 내 꿈과 비전이 사라졌다고 생각했기 때문이다. 내게 주어진 사명이 없어졌다고 생각했다.

하지만 지금 생각해보면 이때 내가 유학을 가지 않은 것이 하나님의 은혜와 축복이었다. 유학을 가고자 한 것은 오직 내 꿈이자 내가 생각하는 사명에 지나지 않았다. 하나님과는 전혀 상관이 없었다. 더 정확히 말하자면 하나님의 이름을 빙자해 내 꿈을 이루고자 한 것이었다. 만약 이때 유학을 갔더라면 아직까지 살아 있었을까? 자신할 수 없다. 아마도 큰 일이 일어났을 확률이 99%는 되었을 것이다. 하나님께서 나에게 진짜 사명을 가르쳐 주시고자 유학길을 막아주신 것이고 나를 지금까지 이 세상에 살게 하시려고 유학길을 막아주셨다고 믿고 있다. 물론 그때는 이런 사실을 몰랐다. 시간이 지나니까 정신이 들고 정신이 드니까 이런 사실이 비로소 눈에 보였다. 하나님께서는 나에게 주신 사명을 이루고자 때로는 나를 아프게도 하시고 내 길을 막으시기도 하셨다. 물론 이때는 아프고 힘들다. 하지만 이 길이 살 길이었다. 사명대로 살아야 진짜 살 길을 찾는 것이다. 중요한 것은 내 사명을 찾는 것이다. 사명이 있는 자는 죽고 싶어도 죽을 수 없기 때문이다. 아무튼 나는 한 통의 전화를 받고 유학을 포기했다. 또한 유학을 포기한 충격에서 벗어나지 못하고 목사 안수 받는 것도 포기하고 한동안 방황하면서 살 수 밖에 없었다.

24.
삶의 목표가 있는 자는 쓰러지지 않는다

결혼한 지 6개월 만에 뺑소니 교통사고로 돌아가신 어머니의 빈자리는 상상 이상으로 컸다. 특히 아버지의 건강이 급속도로 나빠지는 것을 볼 수 있었다. 아무리 자식이 아버지를 지극 정성으로 모신다한들 어머님만큼 절대로 할 수 없다는 것을 절감했다. 이런 와중에도 자식들은 자기 살 길만 찾는 이기적인 모습을 보이는 것이 요즘 세태가 아닌가 싶다. 바로 내가 그랬다. 아버지가 건강하지 못하다는 것을 뻔히 알면서도 유학을 가고자 했으니 말이다. 물론 나도 여러 가지 사건들로 인해 지쳤기에 쉬고 싶었던 것은 사실이다. 어디론가 피하고 싶고 도망가고 싶었다. 이때 나에게 찾아온 오아시스 같은 존재가 바로 유학이었다. 그래서 힘들고 어려운 일이 있으면 '곧 유학 갈 거니까 참고 견디자.' 라고 생각하며 하루를 버틸 수 있었다. 특히 아버지의 친구분이 유학원을 하시면서 적극적으로 도와 주셨고 아버지께서도 함께 응원해 주셨기에 내가 유학을 가는 것이 아버지께도 기쁜 일이 될 것이라고 생각했다.

내 인생을 바꾼 한 통의 전화

그래서 2월에 대학원을 졸업하면 3월에 곧바로 한국을 떠나기로 계획하고 일을 진행했다. 이를 위해 먼저 교회에서 전도사 사역을 그만 두었다. 그리고 우리 집의 짐은 장모님 댁에 보관하기로 했다. 나름대로 모든 준비는 다 끝났고 시간만 지나면 되었다. 아버지도 건강이 조금 호전되어 할머니와 함께 생활하게 되었다. 바로 이런 시점에 전화 한 통이 걸려왔다. 훗날 이런 생각을 해 본적이 있었다. '이 날이 전화를 안 받았다면 내 인생이 어떻게 변했을까? 아니 이 전화를 받았어도 통화 내용을 무시했다면 그럼 또 어떻게 내 인생이 바뀌게 되었을까?' 이 전화의 주인공은 아버님과 생활하시는 할머니이셨다. 할머니는 내 목소리를 듣자마자 욕부터 시작하셨다. "야 이 나쁜 놈아! 목사 된다는 놈이 아버지를 내 팽개쳐, 네가 그러고도 목사가 될 수 있냐? 너 혼자 외국에 가면 다냐!" 할머니는 끝없이 욕을 하시면서 나를 다그치셨다. 처음에는 어안이 벙벙하고 도대체 할머니가 왜 이렇게 화를 내시는지 이해가 되지 않았다.

그러나 할머니와 계속 전화로 통화하면서 할머니가 무슨 말씀을 하시는지 충분히 이해할 수 있었다.

원래 아버지는 내가 유학을 가는 것을 기뻐하셨다. 목사가 되려면 어느 정도 공부를 해야 한다는 것이 아버지의 평소 생각이셨다. 그래서 유학원을 하는 친구 분과 함께 내가 유학을 가서 공부할 수 있도록 적극적으로 알아보시고 추진하셨다. 그러나 내가 막상 유학 갈 날이 가까워오자 아버지의 마음속에 커다란 부담감이 서서히 찾아왔다. 아버지 자신의 건강 상태로 봐서는 유학이 끝나고 한국에 돌아올 때까지 살아계실 자신이 없었던 것이다. 내가 유학을 떠나면 나와 아내, 그리고 그토록 예뻐하셨던 손녀딸과 더 이상 만날 수 없다는 것을 직감하셨다. 그리고 특히 손녀딸의 재롱을 보지 못하고 살 자신이 없으셨던 것이다. 그러므로 아버님은 유학 갈 날이 가까이 올수록 괴로우셨다. 떠나보내기는 해야겠는데 막상 떠나보낼 자신은 없고. 그렇다고 지금까지 유학갈 수 있도록 여러모로 도와 주셨는데 이제 와서 가지 말라고 말도 못하고. 그러니 아버지는 그냥 끙끙 앓고 계셨던 것이다.

이런 걱정과 고민에 아버지는 잠을 이루지 못하셨다. 음식도 제대로 드시지 못하셨다. 하루하루 아버지의 고통은 거대한 산처럼 쌓여만 갔다. 함께 생활하시는 할머니는 아버지가 이상하다는 것을 눈치 채시고 왜 이렇게 잠도 못자고 밥도 못 먹는지 그 이유를 캐물으셨다. 결국 아버지는 자신의 속마음을 할머니께 다 털어 놓으셨다. 아버지의 이야기를 들은 할머니는 곧바로 나에게 전화를 하셨던 것이다. 그래서 나 또한 할머니의 전화로 아버지의 진짜 속마음을 알게 되었다. 할머니께 생각할 시간을 달라고 부탁드리고 오늘의 통화는 아버지께 비밀로 하자고 말씀드렸다. 이날부터 이제는 내가 잠을 이루지 못하고 밥도 먹을 수 없었다. '몇 년을 기다린 유학인데, 오직 유학만을 바라보며 지금까지 모든 것을 참고 견뎌 왔는데, 여기서 포기해야 하나?' 솔직히 용납이 되지 않았다. 포기할 수 없었다. 기도할 의욕도 생기지 않았다. 그러나 기도 밖에는 나의 답답한 마음을 풀 수 있는 방법이 없었다. 또 다시 무릎을 꿇었다. 그리고 '하나님 아버지'라는 단어 외에는 더 이상 기도할 내용이 없었다.

다음날도, 그 다음날도 나의 기도는 동일했다. '하나님!' 그런데 이상하게 눈물이 하염없이 흘러 내렸다. 울고 싶지 않은데 그냥 눈물이 나왔다. 이것은 이미 결론이 나온 기도였기에 흘리는 눈물이었던 것 같다. 이렇게 며칠이 지났는지 모르겠지만 점차 마음의 안정이 찾아왔다. 그리고 기도할수록 확연하게 내 마음속에 각인되는 한 가지 생각이 있었다. '공부는 다음에라도 할 수 있지만 병든 아버지를 모시는 일은 이번이 아니면 할 수 없다.' 아내에게 내가 결심한 뜻을 이야기하자 아내도 선뜻 동의했다. 아내도 어린 자녀를 데리고 아무런 대책도 없이 유학을 떠나는 것에 대해 내심 불안했던 모양이다. 하지만 하도 내가 강력하게 이야기를 하니 반대는 못하고 그냥 내 뜻에 따르고자 했던 것이다.

아버지와 만났다. 아버지는 지금까지 어떤 일이 있었는지 전혀 모르고 있었기에 나에게 유학준비는 잘 되고 있느냐고 물어보셨다. 즉시 아버지께 내 결심을 말씀드렸다. “아버지, 저 유학 포기하려고 합니다. 제 건강이 좋지 않기 때문에 유학을 가면 더 나빠질 것 같습니다. 건강이 어느 정도 회복되면 그때 다시 유학을 가도 될 것 같습니다. 제 유학을 위해 힘써 주셨는데 죄송합니다.” 그러자 아버님은 깜짝 놀라시면서 “왜 그러냐? 그러지 말고 그래도 유학은 가야지.”라고 하시는데 신기하게도 입 꼬리는 자꾸 올라가시면서 얼굴 전체에 미소가 번지고 있었다. 속마음은 속일 수 없었던 모양이다. 유학을 안 간다는 말에 너무나 기쁘고 좋아하셨다. 그러나 그렇다고 대놓고 좋아하실 수는 없으니 말씀으로는 걱정하는 것 같은데 얼굴 표정은 환하게 밝아지는 것이 확연히 보였다. 그러나 나는 너무나 서글펐다. 아버지의 미소가 짙어질수록 내 마음은 한없이 무너져 내려갔다. 나에게 처한 이런 상황, 아버지와 이런 대화를 나누어야 하는 내 신세, 이 모든 것이 그냥 너무 너무 싫었다. 교통사고로 먼저 떠나신 어머니께도 살짝 원망의 마음이 생기기도 했다.

목사가 되기를 포기하다

그리하여 유학은 깨끗이 물 건너갔다. 이제 모든 것이 일상으로 돌아왔다. 이제 내가 해야 할 일은 2월에 신학대학원을 졸업하면 곧바로 강도사 고시를 준비해서 6월에 강도사 시험을 보는 것이었다. 그리고 다음 해에 목사 고시를 보고 합격하면 목사 안수를 받으면 된다. 대학원 동기들은 이 모든 일들을 하나하나 착실히 준비하며 진행했다. 나 또한 이것을 준비해야 하는데 그냥 다 하기 싫었다. 목사 안수 받는 것도 싫고 '굳이 목회를 해야 할까?'라는 의구심도 들고, 모든 것에 의욕 상실이었다. 그리고 그냥 누군가와 싸우고 싶었다. 욕도 하고 싶었고 주먹질도 하고 싶었다. 분명 이 모든 것을 내 의지로 내가 선택하고 내가 결정했음에도 불구하고 괜히 인정하고 싶지 않았다. 누군가를 원망하고 싶었다. 이때 가장 만만한 존재가 하나님이었다. 하나님이 어떤 분인지 뻔히 잘 알면서도 괜히 심술이 나니까 겁세포를 상실하고 하나님께 원망이 쏟아냈다. 사실 하나님께 무슨 잘못이 있겠는가? 그럼에도 불구하고 "어떻게 하나님이 나에게 이럴 수가 있습니까?"하는 원망과 탄식이 쏟아졌다.

지금 생각해보니 이때 내가 유학을 가지 않은 것은 전적으로 하나님의 은혜와 축복이었다. 왜냐하면 그때 내가 유학을 갔더라면 분명히 오래 살지 못하고 외국에서 객사할 수도 있었을 것이다. 사실 그때 당뇨병이 깊어지고 있었기 때문이다. 그러니 이런 상태에서 외국에 나가면 공부와 생활고 때문에 엄청난 스트레스를 받았을 것이고 그 스트레스를 감당하지 못해 당뇨 합병증으로 반드시 쓰러졌을 것이다. 이것은 불을 보듯 뻔한 사실이다. 그러므로 하나님께서는 나에게 맡겨진 사명이 있는데 미리 죽으면 안 되니까 사명을 위해 살려주시려고 내 유학길을 막으셨던 것이다. 그러니 얼마나 감사한 은혜와 축복인가? 그러나 이때는 이런 사실을 전혀 몰랐다.

나는 유학을 가는 것이 하나님의 뜻이자 나에게 주신 사명이라고 생각했다. 한마디로 엄청난 착각이었다. 유학 가는 것은 내 욕심에 지나지 않았다. 단지 하나님의 이름과 사명이라는 허울 좋은 가면으로 포장된 나의 위선과 욕심이었다. 그런데 이런 하나님의 은혜도 모르고 하나님께 원망을 하고 있으니 얼마나 기가 막히고 스트레스를 받으셨겠는가? 하나님께서도 스트레스를 받으셔서 식사도 제대로 하지 못하셨을 것이다. 아무튼 하나님께 대한 소극적인 복수로 강도사 고시와 목사 고시를 포기했다. 그런데 약간은 하나님이 무서워 전도사 사역은 계속했다. 그리고 다시 먹고 살아야 하기에 직장에 다녔다.

아르바이트 생활

직장에 다녀오면 저녁에는 과외를 했다. 과외가 끝나면 원고를 쓰는 아르바이트를 했다. 아버님의 병원비와 방 값,

그리고 생활비가 엄청났기에 정신없이 돈을 벌 수 밖에 없었다. 이렇게 돈을 벌다 보니 너무나 피곤했지만, 돈이 내 손에 들어오는 것이 신기하고 재미있어서 돈독이 오를 정도로 열심히 일했다. 그러니까 교회에서 전도사 사례비로 받는 돈보다 몇 배를 더 벌 수 있었다. 신학교에 다닐 때는 교회를 떠나면 못살 줄 알았다. 신학대학원을 졸업하고 목사가 안 되면 하늘에서 번개가 내려쳐 죽을 줄 알았다. 그런데 아니었다. 아니 목회를 안 해도 살 수 있다는 자신감마저 생기게 되었다.

이때 했던 일들 가운데 가장 재미있는 일은 남대문 시장에 가는 일이었다. 잘 아는 집사님께서 옷 가게를 하셨는데 당시에는 택배 개념이 없어서 옷 가게를 하려면 기본적으로 남대문 새벽시장에 가서 옷을 사 와야 했다. 남편 되시는 분은 건강이 안 좋아서 집사님의 일을 도와 줄 수 없었다. 그래서 집사님께서 도와달라고 나에게 제안을 하셨다. 그래서 일주일에 2번 정도, 밤 12시에 집사님을 만나 내가 직접 운전을 해서 집사님을 모시고 남대문 시장에 갔다. 밤 12시가 넘었는데도 남대문 시장은 불야성을 이루고 있었다. 먼저 전국에서 관광버스를 타고 온 옷 가게 주인들이 얼마나 많은지 모른다. 그 속에 나와 집사님도 포함되어 정신없이 남대문 시장을 돌아다니며 대박 날 옷을 찾아 순례길을 떠났다. 여러 가게에서 산 옷들은 큰 비닐 봉투에 담아 새벽 3~4시 까지 돌아다니게 되는데, 시장을 돌아다니다 보면 재미있는 구경거리도 많고, 먹을거리도 얼마나 많은지 모른다. 사실 이 재미로 남대문 시장을 다녔다.

이렇게 늦은 밤부터 새벽 시간까지 열심히 살아가는 분들이 많은지 전혀 몰랐다. 그런데 참 안타까운 것은 이 시간에 시장을 돌아다니는 사람들을 보면 하나같이 피부가 거칠고, 눈도 반쯤은 감겨서 다닌다는 것이다. 그만큼 피곤하다는 증거일 것이다. 종일 옷가게에서 장사하다가 밤이 되면 휴식을 취해야 되는데 내일의 장사를 위해 이 늦은 밤에 전국 각지에서 남대문 시장까지 와서 새 옷을 사야 하니 얼마나 피곤하겠는가 말이다. 시장을 다니면서 이런 생각을 한 적이 있었다. '자살을 하고 싶거나 삶의 의욕이 없는 분들은 매일같이 남대문 새벽시장에 와서 한 달만 지켜보면 좋겠다.'

이런 일도 있었다. 지금까지도 내 뇌리에 깊이 각인된 한 장면이 생각난다. 초겨울이었는데 아기 엄마는 정신없이 옷을 사러 동분서주하고 아기 아빠는 갓난아기를 품에 안고 길거리에서 서성대고 있었다. 아내가 사온 비닐 봉투에 담긴 옷을 지켜야 하기 때문이다. 아마도 아기를 봐줄 사람이 없었기 때문에 이렇게 젊은 부부가 아기까지 데리고 시장에 왔을 것이다. '저 갓난아기는 무슨 죄가 있다고 초겨울 밤에 길거리에서 저러고 있나?'라고 생각하면 이 가족 모두가 너무나 안쓰러웠다. 이런 모습을 계속 보니 세상을 쉽게 함부로 살 수 없다는 생각이 강하게 들기도 했다.

사명을 찾게 해 준 한편의 영화

이렇게 주일이면 교회에서 전도사로 사역하고, 평일이면 아침부터 밤늦게까지 돈 버는 재미로 살아가던 어느 날 역시나 하나님은 가만히 계시지 않았다. 나를 써먹기 위해 지금까지 얼마나 투자했는데 내가 이러고 있으니 하나님께서 얼마나 속이 터졌겠는가? 하나님께서 일하기 시작하셨다. 아마도 내가 돌아오기를 기다리고 기다렸지만, 도무지 움직일 기미가 보이지 않자 하나님은 하나님의 방법으로 나에게 다가오셨다. 그 당시 서울 서소문에 호암 아트홀이 있었다. 이곳은 극장이 아니었는데도 불구하고 한 편의 영화를 상영했다. 그 영화의 제목은 <시티 오브 조이>였다. 그래서 관심을 가지고 교회 청년들과 이 영화를 관람하게 되었다.

사실 영화가 어떤 내용인지는 전혀 몰랐다. 단지 청년들과 영화를 보고 저녁도 먹으며 놀려고 왔던 것이다. 그 영화의 줄거리는 간단했다. 의사였던 맥스(페트릭 스웨이즈분)가 수술했던 소녀가 숨을 거두게 되자 의사에 대한 회의에 빠져 모든 것을 포기하고 인도의 캘커타로 도망치듯 오게 된다. 이곳에서 가난한 한 가정을 만나게 되고 가난한 사람들을 돌보는 진료소를 만나게 되어 결국에는 의사로서의 사명을 되찾고 가난한 이들을 돕게 된다는 내용이었다. 처음에는 아무 생각 없이 영화를 보다가 갈수록 빠져들어갔다. 장면 하나하나, 대사 하나하나가 내 마음에 깊은 여운을 남겼다. 영화가 끝났을 때는 곧바로 자리에서 일어설 수 없었다. 왠지 모르겠지만 영화 속에서 나의 모습이 자꾸만 보였기 때문이었다. '저게 내 모습이지, 나도 저러고 있지.'라는 생각에 마음의 울림이 컸다.

영화를 보고나서 청년들과 식사도 하고 즐거운 시간을 보낸 뒤에 혼자 집으로 돌아오는 길에도 영화의 여운이 가시지 않았다. 계속 생각하며 길을 걷는데 번뜩 '이 영화는 하나님이 나에게 마지막으로 메시지를 주시고자 보여주신 것이구나!'라는 생각이 들었다. "빨리 돌아와라. 더는 기다릴 수 없다."라고 하나님께서 나에게 선포하시는 것처럼 느껴졌다. 나는 이때까지 하나님은 성경 말씀을 통해서만 말씀하시고 기도를 할 때에만 응답하시는 분으로 알고 있었다. 그러나 이때 내가 경험한 하나님은 그렇지 않으셨다. 영화를 통해서도 얼마든지 말씀하시고 책을 통해서도, 좋은 음악을 통해서도, 길에 핀 들꽃과 흐르는 시냇물을 통해서도 말씀하시는 분이라는 사실을 깨달았다. 그러자 지금이라도 돌아서지 않으면 정말로 안 되겠다는 위기감이 공포로까지 다가왔다. 갑자기 마음이 조급해졌다. 결단해야 할 시점이 왔다는 생각이 들었다. 다시 진실한 마음으로 하나님 앞에 무릎을 꿇었다. "하나님 용서하소서." 이런 것을 보면 나는 하나님 앞에서 삐지기도 잘하고 겁 없이 원망도 했다가 조금만 어려운 일이 생기면 곧바로 무릎 꿇고 살려달라고 빌기도 잘하는 그런 존재임을 새삼 깨닫게 된다. 하나님은 이런 내가 그래도 좋으신가보다. 아직까지 내가 살아있는 것을 보면 확실하다.

다시금 아버지와 아내를 한 자리에 앉히고 대화를 나누었다. 아니 일방적으로 내 생각을 전달하는 자리였다. "아버지, 저 이제 그만 일 하려고 합니다. 과외, 아르바이트를 비롯해서 지금까지 돈을 벌기 위해서 하던 모든 일을 다 그만두려고 합니다." 아버지나 아내의 입장에서는 청천벽력 같은 소식이었다. "그럼 우리는 어떻게 사니?" 아버지는 즉각적으로 걱정스러운 반응을 보이셨다. 물론 아버지의 걱정은 당연했다. 왜냐하면 그때 전도사 사례비로 40만원을 받았는데 이 돈으로 월세와 헌금을 내고나면 한 푼도 남지 않았다. 먹고 살 생활비는 물론이거니와 수십만 원이 들어가는 아버님의 약값, 그리고 곧 태어날 둘째를 생각하면 내가 일을 그만 둔다는 것은 있을 수 없는 일이었다. 아내도 직장을 그만 둔 상태였기에 내가 일을 그만 두는 것은 너무나 무책임한 행동이었다. "아버지, 죄송합니다. 목사 안수를 받고 제 사명을 찾아 목회를 해야겠습니다. 그러나 너무 걱정하지는 마세요. 분명히 어떤 길이 열릴 것입니다."라고 자신 있게 아버지께 말씀드렸다. 물론 아버님의 걱정을 덜어 드리려고 한 이야기였지만 이런 말을 하는 내 마음 또한 얼마나 걱정이 되었는지 모른다. 사실 나에게도 아무런 대책이 없었다. 하지만 내게 주어진 사명을 향해 어디로 가야할지 정확히 모르지만, 그 사명을 향해 지금 당장 출발을 미룰 수 없다는 것을 잘 알고 있었다.

병색이 깊어지는 아버지

그런데 아니나 다를까 이번에도 새로운 변수가 발생했다. 아버지의 병색이 깊어진 것이다. 원래 폐가 안 좋으셨는데 여기에 원래 가지고 계셨던 기관지 확장증이 더욱 심해지셨다. 그래서 집에서 산소 호흡기를 착용하지 않으면 생활할 수 없는 지경까지 이르게 되었다. 그래서 아버지는 이제 산소호흡기 줄이 갈 수 있는 위치까지만 앉아서 이동할 수밖에 없었다. 그리고 24시간 사용할 수 있는 산소통 가격이 만원 정도였기에 한 달에 최소 30만원은 있어야 아버지가 생존할 수 있었다. 이제 산소통을 날마다 준비하지 않으면 아버지는 위험할 수 있었다. 아버지의 주치의를 만났다. 주치의는 나에게 단호하게 이야기를 하셨다. "현재 아버지의 건강 상태로 봐서는 생명이 그리 오래가지 못할 것입니다. 그러니 단 하루라도 생명을 연장시키고 싶다면 빨리 서울을 떠나 공기 좋은 곳으로 이사 가셔야 합니다."

주치의의 말은 청천벽력과도 같았다. 이제 정신을 차리고 사명을 찾아 목회자의 길에 들어서려고 하는데 가정 상황은 최악으로 치닫고 있었다. 이제 둘째까지 출산하면 1남 1녀의 아빠로서, 아버지와 아내까지 6명의 가족을 책임져야 하는데 이렇게 아버지는 갈수록 더욱 아프시고 이사까지 해야 하니 할 말이 없었다. 그러니 나로서는 져야 할 부담감이 너무나 컸다. 목회자가 되기 위해 강도사 시험을 준비해야 할 것인가, 예전대로 다시 돈을 벌어야 할 것인가? 그야말로 고민이 충만했다. 다시 말해 아무리 힘들어도 사명을 위해 현재의 어려움을 견디고 버티는 것이 최선인지, 그래도 한 가정의 가장으로서 책임을 다하기 위해 사명은 잠시 보류하고 현실적인 문제부터 해결하는 것이 나은 것인지. 선택의 기로에 서게 되었다.

25. 누구에게나 상처가 있다

유학의 꿈이 좌절된 후, 낙심 속에서 목사가 되는 것을 포기하고 가정을 위해 열심히 돈을 벌었다. 밤낮없이 노력하니까 수고의 대가를 제법 얻었다. 앞으로 이렇게 살아가는 것도 괜찮겠다는 생각도 들었다. 하지만 오직 한 분, 하나님만은 마음이 불편하셨던 것 같다. 헛농사를 졌다고 생각하셨을 것이다. 그러니 이렇게 사명을 잃고 방황하는 나를 가만히 두실리가 없었다.

선택의 기로

어느 날 갑자기 이렇게 돈을 벌고 있는 내 자신의 모습이 우습게 보였다. 아니 돈독에 올라 미친 듯이 돈 버는 일에만 몰두하고 있는 내 자신이 조금씩 두려워지기 시작했다. '이러다가 타락하는 거 아냐? 이건 아닌데. 이건 내가 가야할 길이 아닌데.'라는 생각이 순간적으로 밀려오곤 했다. 그래서 이렇게 살다간 큰일 나겠다는 두려움이 엄습해오는데 일단 아무런 대책도 없이 돈 버는 일부터 그만두어야겠다는 결심이 섰다. 그런데 공교롭게도 이 시점에 아버지의 건강이 악화되어 계속적으로 병원비와 치료비가 필요하게 되었다. 또한 아내도 둘째 출산을 앞두게 되어 돈이 더욱 필요한 상황이었다. 정말 하나님이 나를 시험하는 것 같았다. 당연히 결심이 약해졌다. 다시금 돈 버는 일을 해야 하는가, 아니면 결심대로 돈 버는 일을 그만두고 사명을 찾아 목사로서 제자리에 돌아가야 하는가? 고민이 충만했다. 물론 아버지와 아내는 내가 다시금 돈 벌기를 간절히 바랐을 것이다. 사실 그래야 맞는다고 나도 생각했다. 그래야 가장의 역할을 감당하는 것이라 믿었다.

하지만 고민을 하면 할수록 그럴 수 없었다. 막상 다시 돈을 벌려고 하니 마음이 너무 불편했다. 그래서 결심했다. 이런 불편한 마음은 하나님께서 인도하시는 것이라 믿고 그냥 기다리기로 했다. 이제라도 나의 사명을 찾는 것이 먼저라는 생각이 들었기 때문이다. 그런데 기가 막힌 타이밍에 교회에서 전도사 사역을 그만 두라는 통보를 받게 되었다. 무슨 이유인지 모르지만 담임 목사님께서 내 사례비를 줄이겠다고 하시면서 그래도 사역을 하고 싶다면 하라는 것이다. 웃음만 나왔다. 그래서 목사님을 찾아뵙고 직설적으로 말씀드렸다. "목사님, 그냥 편하게 그만 두라고 말씀하시지 뭐 이렇게 복잡하게 말씀하십니까? 그만 두겠습니다."라고 말하고 사임했다. 물론 갈 교회도 없었다.

그렇다고 담임 목사님께 이런 소리도 들었는데 계속 사역하기에는 자존심이 허락하지 않았다. 이제 다른 사역지를 찾을 때까지 우리 집 수입원은 완전히 제로가 되었다. 이런 상황에서 뜻하지 않게 교회에서 나의 사임 문제로 인해 목사님과 교인들 간에 심각한 의견 충돌이 벌어졌다. 장로님까지 나서서 목사님을 공격하고 청년들까지 시위 아닌 시위를 하니 목사님의 처지가 어렵게 되었다. 결국 목사님께서 나에게 정식으로 다시 사역할 것을 부탁함으로 교회의 혼란은 막을 수 있었다. 하지만 사례비는 목사님 말씀대로 줄어들었다. 하지만 이때부터 놀라운 일이 벌어졌다. 이 사건을 계기로 교회 성도들이 내 가정 사정을 다 알게 되었다. 아버님을 포함해서 총 5명의 가족이 생활하는데 40만원도 안 되는 전도사 사례비로만 생활하고 있다는 것을 알게 된 것이다.

놀랍고도 신기한 일들

그리고 그 주 주일부터 도저히 이해할 수 없는, 놀랍고도 신기한 일이 벌어졌다. 주일이 되어 교회에 가면 내가 없는 사이에 내 성경책에 봉투를 두고 가시는 분들이 생기게 된 것이다. 그것도 매주 최소 1~2개의 봉투가 성경책 속에 있었다. 봉투에는 아무 이름도 기록되어 있지 않아 누가 이렇게 하셨는지 전혀 알 수 없었다. 그리고 집에서도 뜻밖의 손님들이 찾아오기 시작하셨는데 아버지의 지인 분들도 찾아오시고 내가 예전에 사역했던 교회 성도들도 찾아오기 시작했다. 그리고 이 분들이 오셨을 때에는 빈손으로 오지 않고 꼭 봉투를 가지고 오셨다. 이렇게 해서 매달 생기는 물질이 교회 사례비의 몇 배가 되었다. 그것도 한두 달만 그런 것이 아니라 매월 그런 일이 벌어진 것이다. 나는 단지 목사의 사명을 저버리고 돈 벌기에만 혈안이 되었던 지난날을 회개하고 하나님께서 나를 어떻게 인도하실지 기도하는 마음으로 기다릴 뿐이었다. 하나님께서 이렇게 도와주시고 역사해 주실지 전혀 기대하지 않았다. '기다리고 기다리다 보면 어떻게든 되겠지.'라는 마음만 있었을 뿐이다.

하지만 하나님은 역시 내 상상 그 이상으로 역사하시는 분이셨다. 사명을 회복하기 위해 아무 대책 없이 그냥 기다리고 또 기다리고 있으니 하나님께서 답답하셨는지 먼저 일하시기 시작하셨다. 이렇게 생각하지 않고서는 도저히 설명할 수 없는 놀라운 일들이 벌어졌다. 지금도 우리 교회에는 딱 하나의 포스터가 붙어 있다. 이것은 내 삶의 모토이기도 하다. 지금까지 살아오면서 내가 경험한 하나님을 한 문장으로 표현하면 이렇게 설명할 수 있을 것 같다. '사람이 일하면 사람이 일할 뿐이지만, 사람이 기도하면 하나님이 일하신다.' 정말 그렇다. 내 삶에서 하나님께서 일하시기 시작하셨다. 죄송한 것은 그리 많은 기도를 하지 않았는데도 하나님께서 일하셨다는 것이다. 내 생각과 계획을 포기하고 하나님의 절대적인 주권에 의지할 때 하나님은 계속해서 놀라운 일들을 이루어 가셨다. 이때 하나님께서는 나에게 어머니 한 분을 만나도록 허락하셨다.

세 분의 어머니

나에게는 평생 3분의 어머니가 계신다. 나를 낳아주고 키워주신 나의 어머니 손정순 집사님, 대학교 시절 갈 곳이 없어 노숙자가 될 수밖에 없는 나를 몇 년 동안 집에서 숙식을 제공해주신 친구의 어머니 최 집사님, 그리고 지금 소개하고자 하는 박 권사님. 이렇게 3분의 어머니이시다.

권사님은 일찍 남편과 사별하시고 학교에 다니는 두 아들과 생활하고 계셨다. 그래서 권사님은 닥치는 대로 일하셨다. 남의 가정에서도 일하시고, 식당에서도 일하시면서 돈을 벌 수 있는 일이면 무엇이든 다 하셨다. 그래서 손목이고 허리고 성한 곳이 별로 없으셨다. 이렇게 일하시면서 밤이 되면 교회에 와서 철야 기도를 하시고 새벽 기도가 끝나면 또 다시 일하시러 다니시는, 하루하루의 삶을 살아가고 있었다. 이런 권사님께서 나를 만나자고 했다. 그리고 하시는 말씀이 나를 큰 아들처럼 생각할 테니 그렇게 지내

자고 먼저 제안을 해 주셨다. 나로서는 천군만마를 얻는 기쁨이었다. 그 날 이후로 권사님은 우리 집 반찬을 책임지시고 김장 김치도 매번 해 주셨다. 그리고 그토록 힘들게 번 돈을 아낌없이 나를 위해 베푸셨다. 때로는 우리 집까지 찾아오셔서 아버지와 말동무도 되어 주셨다. 극진한 사랑을 받게 된 것이다. 권사님은 분명 하나님께서 나에게 보내주신 천사셨다.

그리고 하나님께서 나에게 보내주신 또 한 분의 천사 같은 분이 계신데 바로 김명도 전도사님이시다. 이분은 내가 처음 교육 전도사로 부임한 교회에서 만난 심방 전도사님이셨다. 물론 지금은 천국에서 나의 모습을 지켜보고 계신다. 전도사님은 북한이 고향이신데 6,25 전쟁 때 남편과 딸은 북한에 두고 아들만 데리고 남한으로 내려 오셨다. 남한에서 만나자는 약속을 굳게 했지만, 그 날이 마지막 날이 되고 말았다. 그래서 전도사님은 남한에서 예수님을 영접하고 28살부터 전도사님으로 평생을 살아오신 분이다. 전도사님은 교회에서 나와 처음 만난 그 시점부터 평생 우리 가정과 나를 위해 기도해 주시고 우리 가정을 보살펴 주셨다. 심지어 첫째 아이가 태어났을 때도 병원에 다니는 아내를 대신해서 몇 년 동안 아이를 키워 주셨다.

늘 우리 딸을 품에 안으시고 기도하시던 모습이 지금도 눈에 선하다. 이렇게 전도사님의 기도를 받고 자라서인지 우리 딸은 지금까지 단 한 번도 병원에 입원해 본 적이 없을 정도로 건강하다. 전도사님의 기도 덕분이라고 믿고 있다. 왜냐하면 둘째 아들이 태어났을 때는 우리가 키웠는데 기도가 부족해서인지 어릴 적부터 많이 아프고 병원 신세를 많이 졌기 때문이다. 전도사님은 나만 보면 늘 하시는 말씀이 평안도 사투리로 "자라우, 먹으라우."라고 하셨다. 잠도 자고 무엇이든 먹으라는 말씀이셨다. 그래서 전도사님은 기회만 되면 나를 집으로 초대하셔서 무조건 누우라고 하시고, 맛있는 음식도 대접해 주셨다. 아울러 전도사님의 아들인 장로님과 며느리인 권사님까지도 우리 가정을 위해 늘 기도해 주시고 맛있는 음식과 함께 물심양면으로 많이 도와 주셨다. 이렇게 하나님께서는 아무런 대책도 없이 오직 하나님의 인도하심만 기다리는 나에게 교회 성도들과 박 권사님, 그리고 김 전도사님과 그 가족들을 총동원하여 엘리야를 먹이고 입히시기 위해 까마귀를 사용하시듯 나와 우리 가정을 보살펴 주셨다.

드디어 서울을 떠나 천안에 입성하다

그런데 이런 시간들이 계속되니 갈수록 부담이 되었다. 더는 고마운 분들에게 신세를 져서는 안 되겠다는 생각이 들었다. 따라서 내가 할 수 있는 일은 아버지의 건강을 위해서 뿐만 아니라 고마운 분들께 부담을 드려서는 안 되겠다는 생각에 서울을 떠나기로 결심했다. 그리고 이런 시간들 속에서 정말 내가 가야할 길이고 내가 감당해야 할 사명은 목회자의 길임을 다시 확인하게 되었다. 그래서 목사 안수를 받고 전임 사역자가 되기로 결심했다. 이런 나의 결심을 알게 된 나의 절친 박 장로님께서 자신의 부모님께 내 이야기를 하면서 천안에 있는 모 교회에 나를 소개해 주셨다. 그 교회 담임 목사님이 자신의 외삼촌이었기 때문이다. 결국 나는 인맥을 통해 낙하산 인사로 그 교회에 전임 교역자로 부임하게 되었다.

사실 당시 교회에는 내가 사역할 수 있는 자리가 없었다. 이미 교역자 인선이 끝난 상황이었기에 내가 사역할 부서나 자리가 없었다. 그런데 목사님께서 자신의 누님을 워낙 신뢰하고 있었기에 그 누님만 믿고 나에게 사역할 자리를 만들어 주신 것이다. 그러니까 기존의 사역자들에게 진심으로 미안한 상황이었다. 아니나 다를까 교회에 부임하자 어느 사역자가 나에게 이런 말을 했다. "우리는 공채로 들어왔는데, 김 전도사님은 특채로 들어왔네요." 무슨 의미로 그런 말을 했는지 충분히 이해가 되어 미안하기도 했지만 어쩔 도리가 없었다. 천안으로 이사를 오자 아버지께서는 공기가 좋다고 하시면서 흡족해 하셨다. 특히 교회에서 마련해 준 사택이 2층 양옥집이어서 햇빛이 잘 들어온다는 사실 하나만으로도 천국 같았다. 하지만 여름에는 엄청 덥고, 겨울에는 엄청 추웠다. 그러나 서울의 반 지하에서 굳어진 몸이라서 그런지 더워도 좋았고 추워도 좋았다. 방안에 햇빛이 들어온다는 사실 하나만으로도 충분히 만족하고 감사했다.

아버지와의 이별

그러나 안타깝게도 아버지가 천안으로 이사 온 그 날이 이 세상의 공기를 마실 수 있는 마지막 날이 되고 말았다. 자가 호흡을 할 수 없어 집에서 산소 호흡기를 끼고 있었기에 외출이 불가능하셨기 때문이다. 내가 교회에서 사역하는 모습을 너무나 보고 싶어 하셨지만 교회의 입구조차도 발을 내딛어 보지 못하셨다. 사실 천안으로 이사 온 목적은 이곳에서 전임 교역자로 첫 발을 내딛기 위해서기도 했지만 가장 큰 목적은 아버지의 건강 때문이었다. 공기 좋은 곳으로 이사 와서 편하게 숨 쉴 수 있도록 해드리기 위해서였다.

그래서 처음 담임 목사님을 만나는 날, 목사님께서 나에게 이런 질문을 하셨다. “우리 교회에 부임하게 된다면 몇 년 동안 사역을 할 수 있나요?” 이때 심사숙고해서 대답을 했어야 했는데 담임 목사님의 마음에 들기 위해 별 생각 없이 대답을 하고 말았다. 결국 그 대답이 내 발목을 잡게 될 줄은 그때는 전혀 몰랐다. “목사님, 저는 최소 5년은 이 교회에서 사역하겠습니다.” 이때 2~3년이라고 대답했어야 했는데 너무 길게 잡았다. 그래도 몇 년 정도는 아버지께서 생존하실 줄 알았기 때문에 넉넉히 5년을 잡고 말씀드렸던 것이다. 아버지는 우리가 사는 사택 바로 옆, 그토록 자랑스러워하시던 아들이 사역하는 교회에서 단 한 번도 예배를 드리지 못하시고 천안에 이사 온 지 4개월 만에 어머니와 막내아들이 기다리는 천국에 입성하셨다. 아버지 때문에 5년 정도를 예상하고 천안에 이사 왔건만 아버님은 4개월 만에 돌아가신 것이다.

물론 이 4개월 동안 평안하지만은 않았다. 산소 호흡기를 끼고 계셔서 아무것도 하지 못하셨던 아버지는 간혹 잘못된 생각을 하셨다. 당뇨 환자만이 할 수 있는 자살 방법을 사용해서 스스로 목숨을 끊고자 하셨다. 그런데 참으로 감사한 것은 그때마다 나에게 발견되었다. 급히 응급실에 실려 간 아버지는 응급 치료를 통해 깨어나시곤 하셨다. 죽음의 권세를 깨고 살아나신 우리 주님의 부활을 경험하신 것이다. 이렇게 부활하셨으면 감사해야 하는데 오히려 그때마다 엄청난 원망을 쏟아 내셨다. “너도 내 처지가 대봐라. 얼마나 죽고 싶은지 알게 될 거다. 제발 나를 이렇게 살리지 마라.” 그때마다 간절한 마음으로 부탁드렸다. “아버지, 그래도 이렇게 돌아가시는 것은 안 되는 것 아닙니까?” 그 후로도 아버지는 두 번 더 이런 시도를 하셨다. 그리고 꼭 나에게 발견되셨다. 그리고 다시 쏟아지는 아버지의 원망과 욕. 이때 아버지께 엄청 욕을 먹어서 그런지 지금까지 장수하며 살고 있는 것 같다. 이렇게 되자 내 기도가 바뀌게 되었다. “하나님, 아버지가 자살하지 않게 해 주세요. 그냥 순리대로 편하게 천국에 들어가실 수 있게 해 주세요.”

극한 상황이 되니까 이런 기도까지 드리게 되었다. 아무튼 천안에 오시고 4개월 동안 나와 아내가 하는 일은 아버지가 자살하지 않도록 24시간 감시하는 것이었다. 아버지께서 주무셔야 하루가 끝났다.

결국 아버지는 음식을 드실 수 없는 상황까지 이르게 되었다. 음식을 못 드시니까 자살을 하고 싶어도 할 힘이 없게 되었다. 이렇게 일주일 정도가 지났을 무렵 새벽 기도회를 하는데 이런 기도가 나도 모르게 나왔다. "하나님, 하나님의 뜻이 있다면 지금이라도 저희 아버님이 일어날 수 있도록 역사해 주옵소서. 하지만 천국에 가는 것이 하나님의 뜻이라면 하루 빨리 더 이상 고통당하지 않고 편하게 천국에 갈 수 있도록 인도해 주옵소서." 그리고 기도를 마치고 집에 돌아가 아버지 방에 들어가 보니 이미 아버지는 천국으로 이사를 가신 상태였다. 새벽 기도회를 가기 전에 아버지를 뵈었을 때는 분명 숨을 쉬고 계셨는데 새벽 기도회를 하고 돌아오는 시간 동안에 이 세상과 이별을 하신 것이다. 어찌 보면 하나님께서 내 기도에 응답해 주신 결과이기도 했다. 그래서 안타까움과 감사가 교차되는 이상한 감정이었다. 그리고 아버지께서 자살을 하지 않고 순리대로 돌아가셨다는 사실 만으로도 감사한 마음이 컸다.

목사 안수를 받다

결국 이렇게 돌고 돌아 천안에 온지 4개월 만에 아버지는 천국으로 가셨다. 장례를 마치고 7개월이 지나 강도사가 되었고 그 다음해에 목사 안수를 받았다. 목사 안수를 받는 날, 나를 끝까지 포기하지 않으시고, 사명을 주시고, 사역자로 세워 주신 하나님의 은혜에 정말 감격스러웠다. 하지만 한편으로는 나를 엄청나게 축하해 주셨을 부모님이 한 분도 안 계시다는 사실이 참으로 서글프기도 했다. 목사 안수를 받고 담임 목사님과의 약속대로 5년 동안 교회에서 사역을 한 후, 12월 마지막 주일에 사임을 했다. 그리고 곧바로 목사님의 허락 하에 가정에서 개척교회를 시작했다. 물론 나는 이때까지도 교회를 개척해야겠다는 생각은 한 번도 한 적이 없었다. 그러나 하나님은 나에게 개척교회의 사명을 주셨고 이 사명을 포기하지 못하도록 꼼짝 못하게 만드셨다. 그래서 어쩔 수 없이 개척교회를 시작해 오늘까지 이르게 되었다

일련의 경험을 통해 깨달은 것은 '사명자는 결코 쓰러지지 않는다'라는 사실이다. 그래서 사명이 남아 있으면 아무리 죽고 싶어도 죽을 수 없고 사명이 끝나면 아무리 살고 싶어도 살 수 없다. 하나님이 주신 사명대로 죽고 사는 것이다. 그래서 투병을 할 때도 무조건 오래 살기 위해 이런저런 치료 방법을 찾아 전국을 헤매고 다닐 것이 아니라 먼저 하나님과 나와의 관계를 살펴봐야 한다. '하나님이 나에게 주신 사명이 있는지? 있다면 그 사명은 무엇이고 지금 내가 순종하고 있는지?' 이것을 먼저 확인해야 한다. 나는

내 사명을 이미 알고 있었음에도 불구하고 내가 생각했던 계획대로 일이 관철되지 않았을 때 사명을 회피했다. 결국 스스로 하나님께 매 맞을 짓을 밤낮으로 쉬지 않고 연달아 했던 것이다. 그러므로 사명에 순종했다면 하지 않아도 될 일까지 경험하게 되었다고 생각한다.

어찌 보면 나의 글은 일종의 간증이다. 간증에는 하나님과 나만의 진한 데이트가 기록되어 있다. 그래서 간증은 일반적인 이야기가 아니라 특별한 나만의 이야기가 될 수 있다. 일반화할 수 없다는 말이다. 그러므로 나의 글을 보시는 분들이 오해가 없었으면 좋겠다. 왜냐하면 이 글에 기록된 나의 이야기는 나만의 인생이자 나에게만 적용되는 사례이기 때문이다. 하나님의 인도하심은 사람에 따라, 상황에 따라 얼마든지 달라질 수 있다. 즉, 나의 인생이 옳았기에 당신들도 나를 따라서 나처럼 살라는 말씀을 드리고자 하는 것이 결코 아니라는 것을 알아주셨으면 좋겠다.

간증은 스포츠 하이라이트이다

나는 간증을 '스포츠 하이라이트'라고 생각한다. 스포츠 하이라이트에 나오는 손흥민 선수는 항상 골을 넣는다. 실수하지 않는다. 항상 정확히, 그것도 굉장히 쉽게 골을 넣는다. 그래서 손흥민 선수가 골을 넣는 장면만 보다보면 나도 공을 차면 저렇게 꼭 골을 넣을 수 있을 것만 같은 생각이 든다. 하지만 이것은 엄청난 착각이다. 절대로 손흥민처럼 골을 넣을 수 없다. 우리 모두가 알다시피 축구 선수가 한 시즌에 골을 넣을 수 있는 경기는 그리 많지 않다. 90분 동안 열심히 뛰어도 대다수의 축구 선수들은 평생 1~2골만 넣고 은퇴하는 경우도 허다하다. 확률적으로 계산을 해봐도 아무리 손흥민 선수라 해도 한 경기에서 골을 넣을 수 있는 확률은 그리 높지 않다. 골을 넣을 확률보다는 실수하고 실패할 확률이 훨씬 더 높다. 그런데 쉽게 골을 넣는 장면만 나오는 스포츠 하이라이트만 보다보면 착각에 빠져 나도 저렇게 골을 넣을 수 있을 것이라고 오해에 빠지기도 한다.

간증이 딱 이렇다. 요즘 간증하는 사람들을 보면 실패하고 실수한 사람들은 한 사람도 나오지 않는다. 다들 성공하고 축복받는, 한 마디로 잘 나가는 사람들만 간증을 한다. 그리고 우리도 저렇게 따라하면 성공하고 축복받을 것이라고 추측한다. 그러나 하나님의 뜻과 섭리는 항상 성공하고 축복받는 것에만 있는 것이 아니다. 실패하고 실수해도 그 가운데 하나님의 뜻이 있다. 반드시 질병에서 고침을 받아야만 하나님의 축복을 받은 것이 아니다. 치료받지 못하고 고통 중에 천국에 가도 하나님의 축복일 수 있다. 마찬가지로 건강한 것만이 하나님의 축복이 아니다. 건강을 잃었어도 하나님의 축복을 받은 것이다. 중요한 것은 내가 얼마나 하나님께서 주신 사명대로 살았느냐가 관건이다. 아무리 건강해도 사명을 잊어 버렸다면 하나님의 축복일 수 없다. 결국 하나님께서는 그 사람의 사명에 따라 각각 다르게 삶을 인도하신다. 따라서 인생에 있어서 정해져 있는 정답은 없다. 사명만이 정답이다.

사명에 살고 사명에 죽는다

투병생활을 할 때도 마찬가지이다. 위암 환자가 A라는 약을 먹고 치료 받았다고 해서 다른 위암 환자도 동일하게 치료되는 것이 아니다. 사람마다 치료의 성공 여부는 다 다르다. 다른 환자의 사례가 나에게 적용되는 부분도 있지만 전혀 그렇지 않은 부분도 많다. 기도도 그렇다. 간증하는 분들을 보면 그 분들의 기도를 하나님이 다 응답하시는 것처럼 들릴 수 있다. 그러나 그렇지 않다. 기도를 했어도 응답되지 않은 경우가 더 많다. 하지만 이런 경우는 간증하지 않으니 우리가 모르고 있을 뿐이다. 따라서 이 세상에는 특별한 것이 따로 있는 것이 아니다. 나 또한 특별하지 않고 내가 살아온 인생도 특별하지 않다. 중요한 것은 '지금 나에게 하나님께서 허락하신 사명이 있느냐?'라는 사실이며 이 사명을 깨닫고 '지금 내가 순종하고 있느냐?'라는 사실이다.

하나님의 자녀는 사명에 살고 사명에 죽는 것이다. 이것은 건강한 사람이나 시한부 인생을 사는 사람이나 다 똑같다. '하나님께서 나에게 이럴 수가 있는가?'를 질문하기 전에 '하나님께서 내가 어떤 사명을 이루시기 원해서 이런 일을 허락하셨을까?'를 먼저 질문하는 우리가 되었으면 좋겠다. 부디 바라기는 모든 환우 분들이 통증과 두려움에 사로 잡혀 내가 가야할 길을 헤매지 않았으면 좋겠다. 어차피 이 땅의 모든 사람에게 오늘이라는 시간만 주어져 있기 때문이다. 폼에 죽고 폼에 사는 폼생폼사가 아니라 사명에 죽고 사명에 사는 우리 모두가 되시기를 간절히 소망해본다.

이제 이 글의 결론을 내리고자 한다. 내가 지금까지 살아온 날을 돌이켜 볼 때, 딱 한 문장이 생각난다.

"상처가 사명이다."

덕분입니다

먼저 오늘의 내가 존재할 수 있도록 지켜 주시고 이 책이 출판될 수 있도록 인도하신 하나님께 모든 영광과 감사를 올려 드린다. 이 책이 세상에 모습을 드러내기 까지 수많은 분들의 사랑과 격려가 있었기에 가능했다.

먼저 이 책의 추천사를 써 주시면서 격려해 주신 김찬기 교수님, 손영규 교수님, 양낙홍 교수님, 이현중 학회장님, 임부돌 원장님, 그리고 임병식 교수님께 진심을 다해 감사드린다. 이 분들은 내 인생의 중요한 변곡점마다 아낌없는 조언과 용기를 주셔서 수많은 파고를 잘 넘길 수 있도록 도와 주셨다.

그리고 책이 출판될 수 있도록 물심양면으로 도와주시고 기도로 힘을 더해 주신 이정실 집사님과 사랑하는 친구 고주석 목사, 그리고 이연길 집사님, 박은정 선교사님, 박복선 권사님, 김인숙 권사님, 양희선 권사님, 황금주 집사님께도 무한한 감사를 드린다. 아울러 미국에서 살고 있는 사랑하고 존경하는 친구 박상열 장로님과 고의정 집사님께도 감사의 인사를 드리고 싶다. 그리고 무엇보다 아들과 딸이 큰 도움을 주어 정말 고맙고 감사할 따름이다.

또한 눈물겹도록 고맙고 감사한 분들이 계시다. 격려의 글을 써주신 내게 너무나 소중한 애인 분들이다. 이 분들은 현재도 암과 동행하면서 하루하루를 어느 누구보다도 소중하고 가치 있게 지내는 분들이다. 이 분들이 계셔서 내가 존재할 수 있었고, 이 분들이 보내주시는 사랑의 에너지로 날마다 내 건강이 좋아지고 있다.

그리고 이렇게 아름다운 책이 출판될 수 있도록 힘껏 도와주신 씽크스마트의 김태영 대표님께 감사를 드리고 부족한 글을 아름다운 보석으로 다듬어 주신 신재혁 편집자님께도 심심한 감사의 인사를 전한다.

개척교회를 시작한 이래 지금까지 늘 아프고 골골대던 사람을 그래도 담임 목사라고 섬겨 주시고 기도해주신 우리 새백성교회 성도님들께도 이 자리를 빌려 어마어마한 감사의 마음을 전하고 싶다.

그래도 이 세상에서 하나님 다음으로 가장 감사한 사람들은 가족들이다. 아내는 평생토록 내가 목회하는데 어려움이 없도록 조용한 내조로 섬겨주었다. 심지어는 자신의 신장까지도 내게 아낌없이 허락해 주었다. 지금도 수많은 시간을 애인들을 위해 할애하고 있어도 싫다는 내색 한 번 하지 않고 모든 일을 이해해 주고 격려해 주고 있다. 평생 갚아도 갚을 수 없는 큰 은혜를 입었다.

언제나 든든한 딸과 묵묵히 아빠를 도와주는 아들, 그리고 며느리와 세 명의 천사들인 겸과 봄, 그리고 별이 내 곁에 있어서 너무나 행복하고 감사하다.

되돌아보면 오늘의 내가 있기 까지 수많은 분이 도와주시고 격려해 주시며 필요에 따라 물심양면으로 섬겨 주셨다. 이런 분들이 계시지 않았다면 분명 오늘의 내가 존재하지 않았을 것이고 이 책도 출간될 수 없었을 것이다. 받은 은혜를 어떻게 갚아야 할지 고민이 충만하다. 아무튼 모든 분들께 감사의 마음을 전하고 싶고 다시 한 번 하나님 아버지께 이 모든 영광을 돌리고 싶다.

그런데 참으로 안타까운 것은 이 책이 출간되어 나오기 직전에 사랑하는 친구 고주석 목사가 천국에 갔다는 사실이다. 방광암으로 투병중인 이 친구를 위해 치유일지를 쓰기 시작했고 이것이 계기가 되어 책으로 출간할 수 있었다. 결국 이 책의 주인공은 고주석 목사인데 이 친구가 없는 가운데 책이 출간되어 복잡한 마음을 숨길 수 없다.

그래서 이 책을 천국에서 가장 기뻐하고 있을, 사랑하고 보고 싶고 너무나 그리운 고주석 목사에게 바치며 이 책을 통해 누구보다 사모님과 세 아들이 큰 위로와 힘을 얻기를 간절히 바란다.

“주석아! 고통도 눈물도 없는 그곳에서 편히 쉬어라. 잠시 후에 우리 다함께 만나자. 사랑한다. 고맙다. 보고 싶다!”

스토리 인시리즈 자신만의 가치, 여행, 행복, 일과 삶 등 하루하루 살아가며 마음속에 저장해둔 여러분의 소소한 이야기와 함께합니다. 첫 원고부터 책의 완성까지, 생활프로젝트 '스토리 인' 시리즈

내일 맑음

초판 1쇄 인쇄 2022년 5월 1일
초판 1쇄 발행 2022년 5월 8일

지은이. 김민홍
펴낸이. 김태영

씽크스마트 미디어 그룹
서울특별시 마포구 토정로 222(신수동) 한국출판콘텐츠센터 401호 전화. 02-323-5609
웹사이트. thinksmart.media
인스타그램. @thinksmart.media
이메일. contact@thinksmart.media

***씽크스마트** - 더 큰 생각으로 통하는 길
'더 큰 생각으로 통하는 길' 위에서 삶의 지혜를 모아 '인문교양, 자기계발, 자녀교육, 어린이 교양·학습, 정치사회, 취미생활' 등 다양한 분야의 도서를 출간합니다. 바람직한 교육관을 세우고 나다움의 힘을 기르며, 세상에서 소외된 부분을 바라봅니다. 첫 원고부터 책의 완성까지 늘 시대를 읽는 기획으로 책을 만들어, 넓고 깊은 생각으로 세상을 살아갈 수 있는 힘을 드리고자 합니다.

***도서출판 사이다** - 사람과 사람을 이어주는 다리
사이다는 '사람과 사람을 이어주는 다리'의 줄임말로, 서로가 서로의 삶을 채워주고, 세워주는 세상을 만드는 데 기여하고자 하는 씽크스마트의 임프린트입니다.

***진담** - 진심을 담다
진담은 씽크스마트 미디어 그룹의 인터뷰형 홍보 영상 채널로 '진심을 담다'의 줄임말입니다. 책과 함께 본인의 일, 철학, 직업, 가치관, 가게 등 알리고 싶은 내용을 영상으로 만들어 사람들에게 제공하는 미디어입니다.

ISBN 978-89-6529-318-7 (03810)

스토리 인시리즈 자신만의 가치, 행복, 여행, 일과 삶 등 하루하루 살아가며 마음속에 저장해둔 여러분의 소소한 이야기와 함께 합니다. 첫 원고부터 책의 완성까지, 생활프로젝트 '스토리 인' 시리즈

이게 바로 자유학기제야 — 김준, 최현경 지음 01

맘껏 상상하고, 실컷 체험하고 — 13,000원

자유학기제 정신은 아이들의 영원한 권리

그러니까 여행 — 정순 지음 02

내일 걱정은 내일해도 충분해 — 13,000원

여행의 쓸모

괜찮아 ADHD — 박준규 지음 03

살피고 질문하고 함께하는 300일 여행 — 14,000원

ADHD가 뭐길래

50이면 그럴 나이 아니잖아요 — 김정은 지음 04

오십 년을 함께 살았는데, 나는 아직도 나를 잘 모른다 — 11,000원

50년 남짓동안 걷고 있는, 지금 당신의 이야기

시나리오 쓰고 있네 — 황서미 지음 05

황서미 에세이 — 12,800원

내 인생 최고의 스펙, 결혼 다섯 번

나는 작은 옷 가게 사장님입니다 — 강은미 지음 06

강은미 에세이 — 13,800원

당신의 옷장엔 어떤 옷들이 있나요?

매일 비움 — 양귀란 지음 07

당신에게 비움을 선물합니다 — 13,800원

비울수록 보이는 것들

밥풀을 긁어내는 마음으로 — 이은용 지음 08

50대 남자가 설거지를 하며 생각한 것들 — 11,800원

너에게 설거지를 보낸다

여자, 아내, 엄마 지금 트러블을 일으키다 — 신나리 지음 09

신나리 페미니즘 에세이 — 14,000원

나는 묻고 싶다. "왜 그래야 하는데?"

이대로 문방구를 하고 싶었다 — 이대로 지음 10

문방구의 시작에서 끝, 본격 리얼 문방구 에세이 — 9,500원

영원한 보물섬으로 초대합니다

서울시 마포구 토정로 222(신수동 한국출판콘텐츠센터 401호) | 전화 02-323-5609, 070-8836-8837